PEATÓN

I0618663

Editorial Alaminos

Título: **PEATÓN**

© 2007 **Sergio Andrade**

© 2011 Sergio Andrade / **Editorial Alaminos**

Antiguo Libr. Actopan 118 / 42080 / Pachuca, Hidalgo (Mex)

editorialalaminos@gmail.com

No.Ref.Cl.U.S.C.O. 1-642209331

ISBN: 978-0-9838841-1-8

Diseño de Portada y Contraportada: **SO FAR Design**

PEATÓN

SERGIO ANDRADE

NOTAS DEL AUTOR

1) Todo lo que se dice en este libro es ficción; hasta lo que no parece.

2) Como en toda Megalópolis, en San Pablo Laguna se entremezclan las hablas, los estilos, las jergas, los decires. Por su latitud, el "castellano" que allí se habla deja, en veces, de parecer tal, y se convierte en un chapurrado donde la sintaxis y giros de los dialectos autóctonos encuentran su propia, original perpetuación, convirtiéndolo -como al *lunfardo*, *spanglish*, *portuñol* y tantos otros- en una lengua -aunque imperfecta y distorsionada- práctica y, por derecho propio, *viable*. Muchas de las palabras y expresiones en esta obra requerirán de traducción para clarificarlas en su justo sentido; otras, para precisar su significado particular dentro del contexto en que aparecen y de acuerdo a la región en que se utilizan; otras más, para señalar su "corrección" operativa y funcional. Se ha incluido al final de la obra un glosario de términos y expresiones para su mayor comprensión. En algunos puntos de la obra, la narración se hace eco del color y las propiedades del ambiente, y del lenguaje particular de la realidad que describe. Los "errores" ortográficos, la falta de acentos –cuando no el uso gratuito de ellos-, de puntuación tradicional y el uso de sintaxis "incorrectas", equívocas y ambivalentes, forman parte aquí del habla de los personajes que se expresan en diversos lugares de la obra, y, en su manejo del ritmo, de las inflexiones, las aliteraciones y las conexiones de fonemas, pretende ser un reflejo de la forma de hablar cotidiana en época y sitios particulares. Por la misma razón se ha evitado, de manera consciente, el uso de guiones y paréntesis. La voz narrativa, aunque situada a distancia de la acción, no se aleja lo suficiente al referirse a los hechos en presente y al dejarse teñir, en sus descripciones, por la plástica y la emoción inscritas en la realidad que pretende dibujar.

3) La cita del Génesis atiende a la duda existente en algunas corrientes de pensamiento, y algunos eruditos, que sostienen que el sentido del imperativo manifiesto en ciertos manuscritos apunta más hacia el significado del verbo *caminar*, que al de *crecer*. De acuerdo con ello, el sentido de dicha oración sería el colocado como epígrafe por nosotros; o su equivalente: *Andad y Multiplicaos*.

4

ABERTURA

... y Dios les dijo: *caminad*
y multiplicaos...

(Génesis)

Después de lo que dejamos dicho, comparad
nuestro temperamento y nuestras dotes, (...) ,
con el episodio de los hombres viviendo
en una caverna...

(Sócrates)

Oscuridad total. Un ruido rítmico regular de talla de objetos rebota en los muros y va a perderse hasta el fondo lejano de la caverna. En cuclillas el hombre, si a *eso* puede llamársele *hombre*, retira con sus dientes las masas de mugre prehistórica enterradas en sus largas uñas; se da un descanso, las disuelve con su saliva pegajosa, las mastica y las traga. Le gusta el sabor a sal. Los callos de las yemas de sus dedos son piedras móviles que rozan el muro, con ellas y los espacios de su rostro que la barba y el bigote hirsutos le dejan libres, tienta las grietas y sinuosidades de la roca hasta hallar el punto débil, casi desprendido. Continúa a ciegas su tarea. En los expandidos círculos de sus fosas nasales, olor a humedad, a roca tenebrosa fresca. Bajo sus pies, alguna rama y hojas secas de restos vegetales crujen.

El cavernícola consigue retirar del muro el segundo trozo de feldespato rojizo, lamenta no tener esta vez más recursos a su alcance. Hace chocar las piedras, una y otra vez, una y otra, una y otra hasta que surge la chispa que provoca la ignición de la hojarasca. Hay fuego. Hay calor.

Y luz.

Ahora ya, reconfortado, se hace un ovillo como en el vientre de su madre. Duerme con sueños de niño.

Despierta con la claridad que se cuela por la abertura de la cueva, aún pequeña. Habrá que agrandarla, hacerla cómoda para entrar y salir. Orina en uno de los cantos para marcar su territorio. Protege con un poco de ceniza los rescoldos de la hoguera. Con la piedra que le desprendió hace tres incisiones largas onduladas sobre el muro.

Saca la cabeza por el agujero, comprueba la ausencia de mirones. Sale encorvado pero se endereza con el ánimo de la mañana limpia, dulce en el regusto de su boca, que le regala ahora un valle a todo lo que su vista alcanza.

El primate, henchido de humanidad, camina torpemente entre las piedras de la ladera de la montaña, contorneándola. Observa hacia abajo el descanso más o menos nivelado donde comió y descansó con miembros de su clan hace unos meses, en una especie de día de campo. Es el momento de traerlos a conocer la gruta donde planea que vivan, juntos, resueltos. Avanza un poco más y llega al punto desde donde divisa el otro extremo del valle. Se planta erguido, el viento y el asombro lo golpean en el rostro, le alborotan aun más los cabellos. Observa maravillado las autopistas, las largas avenidas, los autos y camiones, la multitud de anuncios en vallas espectaculares publicitarias electrónicas, el mar interminable de casas, edificios y enormes rascacielos.

En el cielo un gigantesco Boeing va dejando una estela blanca.

Ni la previsión de las cosas terribles que lo esperan de nuevo allá abajo le quita el sabor dulce de la boca.

Antes de darse vuelta para comenzar a bajar observa de nuevo, detenidamente, los vehículos multicolores que llenan las avenidas. Se le figuran como aquellos montones de dulces esféricos pequeñitos de su infancia envasados en estrechos cilindros plásticos.

I

Toro de lidia gigante despeñándose desciende de la montaña el vehículo saltando charcos, sorteando baches. Da de coces, bufa dos veces con su motor falto de aceite, avienta los cuernos de sus espejos para arriba en un par de topes y retuerce su cuerpo al ir bajando repleto de gentuza rumbo al trabajo por la calle Bolívar, a jalones y estirones, como si se resistiera a ser jineteado por un vaquero gigante de rodeo.

El toro, mecánico, de patas con arreos metálicos y cascos neumáticos bufa una tercera vez al llegar a la esquina de General San Martín y deja caer por la abertura de atrás seis boñigas de diferentes dimensiones y colores, bolas de caca que ruedan por la calle, urbanas, en direcciones diversas. Al salir dejan espacio para que otras se acomoden dentro de los intestinos pobremente acolchonados del animal, se precipiten hacia la salida, toquen el timbre del camion, de aviso de bajada y se coloquen en el recto tramo de salida para ser expulsadas en la siguiente parada.

El animal, traqueteado, se detiene una vez más, brevemente, y avanza después de haber soltado una boñiga apestosa rezagada, pequeña.

Es Peatón, el héroe de esta historia. Peatón es chaparrito.

Una caca chiquita.

Peatón llega al trabajo. Eufemismo. Manera bonita de decir que hace algo, que no es un vago, que aún cree, de alguna manera, en aquello de ganarse el pan con el sudor de su frente, llegar puntual, estar al tanto, ser disciplinado, cumplido, responsable, laborar mucho y ahorrar más porque laborando y ahorrando se llega a rico. Paparruchadas por el estilo. Porque en el fondo, Peatón sabe que para él

7

no ha sido así; todo se le ha ido haciendo, poco a poco, *palabras*.

El taller mecánico es suyo, comprado a precio de remate a la viuda de su viejo patrón cuando él murió. Días mejores para Peatón. Ahora es un lujo, mal da para comer, para pagar algún abono a sus tarjetas de crédito cada cuatro o cinco meses, y para recibir a lo sumo un cliente por semana. Peatón, en la espera, lamenta su mala suerte, hojea *comics* pornográficos, pasa al baño varias veces, escucha en la radio durante toda la mañana éxitos de los setentas, platica con los colegas de los talleres cercanos, se sienta en el borde de la acera a ver pasar los autos, reza porque alguno se descomponga, relajea con su ayudante, pide prestado, lo manda a traer unas sodas, juega, con los amigos, cartas, abre las de los cobros de los bancos, las de los requerimientos del pago de impuestos, las apila bajo el teléfono al lado de los trípticos y volantes promocionales de las casas de empeño, manda al ayudante a comprar más sodas disparadas por los amigos de mejor fortuna y, los sábados por la tarde, o en noches de finales de campeonato de fútbol entre semana, algunas cervezas, papas fritas de bolsa y cacahuates enchilados antes de sacar la tele del armario metálico del fondo y prenderla para ver el fútbol ahí en el taller, con los cuates.

Peatón es futbolista.

Nuevo día. Eufemismo. Manera amable, esperanzada de hablar, para dar a entender que algo diferente y fresco ocurre, o va a ocurrir, en la vida de Peatón. Mentira. Es y será lo mismo del día anterior, y del anterior al anterior…

Peatón eructa dos veces antes de subirse al camión. Distraído por los empujones, no reconoce en las gastricidades que salen de su boca, las vaporaciones del café negro y la concha del desayuno que tragó a las carreras diez minutos antes. A duras penas se mantiene despierto. A pesar de ir de pie todo el trayecto, su cuerpo sólo se mantiene erguido porque lo aplastan por todos lados los otros viajantes parados dentro del vehículo. Esa sensación de acogimiento, junto con la calidez de los vahos, dispepsias y ventosidades anales de niños, viejos, trabajadores y señoras gordas, lo va arrullando.

Sueña.

Está en el Estadio Aztlán. Juega el América Royal, pero los uniformes no son *azul-cremas* sino rojos con plateado y en lugar del globo terráqueo llevan el de Saturno, son sólo nueve jugadores y es como si fuera en un futuro muy distante, hasta los anuncios de la franja barandal alrededor del campo son de inventos y productos desconocidos, algo como una rasuradora aérea que flota en el aire mientras automáticamente desbarba y desbigotiza al comprador; algo como un desodorante para todo el cuerpo en forma de píldora semanal; pero ahí está El Cuauhlas y jugando mucho y muy bien, pero tiene todo el pelo blanco, aunque es mucho pelo, como si fuera un ermitaño, un viejo de esos gurús de la India, pero cómo juega!, y le cometen falta un metro antes de llegar al área chica y toda la gente se levanta enloquecida, pero son todos muertos, zombis desdentados, y entre ellos está la Enelda, ya sin dientes también, sin ojos, gritoneando que lleva en sus pechos *los colores del América*...

El toro dentro del cual viajan Peatón y los trabajadores tira coces, bufa dos veces con su motor falto de aceite, avienta los cuernos de sus espejos para arriba en un par de topes y retuerce su cuerpo al ir bajando repleto de toda esa gentuza por la calle Morelos, a jalones y estirones, rumbo a las fábricas, oficinas y supermercados de la zona industrial de la colonia Santa Marta, como si se resistiera a ser domado por otro vaquero gigante de rodeo.

...es Peatón el que mete ahora el fabuloso gol de sus sueños, pero también ahora los que gritan en el graderío festejando ese gol son puros curas muertos de sotana negra y cuellito de filón blanco al centro, pero no importa porque Peatón siente cómo los otros ocho jugadores y los tres más de la banca y el masajista y el entrenador y el director técnico, que es *él* mismo, el mismísimo Peatón vestido de traje gris muy elegante con corbata roja y camisa muy blanca y zapatos limpios y calcetines tejidos bordados con dibujos de greca inglesa, lo empiezan a levantar en hombros con música de tambores al fondo y altoparlantes por todo el estadio, y bocinas por todas las calles y en todas las casas del mundo de donde la voz emocionada hasta las lágrimas, ronca y entrecortada de tanto gritar el América Royal es campeón, el América Royal es campeón! del fabuloso cronista deportivo Peatón, el mismo que sueña, juega, dirige y comenta..., sale vibrante y potente para colocarlo colocarse él mismo yo mismo yo solo en la gloria de los libros de récords!

Peatón es entrenador.

Peatón es masajista.

Peatón es locutor, cronista de fútbol.

El toro mecánico de lidia de patas con arreos metálicos y cascos neumáticos bufa una tercera vez al llegar a la esquina de Madero y deja caer por la abertura de atrás nueve boñigas de diferentes dimensiones y colores, bolas de caca urbanas que ruedan por la calle en direcciones diversas. Al salir dejan espacio para que otras se acomoden dentro de los intestinos pobres, acolchonados con tacañería, del animal; segundos después se precipitan hacia la salida, tocan el timbre de aviso de bajada del camión y se colocan en el recto tramo de salida para ser expulsadas, a su vez, en la siguiente parada.

Peatón no puede seguir confundiendo los arrejuntes y empujones dentro del vientre de la maquinaria, con un paseo triunfal en hombro, Copa en brazos. Abre los ojos y ve espantado hacia la calle, necesita comprobar que no se le pasó la esquina en que debía bajar.

Pero se le pasó.

Da de gritos y se abalanza abriéndose camino entre los ocupantes de la panza del toro, pero hacia la cabeza, para salir por la parte del frente. Casi al llegar al hocico balbucea algún agradecimiento al chofer por hacer parada a media cuadra. Al hacer contacto con la acera mira hacia el rumbo donde debía haber bajado y sonríe. Ha recordado, con el buen humor de haber conseguido no seguirse más cuadras, y la premonición de que ese día todo le saldrá bien pues salió expelido del vehículo para aterrizar justo a la mitad de la banqueta y de pie!, que cobrará doscientos pesos de las apuestas que ganó a sus colegas mecánicos de la colonia por la victoria de las Águilas la noche anterior.

Se persigna, echa a andar.

Cuando Peatón llega al taller, ya están sus cuates de los talleres cercanos comentando afuera de uno de ellos, a media cuadra a media calle, el resultado de la noche anterior: cinco perros callejeros sin estrella girando sobre sí, entrando y saliendo del círculo, oliéndose los culos, ostentando, regodeándose, presumiendo, cobrándose las apuestas, relajeando. Peatón llega gritándole a El Comején ya págame cabrón, te chingaste, El Comején le contesta tú nunca pagas güey, no mames, ya bájale.

Todos se quedan ahí un buen rato. Sin abrir incluso los talleres. Entre la falta de dinero de los clientes, los talleres especializados de las agencias y las nuevas transnacionales que dan servicio con equipo sofisticado computarizado, ninguno de ellos recibe muchos clientes. La recesión económica los jode a todos.

Peatón es uno más.

"...un reportaje sobre Internet, la red mundial de computadoras y cómo opera y qué repercusiones trae a la sociedad el uso del medio más democrático de la Historia, no se lo pierda, hoy, siete de la noche, por..."
Peatoncilla cambia de canal. Quiso dejarlo ahí, para saber más del asunto, pero acabó por no entender nada. Ella, a sus dieciséis, sólo entiende que debería tener una computadora para no andar teniendo que ir a alquilar tiempo en una de las *internets* públicas de la colonia y poder chatear desde su cuarto con las amigas. Ahora ve, ávida de sensaciones y dando vuelo a su imaginación, el canal *Bandamax*, se pinta con cuidado, con un esmalte pirata imitación de uno maravilloso *Revlon* de los de a de veras, el dedo meñique de la mano izquierda, tararea que quiere ser el perro de no sé quién...sabe que debe aprovechar el que Peatón haya logrado pagar los adeudos y reinstalar el cable. Por temporadas no le queda más que ver la televisión normal, la "abierta", la de los pobres quintomundistas. Acostada ahora en la cama del papá, cambiando canales a discreción a las diez y media de la mañana, faltando tres horas para que tenga que salir para la Prepa, se siente dueña del mundo. Cuando recuerda que debería estar haciendo la tarea de Química, piensa en decirle a Peatón cuando lo vea en la noche: "Papá, ahora sí es urgente que me compres una computadora..."

Algunas casas de La Rosarito, el barrio de Peatón, están construidas razonablemente, hasta pintadas, aunque más por los innumerables *graffiti* que por alguna intención consciente de hermosearlas por parte de sus habitantes Dan la apariencia de haber sido levantadas por algún ingeniero, aparentemente sólidas, bien distribuidas, fachadas casi normales, alguna reja, *garage* para un auto. Quizá aun para dos. Pero muy pocas. Cinco a lo sumo, entre las cuatro mil ochocientas que se caen de pobres; miserables.

La inmensa mayoría son casas mínimas de ladrillos pelones, sin losa en algunas partes, sin pintar, casas levantadas poco a poco, casi

11

todas, por sus mismos ocupantes con la ayuda de esposas, hijos, vecinos, perros. Unas, todavía con cimbras de madera deteniendo estructuras que no terminan de construirse por falta de dinero; otras, con cartones y pedazos de láminas para cubrir los trechos inacabados o los hoyos por la ausencia de cristales y cortinas en las ventanas. Otras son los puros cartones, la puras láminas.

La colonia se extendió ya hasta la falda del cerro grande, al occidente de San Pablo Laguna, un cerro enorme señalado siempre por eternos rótulos electorales del PRE, el Partido de la Revolución Estática, desgajado poco a poco por las constructoras para sacarle materiales y acabar desapareciéndolo con el fin de hacer más casas por el otro lado, el que da al barrio de los inmensamente ricos.

El cerro es límite entre opulencia y miseria.

Mucho antes de que comenzara la actividad extractora, Peatón y otras quince familias abandonaron el intento de asentarse en los extremos de La Rosarito, no tenían para dónde hacerse; desarmaron sus casas de cartón, su vida inerte al fondo de lotes baldíos, agarraron sus poquísimas chivas y se fueron subiendo para instalarse en abrigos, entrepiedras y unas cinco cuevas naturales abiertas en el cerro. Llegaron con una mano atrás y otra adelante. Tan desposeídos de todo que hacían sus necesidades al aire libre en cerro abierto. Como perros.

Al principio los de abajo se rieron de ellos. Que cómo te va en tu *penjaus* y cosas por el estilo. Luego los pioneros lograron instalarse bien, incluso con comodidades; y abrieron nuevos espacios en las cuevas y pudieron presumir hasta de "casas" con dos recámaras, cocinita, estancia, un baño y vista panorámica, menos smog y estrellas más brillantes.

Como todo en la vida de los pobres, la fortuna es accidental, momentánea, prohibida y castigada. Comenzaron los de la compañía constructora a irse sobre el cerro, a mostrar permisos, órdenes de desalojo, a golpear a unos cuantos. Catorce familias se bajaron, sólo quedaron dos cuevas habitadas: la de Peatón y la de un pepenador del centro de San Pablo Laguna, ubicada unos doce metros más arriba y a la izquierda de la de Peatón. Ellos resistieron, se empecinaron; decidieron, cada uno por su cuenta, aguantar, viniera lo que viniera. No era cuestión de dejar atrás lo hecho durante años.

Peatón resintió más la presión pues aparte de jalar la luz de los servidores de la colonia rica de atrás del cerro con un "diablito" perfectamente camuflado y llevado después bien oculto entre las hierbas por la subida lateral hasta su cueva, había conseguido subir agua con una tubería clandestina y una bomba discretísima y paulatinamente colocada a como se iba pudiendo disimularla entre los intersticios excavados a mano pelona entre las rocas; había convencido a un cuate del centro de La Rosarito, de los únicos con línea telefónica, dame chance mira, a ti no te va a costar nada, yo compro la "y" en cualquier tlapalería o en el *Jon Dipot*, yo traigo los metros de cable que van a ser un chingo eh? si no te creas, me va a salir en un ojo de la cara pero ése ya es mi pedo, yo a ver cómo me lo voy llevando sin que se note hasta allá hasta el cerro hasta mi casa, ése es pedo mío tú ni te fijes, a ti nomás te tiene que importar que yo te pague la mitad de la renta del teléfono puntual cada mes, y que si suena de tres en tres contesto yo allá en mi cueva, y si suena seguido contestas acá tú..., de las largas distancias ni te apures, ¡nosotros a quién chingados le vamos a hablar!

Había ido haciendo de su cueva un refugio prehistórico confortable para defenestrados e impedidos económicos quintomundistas de la era de la información. Con una mordida, substancial para sus recursos, a uno de la Comisión, hasta consiguió, y él pensó que con eso ya faltaría poco para poder regularizar legalmente su asentamiento ahí, que le pusieran una toma de agua y le mandaran sus recibos con nombre, dirección y todo, para pagarlos bimestralmente. Los recibos decían, *literalmente*: Peatón Peatones, Cerro de las Elecciones sin número, a veinte metros de "VOTA POR ERNESTO".

Ahora, en ocasiones cuando sale a ver la ciudad de noche a una especie de balconcito que acondicionó, vuelve a veces la cabeza hacia atrás, a la derecha, arriba, y descansa un poco su tristeza viendo luz en la cueva de su único vecino.

Los afanadores del partido siguen llegando esporádicamente a repintar en las laderas del cerro los eternos letreros del PRE gigantes, instigadores, calcinados, pidiendo ansiosamente un voto por el candidato en turno, como antes de que dejara de ser el partido en el poder. Solía ser formulismo, se hizo necesidad. Alguno de ellos reconoce en Peatón a uno de los antiguos invasores, percibe el desarrollo, el avance, el progreso económico alcanzado por el mecánico desde que contribuía con sus heces a enrarecer aun más la atmósfera envenenada de la mayor ciudad del mundo: Laguna, *San Pablo Laguna* en las enciclopedias; ahora sólo ayuda con algunos tiraderos de basura esparcidos aquí y allá. El pintor saluda entonces a Peatón, pide permiso y la hace de guía turístico con sus colegas diciendo al avanzar ésta es la cocina, mira la estufita, qué buena onda, no?, mira el muro, es uno sólo continuado, va dando vueltas y haciendo las habitaciones, mira este sofá es de la misma piedra de la montaña, Peatón lo esculpió poco a poquito con sus propias manos, verdad Peatón?, mira el baño qué buena onda!, está perrón, la taza del escusado es de roca, hecha igual que lo demás, y le puso hasta tubería y salida para el desagüe, órale!, miren lo que se logra cuando se tienen ganas, este güey es terco, verdad Peatón?, el pintor le palmea la espalda, y ya le instaló gas y hasta medidores de agua y luz consiguió este cabrón que le pusieran! y mira la televisión, es de las nuevas, de las chidas grandotas ésas planas, está chingona, ¡no mames!, ya hasta cable tiene!; no te va nada mal Peatón, estás cabrón.

       Peatón está en la misma cama que su hija horas antes. Son las siete y media de la tarde y ella aún está en la Prepa. Estos son, diariamente, cuando la hija menor juega en el otro cuarto o ve televisión en la sala junto a la esposa Peatona, los únicos momentos de tranquilidad de su día. Encerrado en el dormitorio, acostado en la cama *king-size*, rascándose uno de los siete tatuajes del brazo izquierdo, sacando papas fritas de una bolsa y comiéndoselas placenteramente con todo el ruido posible, o cenando una torta de huevo mientras se rasca los de abajo, cambiando canales con el control, Peatón también bendice haber podido reinstalar el cable.

       Frunce el ceño. Llegado del trabajo, despatarrado en calzones y playera, no consigue recordar si esas cabezas coloridas de dragones gigantes de papel flamígero las vio en una película de…que se llamaba algo así…como…El…año?…*El año del Dragón?* o en una de ése güey que salió con esa güera buenota que mostraba la chocha abriendo sus piernas en una silla frente a unos inspectores de policía…pero el que ahí hacía de policía en la otra también, sólo que era como en…China?…o Japón……algo así…o tal vez en ésa de una tipa como con nombre oriental a la que le gustaba que le dieran mucho por el culo……a Peatón todo se le confunde. Jadea resintiendo que no deja de recordar películas de las que no recuerda ni el nombre. Jamás se fija, de eso no hay duda. Y no le gusta leer. Ahora, entre recuerdo y asociación tampoco distingue ni discrimina que lo que está en la pantalla se trata de una presentación del *Cirque du Soleil* en un festival de música en una ciudad canadiense; no lee los subtítulos del *Film & Arts* que sintonizó de pasada y por accidente, no distingue la ciudad, no sabe qué onda, no entiende la voz en inglés.

Peatón no habla inglés.

Español tampoco, dicen algunos.

La voz extranjera anuncia, las letritas dicen: "*...desde hace veinticinco años...durante doce días en el mes de julio......en esta ocasión......The Four Brothers ... OscarPeterson... ChickCorea... Sam...*" Peatón ve los bustos de algunas de las muchachonas norteamericanas que las cámaras van tomando entre la audiencia mientras la cantante del *Cirque* dice "Alegría...Alegría"; un gigantesco balón va siendo empujado por encima del público... "*durante esos doce días, la ciudad celebra la música...y la música celebra a la ciudad!*". Peatón recuerda que a las ocho empieza el programa de fútbol. "*...la aldea global sí existe y la vivimos aquí! Te esperamos...!!*".

Peatón no sabe de Geografía. Canadá es un lugar nebuloso que no tiene una ubicación precisa en ningún mapa en su cerebro. Ni el nombre, que no lee, ni la voz de Al Jarreau, ni la de Tony Bennet significan algo para él. La música, después de la invitación al festival y la desaparición de las rubias bustonas de la audiencia, le suena a programa aburrido de cultura o a documental con ríos y puentes y castillos y construcciones viejas. Cambia de canal. Lo pasa al fut.

Peatón no ha pensado nunca en su vida asistir al *Festival Internacional de Jazz* de Montreal.

Peatona ve televisión en lo que ella llama "la sala de la casa". Peatona siempre ve televisión. No se ocupa ni de Peatón, su marido: apenas le hace de comer; ni de Peatoncilla, su hija mayor: mal le lava la ropa; ni de Peatoncillo ni de Peatoncita: sólo les hace la cama; y a ninguno les dirige la palabra. Antes habla con los personajes de las telenovelas y con los conductores de los programas de concurso y con los lectores de noticias de los noticieros. Vive preocupada por la suerte de la heroína de la novela de las nueve; cuando a ella le va bien, a Peatona la vida le sonríe, desea salir al día siguiente muy temprano para comprarse la crema de baba de caracol, el nuevo jabón antiarrugas y los zapatos bonitos, ésos de las correítas atrás, de *Andrea*. Lástima que no hay dinero. Peatona es pobre, como su esposo y sus dos hijas y su hijo; pero ha encontrado la forma de sobrellevarlo.

Peatona ve televisión. Todo el tiempo.

Hoy la luz tranquilizadora se ha apagado más temprano. Son las diez y todo el cerro está a oscuras. A las doce Peatón no puede dormir ni decidirse a entrar a la cueva. Peatoncillo no llega; cada vez reaparece más tarde por la casa. No es juego cruzar La Rosarito a esas horas. Para volver del trabajo ya se pasó de tueste. Peatón prefiere no inquietar a su mujer; ella descansa ya viendo en la televisión en el cuarto una repetición de la telenovela *La mentira*. Entre el griterío de los actores que sale del fondo de la cueva, se oyen los comentarios de Peatona. Son las dos. Peatoncillo no llega, Peatón no puede dormir y hay que levantarse temprano. Todo se ha apagado. Sólo La Rosarito mantiene su escueto alumbrado público iluminando a las casas ya dormidas; luego, los manchones pardos de los baldíos; más allá, las luces de los rascacielos plateados tuertos en las afueras de San Pablo Laguna.

Rara vez coinciden Peatón y Peatoncita en el desayuno. La niña entra a las ocho y la escuela primaria queda a tres cuadras. Peatón tiene que estar siempre antes de las nueve en el taller y el trayecto es largo. Largo. Dos camiones desde la esquina de su casa en La Rosarito hasta la colonia Punta del Este, donde está la mayoría de *yonques*, refaccionarias y talleres mecánicos especializados. Tiradero y refugio también de piezas robadas.

Ese día Peatoncita se muestra muy diligente para sus nueve años y el papá la encuentra sentada en el piso, escribiendo apurada con un lápiz en un cuaderno verde sobre el huacal de frutas volteado, mesita de centro del salón multiusos, en vez de estar desayunando. Peatona ve en la televisión el noticiero de la mañana, responde con un dedo sobre los labios, ya sin voltear a ver al esposo, al levantamiento de cejas de Peatón. Él se siente feliz de haber obtenido una respuesta, aunque sea

16

silenciosa, de parte de la esposa…, hasta que se da cuenta de que la esposa mantiene una conversación callada, apenas gestual, con el conductor del noticiero, con las reporteras, con las noticias en sí, *no* con *él*. Luego, cuando Peatón se inclina sobre la mesa desvencijada de la cocina para levantar la taza de café, su hija hace un movimiento desesperado de cabeza y le comenta: "Voy retrasada. Estoy terminando una tarea que me dejaron sobre no sé qué ondas de la Independencia…". Peatón piensa en seguida en reclamarle a la hija que por qué no la hizo con tiempo la tarde anterior, pero ni siquiera llega a la mitad de la frase en que le recrimina que todos los días se la pase juegue y juegue las tardes enteras con las chamacas de la calle de abajo, o con *los chamacos*, que es peor… Peatoncita lo interrumpe, le clava el lápiz afilado en el vientre, en el pecho, en el cuello, anatomías que ahora, penosas, se desangran: "Papá, ¿cuál era el nombre de la Corregidora? ¡No lo encuentro! Y ya me hice bolas, no sé si fue Morelos o Guerrero el que acabó con la Guerra de Independencia…ni en qué año! ¿Tú te acuerdas? Se me está haciendo tarde…!".

Peatón sigue mudo. La taza a unos centímetros de la boca, hasta los nombres de los amiguitos de Peatoncita se le ocurren.

Peatón no sabe un carajo sobre historia.

Peatoncillo ha asistido al trabajo con una regularidad sorprendente durante los últimos dieciocho meses, lo que hasta para Peatón, tan poco dado a los arrumacos paternales y las honras, sería motivo de orgullo si no fuese porque Peatoncillo ha asistido a trabajar durante ese tiempo en ochenta y cinco empresas, lugares de trabajo *diferentes*. Casi cinco por mes. Todo un récord. Más tarda en conseguir trabajo que en renunciar porque no le gustó, o ser despedido del mismo. Hay que admirar, eso sí, su terquedad, su energía para buscar nuevas opciones y sus ganas, a fin de cuentas, de trabajar, en lo que sea, porque lo único que no quiere en la vida es regresar a trabajar con el padre en el taller mecánico, para mecánicos con uno en la familia basta, dice siempre, yo no nací para ensuciarme las manos ni la ropa con grasa negra grumosa de polvos rancios y polvaderas y telarañas de caminos y aceites adelgazados y oscurecidos por los orines y pedos del motor que ni granjero trabajador en un chiquero, para eso mejor me voy a oír pedorrear a los puercos, a las vacas y a los toros con el tío de Carmen, que tiene un rancho y ahí por lo menos me empuerco al aire libre de los campos y bajo el cielo azul, no seas exagerado yo no me ensucio tanto, le responde Peatón, sólo es cuestión de que pongas en el piso un cartón bien limpio cuando te metas bajo el carro y dejes bien limpiecito con gasolina el piso todos los días antes de cerrar, y sobre todo te limpies muy bien las uñas con detergente, el *Fab* Limón es bueno, el jabón *Roma* también, el jabón *Zote* ni se diga, con una escobilla para que salga bien la mugre, y con gasolina, aguarrás, alcohol y hasta *thinner* si es preciso, y te quedan limpiecitas que míramelas, ni quien diga que trabajo en un taller mecánico, pues eso de "trabajo" *es un decir* papá, otro Eufemismo diríamos nosotros, porque la mayor parte del tiempo se te va sin hacer nada yo nunca te veo trabajar, no seas irrespetuoso, no lo soy papá, siempre que voy o paso por ahí estás platicando con tus amigos, verdad mamá?, bueno, ya sé mamá que cuando estás viendo tus programas no estás en la plática, no te lo digo por mal papá, yo sé que no hay trabajo, que está todo difícil, está muy canija la situación, por eso mismo te digo que yo quiero para mí otra cosa, lo que quieres es andar de vago, de vago no papá, busco trabajo y lo encuentro, de vago sí señor, si te gustara trabajar harías carrera y antigüedad en algún lado, díselo Peatona, tengo razón o no?, no te quedes callada!, Peatona parpadea varias veces como si algo de la información que le llega al cerebro fuera una leve reminiscencia de lo dicho por Peatón percibida tras las capas de los gritos desesperados de la sufrida sirvienta heroína de la telenovela que ahora está siendo apaleada por el hermano malvado del patrón futuro esposo que en realidad es el padre millonario de la prima, no se trata de eso papá, yo no soy flojo, no soy huevón, qué quiere? que me la pase de albañil cargando bultos de cemento en las obras, partiéndome la madre?, no hable así enfrente de su madre no le falte al respeto, *fregándome*, pues, la vida? perdón papá perdón mamá ella ni oyó papá no está en la plática, no importa no le falte al respeto, fregándome la vida en una construcción por cien miserables pesos diarios? que me la den de vendedor demostrador de celulares o equipos de cocina yéndome a comisión para que al acabar el mes haya yo gastado más en camiones y en comida y en ropa que los *tres pesos* de porcentaje que me voy a ganar?, no papá, es muy triste ser pobre prefiero ser rico, si te aplicas y te apuras a vender no tienen por qué ser tres pesos, le dice Peatón dirigiéndose ya hacia el dormitorio de los esposos para acabar con esa discusión estéril y repetitiva, una más de las tantas, Peatoncillo se levanta del sofá de piedra y va tras él, entra al cuarto, lo sigue a centímetros de distancia, no se le despega, ¿que trabaje de *office boy* con toda la gente gritándome como si fuera su pendejo vete a traer unos *Marlboro* a la tienda de la esquina, que sean dos Peatoncillo, que sean tres dice el güey ése que estudió menos que yo papá y lo ponen por encima de mí nomás porque habla modosito y un poco de inglés y su familia tiene para comprarle trajes *Roberts* para que vaya bien presentado al trabajo?, pues sí Peatoncillo, le dice el padre prendiendo la televisión, sentándose en la cama, tomando un par de calcetines de los lavados, pero de eso a querer ser portero de discoteca, chofer de político y hasta guardaespaldas, como que no está bien, no por mucho madrugar amanece más temprano, no quieras tomar atajos, hay que empezar desde abajo, a ti nada te gusta, ni el fútbol!, ni pareces mi hijo, quieres todo peladito y en la boca, estás mal, hay que chingarse, empezar de cero, y no andar metiéndote en honduras, van a acabar metiéndote un plomazo, para eso mejor métete de taxista, es buen jale, o mejor de plano regrésate a la escuela, a la escuela ni madre, le dice Peatoncillo. Peatón ya no reclama por la mala palabra pues Peatona no está en la habitación. Ve el padre al hijo de reojo mientras sigue haciendo bola sus calcetines, y nomás mueve la cabeza.

Peatoncilla le insiste a Peatón todos los días, su voz mecánica, hipócrita, electrónica como la de las anunciadoras de los aeropuertos: atención, a todos los papás con destino bueno que quieran para sus hijos favor de entender que es urgente papá, mira, yo ni siquiera te pido que tenga cámara de video integrada, ni micrófono ni *gedset*, eso qué es? le dice Peatón frunciendo toda la cara, es así como lo que usan las telefonistas, una diadema con micrófono y audífonos y toda la cosa papá pero eso ya será después ahorita sólo te estoy pidiendo la computadora, me están dejando un resto de tarea en la escuela y gasto más en ir a cada rato a los Internets!, mis amigas todas tienen, y hasta una de ellas, la Edith, tiene *tres* en su casa porque son tres hermanas y sus papás les compraron una a cada una, fíjate güey!, a mí no me güeyees, la reprende Peatón, ay!,pá, te digo que cada una de ellas tiene en su cuarto una computadora con Internet, son chavas muy modernas y bien buena onda, chale!, cuando una de ellas quiere platicar con otra, le manda un mail o le habla por el *mésenyer*, aunque estén ahí enseguidita en la misma casa a dos pasos, detrás de la pared, en el cuarto de al lado!

Peatoncillo quiere ir rápido, ascender de volada. Cuando se baña, se rasura con minuciosidad la barba cerrada, se arregla bien, le pide a su amigo Lepeatón algún consejo para hablar con más propiedad a la hora de la entrevista, algo de Dialéctica, de Retórica, a su amigo Pepe Atón uno de los trajes robados en cristalazo a alguna tienda de ropa fina de Lomas de los Emperadores, el barrio elegantísimo atrás del Cerro de las Elecciones, y se peina con *gel* acomodándose a la perfección el cabello rizado negro, lo contratan rápido; los jefes potenciales dicen se ve buen chico, responsable, los ejecutivos de la empresa dicen es inteligente va a aprender rápido, los directores de Personal y Recursos Humanos piensan se ve buena gente éste vale la pena, antes de poner una palomita y una calificación de diez en la esquina inferior izquierda de la solicitud de empleo, la hija del Gerente dice dale una oportunidad papá se ve más listo que otros que han venido, las secretarias soplan en los oídos de sus jefes a mí el que me parece que está bien para el puesto es el morenito ése que vino, bueno, no tan morenito, más bien blanco de pelo negro ojos negros nariz recta labios gruesos el cabello un poco rizado en la parte de atrás brazos musculosos muy decente vestido de traje con propiedad mucha confianza en sí mismo no cree usted jefe?, o sin decir nada tiran las solicitudes de empleo de los otros a la basura o ponen la de él hasta arriba, la esperanza renace porque lo contratan; Peatón está feliz, Peatoncilla le da un beso, un abrazo, lo mima, le echa porras, le dice hermanito qué bueno que ahora sí ya tienes trabajo, como si no le hubiese dicho lo mismo cada una de las cincuenta y dos semanas pasadas, me vas a prestar para mi compu cuando te paguen la primera quincena, verdad?, se hace la chistosa, la simpática, Peatoncita se le cuelga del cuello le apierna la cintura, Peatoncillo ya tiene chamba, papá!, son un grupo feliz, la vida sonríe; pero unos días después a Peatoncillo le entra el desencanto, así no puedo, yo no estoy para que me maltraten, está muy pesado ese pinche trabajo y me pagan una pinche miseria, no es posible, y los horarios están cabrones, me paso el día ahí, se me va a ir la vida nomás en trabajar, así no puedo, así me voy a tardar un chingo en hacerme millonario, y, una vez más, manda al mundo a la chingada.

Despeñándose desbocado desciende de la montaña el toro vehículo de fauna intestinal parásita sorteando charcos y saltando baches con su motor falto de aceite y sus extremidades rechinantes en estampida de jalones y estirones junto a toros hermanos de lidia rumbo a los trabajos desahuciados de la calle Santiago.

"Papá, ahora sí es urgente que me compres una

20

computadora…"

Peatona ve televisión. Todo el tiempo.

Peatoncillo pasa demasiado tiempo con ese par de vagos desmadrosos. Hay que hablar con él. Yo tengo un sexto sentido, van a acabar metiéndolo en un lío.

Peatón es profeta.

Peatoncita tiene un problema. Peatoncita tiene piojos, y la pobre sufre como nadie. A veces le saltan del cabello con tanto ímpetu que en la clase de Geografía del tercer año de Primaria, el molón con pretensiones de gracioso de la escuela, que tiene su edad y va con ella en el mismo salón, grita todos al refugio antipiojos! todos bajo tierra! corran a guardarse, a protegerse!, y hace ruidos como de sirena y se mete bajo la madera del mesabanco uuuaaaaiiiiiiaaaaauuuii, todos muertos de la risa, el chistoso se agacha más, otros lo imitan, todos al refugio antipiojos!, ahora hace voz nasal como si saliera apretada y electrónica de un altoparlante, todos al abrigo antipiojos! comenzó la lluvia de piojos radioactivos…! Peatoncita no sabe dónde meterse, ni el refugio la protegería; sabe perfectamente bien que sus piojos saltan vigorosos como pulgas, tal vez sean pulgas, y son tan grandes que pueden verse saltando de su pelo hacia las otras filas, desde la última hilera de bancas del salón.

Peatona ve televisión.

Peatón llega al trabajo. Eufemismo eterno. Ya ha comprado su diaria *torta de jamón*. Eufemismo también, manera decorosa de decirle a dos trozos duros de telera chorreados de mayonesa aguada con una tripa de gato y un chile en medio.

Peatoncillo se presenta a una nueva empresa para llenar otra

21

solicitud de empleo.

Peatón les explica a sus cuates una idea. Se siente realizado. Peatón conferencista.

Peatoncita sufre al bañarse, pero está decidida. Debe esperar con el menjurje que le dieron en la escuela diciéndole que era *shampoo*, aplicado a su cabello mientras se baña, por lo menos quince minutos, sin moverse, sin enjuagarse, sin respirar, para que los piojos se le mueran. Con el ardor que siente y la desesperación, el tiempo se hace eterno. Peatoncita llora y piensa que sus piojos van a acabar muriéndose de viejos.

Peatona, en el salón grande multiusos de la cueva, ve televisión.

Peatón deja de hablar súbitamente ante los colegas en la sesión matutina de intercambio de ideas afuera del taller; ha recordado cuando dijo eso está tan claro como el agua, que olvidó decirle a Peatona que cuando todos se acaben de bañar quite la conexión que él fue a comprar a la tlapalería y le colocó a manera de "diablito hidráulico" a la tubería del agua antes del medidor para burlar la llave cerrada del corte de agua que le hicieron la semana pasada; si el inspector lo descubre, la cosa se chingó, deja a los cuates solos un momento y corre al fondo del taller para llamar por teléfono a su casa, se persigna, ojalá contesten, Peatona ve televisión, Peatoncita cuenta mil quinientos treinta y uno, mil quinientos treinta y dos, mil quinientos treinta y tres, Dios mío que contesten, pueden multarlo en serio, ésos no son juegos, no son juegos señora, qué manera de pagarnos con algo así a nosotros los de la Comisión del Agua que nos prestamos a hacer un esfuerzo para convencer a los jefes de hasta arriba de subirles hasta acá a su cueva la tubería e instalarles una toma de agua, oiga nomás cómo alguien se está bañando ahí en el baño, gozando de lo lindo, pero eso sí, no quieren pagar el agua que consumen, verdad? éstas son chingaderas, señora, con todo respeto, mire nomás lo que hicieron, fue su esposo, verdad? fíjese aquí cómo está colocado el tubo y le pusieron un tapón y a éste otro una conexión para sacar el agua por otro lado y no pagar, fue su esposo, verdad?, mire lo que le estoy enseñando señora, por qué se queda como ausente? para qué está voltee y voltee a ver la televisión, allá no está el asunto, el asunto está aquí señora!, seguro por eso no contesta, piensa Peatón, ya se chingó la cosa, Peatón cuelga, la televisión puede esperar, esto no señora, esto que hicieron ustedes son chingaderas, si no vengo hoy temprano ni me entero, son chingaderas señora, me va usté a permitir, me va usté a disculpar pero 'ora le voy a cortar el tubo más abajo, aunque después ustedes lo tengan que comprar, para qué andan defraudando al Estado, así no tendrán manera, su esposo no tendrá manera, el que les haya hecho esta conexión tan pinche para vernos la cara a los del Agua no tendrá manera de hacernos otra chingadera igual, Peatona no contesta, nomás ve televisión, les dice Peatón a sus amigos cuando regresa a seguir el cotorreo, la cosa se chingó, Peatoncita no llega al número dos mil, se queda enjabonada, ardiéndole los ojos, ardiéndole el cuero cabelludo, el cerebro, el alma, sin agua.

La cosa se chingó.

Peatoncilla duerme tranquila en la recámara de los hijos. Ayer se desveló con su novio Peato en un antro. Al llegar a las dos de la mañana a la cueva con todos durmiendo y Peatón creyendo que ya estaba en su cuarto y Peatoncillo pensando que la hermana había obtenido permiso del papá para llegar tarde, entró, se quitó los zapatos, se lamentó una vez más del frío terrible de la piedra pelona del piso y, en puntillas, tropezándose, fue a la mesa donde comen, desayunan, cenan, juegan cartas, cosen, planchan y hacen la tarea y escribió en un papel, mintiendo como siempre: *Mañana no me despierten, no tengo clases, van a fumigar la escuela.*

La imagen deformada en la moldura cromada le dice al tipo que es un idiota, bueno para nada. Ayuda un poco en el ánimo de Peatón, para sobrellevar la recriminación que su propia cara le hace desde la defensa del auto, el hecho de que él está, llave inglesa en mano, acostado con medio cuerpo bajo el Mustang que le han llevado para componer, y el ángulo de reflexión de sus rasgos le hace pensar que es tal vez la cara de otro la que le habla y le reclama su fracaso, su incapacidad hasta para pagar las deudas, para salir del hoyo. Ve a ratos la imagen, a ratos el cielo. De reojo percibe el reflejo de su mano sosteniendo la llave y se justifica diciéndole a su propia cara de enano engrasado que le recrimina, que no es su culpa, que él sí trabaja, que hace lo más que puede, que hasta trabajaría más si no fuese porque sólo le cae una chamba cada quince días más o menos, o cada veinte, que es decir nunca, éste, cabrón, por ejemplo, se dice aclarándoselo, es el único, te consta, *el único* auto que han traído para que lo arregle, yo no tengo la culpa, él no tiene la culpa, no tenemos la culpa, no tuvo la culpa de que su padre se largara o se muriese tan pronto y su abuela fuera una miserable sin petate en que caerse muerta y su propia madre acabara por aprender a amortiguar las penas mandando todo a la chingada, *todo*, cada cosa buena que tenía, y convirtiéndose en una intransigente egoísta p'al carajo. No hay más que echarle ganas, se dice, a lo mejor el mes que viene sí entra más dinero con algunos extras que salgan, a lo mejor hasta da para hacer algún pago a una de las tarjetas, los cobradores han estado chingue y chingue. Tienen razón, le reconoce a su otro yo reflejado, tienen razón, *tienes* razón, le dice, y acepta sin reservas que deber casi veinte mil pesos en una de las tarjetas solamente, es demasiado pasarse de rosca.

¿Qué se puede hacer...?

Ve por la defensa brillante otro cuerpo distorsionado que se acerca, el del patrón del taller de al lado, quien le pasa chambas cuando, bendito sea Dios, como por encanto. se le junta el jale. Retoma el trabajo inmediatamente, haciéndole al loco. El patrón sólo pasa de largo rumbo al baño y sin voltearlo a ver le reclama: "Síguete haciendo pendejo, Peatón, síguete haciendo pendejo...".

Él, sólo atina a quitar más rápido las tuercas de abajo del motor y se promete que le va a echar más ganas y le pide a la Virgencita de Guadalupe y a San Juditas Tadeo que haga que caiga más chamba en el taller de junto y que al patrón vecino le siga yendo aun mejor aunque sea de cuando en cuando para que le pase a él más trabajos de con los que no se da abasto. Mejor aun: que haga quebrar a ese taller para que todos los trabajos se los lleven a *él*. Es principios de julio y para antes de que llegue otra vez la entrada a la escuela, Peatón tiene que poder comprarle a Peatoncilla la computadora que está pide y pide. Va a hacerle como sea para que sus hijos no salgan tan burros como él. No deben dejar, por nada del mundo, de ir a la escuela.

Eufemismo. Lo de *escuela*.

Si no hay lana para agosto, se lo puede cargar a *la otra* tarjeta de crédito. Se persigna...

...si al menos ese cabrón de Peatoncillo durara en un trabajo, si fuera más disciplinado, más paciente...hasta a vender zapatos podría ponerse, como la Peatonaida, que le talonea bien y bonito, no como la pinche hermana huevona con la que me fui a casar, cómo no me casé mejor con la otra...!

Peatoncilla tiene auto. No oficialmente pues Peatón y Peatona no lo saben. Saben que anduvo con él hace un año, cuando Peatoncilla tenía quince, y que ya no anda. Saben lo que la hija quiere que sepan: ni un ápice más. El auto trae dentro un novio; es auto viejo pero bien cuidado y, como ocurre con el de todo peatón renegado chofer emergente en su juventud, el ser impensante que vive adentro lo lava lo encera lo mima lo cuida con el mismo empeño que mostró para adquirirlo comprándolo a plazos, es su bien más preciado y lo que más le gusta a la chica de él.

Sueños de peatones.

Cuando la chica ve desde su cueva aproximarse el auto a la falda del cerro, le cosquillea la vagina. Corre emocionada a decir a sus papás que por favor entiendan, que no sean malitos, que el auto ya trabaja, de un año para acá se ha vuelto muy responsable, papá, siete años de diferencia no son muchos, por favor! ay! échame la mano, mamá, di algo!; insiste en que al fin y al cabo ya no andan, hace seis meses son nada más amigos y eso es todo y no hay nada en serio y sólo se trata de salir así calmados, en buen plan, en buena onda a dar la vuelta..., Peato es buena gente, papá, conócelo bien...!

Peatón vomita siempre al oír el nombre del muchacho, tan parecido al suyo. No se le olvida que un año atrás Peatoncillo lo halló al volver del trabajo dentro del dichoso auto en una calle oscura al pie del cerro metiéndole la mano entre la pantaleta y las nalgas a Peatoncilla y besándole los senos por encima de la blusa, todo un comedor de guanábanas. Ahora el claxon de Peato suena ofensivamente llamando a la muchacha desde el mismo lugar de aquella noche. Peatonurio, el vecino pepenador, se asoma desde su cueva más arriba para ver qué

25

escándalo.

Peatón está a punto de dar el permiso, considerando que, tal vez sí, sólo se trató de un faje..., bastante ha insistido Peatoncilla en que no pasó a mayores, que ella sigue siendo virgen con absoluta seguridad…, cuando la insistencia obsesiva de Peato, patán al fin, en no subir y hacer que la chica baje a claxonazos para no dejar el auto solo en la calle sin pavimentar, arenosa arca turbulenta, a merced de los vagos ladrones de las bandas de La Rosarito, termina por dar con todo al traste.

Miedos de peatón potencial.

Teléfono suena y suena en el taller. Peatón no contesta. Son los cobradores. Le dijo al ayudante vete a traer unas *Pecsis*, y está solo; mejor espera, yo siempre he dicho que eso de pagar el teléfono para que lo reinstalen es un arma de doble filo, de triple, es cierto que hasta podría ser un pinche cliente, Dios, de milagro pidiendo algún servicio…, con lo que se está necesitando…, pero seguro son los cobradores, el teléfono que no deja de sonar…y hasta podría ser La Enelda…

Ya contesten ese pinche teléfono! grita El Comején, la pared de por medio entre los dos talleres, ya déjalo en paz, le dice su patrón, nomás lo estás chingue y chingue, yo qué? le contesta El Comején sin levantar el tórax del carburador de una *Suburban* vieja, las manos engrasadas hasta abajo del motor, la mirada concentrada en las mangueras, ya contéstale güey! levanta ese teléfono pinche Peatón! vuelve El Comején a gritarle, por eso les va tan mal, porque no atienden a los clientes y en vez de estar siempre platicando ahí tirados afuera del taller esperando trabajo, deberías, Peatón, eso se lo dice no ya a gritos al que no contesta el teléfono que sigue suena y suena en el taller de al lado sino con cariño al motor que arregla, mandar a hacer unos volantes, salirte aunque sea a pie a buscar clientes, ponerte un overol para que parezcas más mecánico, pintar aunque sea con la mano un cartón y pararte en una esquina: *"Ce asen talachas aqui a la buelta"*...

Peatón, ya calmado pues el teléfono ha dejado de sonar y él espera que hasta mañana empiecen a darle lata de nuevo, y quién sabe, a lo mejor hasta un día de éstos se fastidian y me dejan en paz, me dejan de chingar, platica con el ayudante, cada uno con su *Pepsi* en mano, acerca de la telenovela de la noche anterior, única concesión que hace el mecánico a los chafaldranos gustos televisivos de Peatona, con quien se recuesta dócil, motivado, emocionado, femenino, a ver capítulo tras capítulo noche tras noche en horario estelar. Ayer actuó bien padre la

26

vieja del Isidoro ése, es chingona esa actriz, le dice al ayudante, lo que no me gustó mucho fue la ambientación de la cantina hijo, como que le faltó…se vio pinche la producción.
Peatón es crítico de televisión.

"Si ese cabrón no aprende a tener modales, voy a bajar una día a partirle su puta madre…".

Es Peatoncillo, listo para salir, acomodándose más el rizo con un poco de *gel* sobre la frente y avanzando hacia el borde del balcón de la cueva. Son unos treinta metros hasta el ras del suelo. Alcanza a ver las facciones de Peato tras el auto azul gastado imprudente estridencial que sigue toca y toca y toca. "Ese cabrón no entiende…ya cállate cabrón!" Levanta la mano amenazante. Papá Peatón no está, la madre en la sala no deja de ver su programa de chismes del espectáculo de la tarde del sábado y rezonga alguna cosa que tiene que ver, obviamente, con lo que las conductoras y el animador están diciendo: "Esos son disparates, …illo, qué es eso?, qué feo se puso eso del Maruco con la Galilea!". Peatoncillo regresa refunfuñante al pequeño baño, retoma el *gel*, mueve la cabeza: "A usted ya le afectó este tiempo, éstas nuestras condiciones jodidas de vida, esa pinche tele prendida todo el tiempo, mamá, no son disparates, son *groserías*…malas palabras…*peladeces* si usted quiere, pero no "*disparates*"!". Continúa acicalándose. La nueva novia espera allá abajo, en una de las casas de los normales, los que viven en las barranquillas y baches más o menos nivelados de la entrada principal de La Rosarito.

Sábado. Día de cerrar el taller a la una para irse a la cancha del llano de atrás de la zona de yonques, talleres mecánicos y tiendas de refacciones automotrices de la colonia Punta del Este, ya cambiadito con tacos, shorts blancos y camiseta blanca cruzada de franja roja diagonal en el pecho, a encontrarse con los colegas, amigos y conocidos de la zona para jugar fútbol. Eufemismo grandísimo. Si ni la Selección Nacional juega decorosamente y sólo para puras vergüenzas da, lo que será un partido entre puros cuarentones acabados panzones cerveceros, todos Eufemismos, futbolistas fracasados soñadores desilusionados de Copas Mundiales de Fútbol que no ganaron, calvos tramposos gritones barrigones, Eufemismos también, lógico, fofos decadentes celulíticos borrachos apestosos crudos del viernes social de la noche anterior!

Peatoncilla, recostada frente a la pantalla grande de la televisión principal en la cama matrimonial del dormitorio de los padres, se corta las uñas de los pies encremados. Escucha subconscientemente el claxon, perdido en algún lugar de su cerebro. Piensa que es uno del montón de moscos del verano. Se le humedecen los labios de abajo, se humedece los de arriba. Reacciona de pronto, da un grito, salta sobre la cama y se avienta corriendo para llegar a la entrada de la cueva antes de que el auto se fastidie y se vaya. A la mitad del trayecto Peatoncillo la taclea; allá van los dos a dar sobre la madre aplastada en el sofá. "Que no lo vas a ver más, te digo!". Peatona los quita para que no le estorben la visión. Caen al piso. Peatoncillo sujeta a Peatoncilla, le da un golpe en el brazo, otro en el muslo, la hermana patalea, grita, se queja histérica, le pega en el pecho, le jala los cabellos. Peatona se hace a un lado y le sube el volumen a la televisión. Abajo, Peato acaba por decidir irse a buscar otro ligue para la noche. Entre los gritos, ni hermano ni hermana oyen el auto que se va. Peatoncillo se levanta, se acomoda la camisa y dice viendo a la pared: "Tenemos que hablar con papá, hoy ya tarde que regrese o mañana domingo temprano que estamos todos aquí". La madre voltea, ve a los dos hijos, uno rojo sacudiéndose la manga, la otra amarillaverde en el suelo, señala la pantalla y comenta: "Que la fulana esa de los grupos, la que canta con gallitos, ya se va a casar con el viudo, que ni se ha acabado de enfriar el cuerpo de la esposa! Ahorita van a sacar una entrevista…".

Derrotado sube Peatón con dificultad la cuesta del cerro. En días así piensa que si llegara a atinarles a los Pronósticos Deportivos no va a comprarse un carro, ni una casa, ni a viajar por el mundo, lo que va a comprar es un pinche elevador, un vagón de tren con sus vías relucientes, cable de acero, poleas y motor para jalarlo hasta arriba…, o un teleférico. Peatonurio ya está en su cuevita individual allá en las alturas; observa cómo suben lenta, penosamente, la cabeza de Peatón, su uniforme blanco enlodado, sus calcetas caídas. Peatón levanta la vista, sus miradas se cruzan, se saludan serios con el típico movimiento rápido de las cabezas hacia atrás, sin abrir la boca, sin mover los labios. Hay un breve destello de rabia en cada uno, contra sí mismo. Peatón vuelve a mirar hacia las piedras, los arbustos y la brecha sugerida bajo sus pies a su paso. Piensa cuánto ayudan los tacos para subir en esos casos; debería ir y venir del taller en zapatos de fútbol…

Peatoncillo se asoma esa noche al balconcito de la cueva. Lo entristecen las calles inundadas por la lluvia diluviosa de la tarde juliana, los reflejos de los pocos faroles de las calles miserables de La Rosarito en el agua, los autos viejos y descascarados estacionados sobre el lodo afuera de los cuchitriles, los brillos lejanos, al sur, en la atmósfera clarificada por la tormenta, de las avenidas, edificios, carteleras espectaculares luminosas y anuncios electrónicos de la zona comercial de Laguna.

El olor a tierra mojada lo reconciliaría con la vida, le gusta, si no fuese porque por los rumbos del cerro siempre se halla mezclado con las pestilencias de los tiraderos de basura y los desperdicios en las calles. Hoy no hay perros ladrando; andarán calladitos en algún callejón, en alguna barranca, empapados, secándose al relente, con las orejas caídas y la cola entre las patas. Esa cuestión del agua cuando llueve en verano no sólo es un problema aquí sino también allá en la ciudad desmesurada, San Pablo Laguna, que se inunda por grandes secciones como si tuviera nostalgia de ser lo que era en otros años, hace siglos, a poco de su fundación sobre una gran laguna ahora inexistente, desecada, cubierta de piedras, tierra, cemento y asfalto, cuando entre sus calzadas y esteros corría, a partes iguales, el agua. Aquí, en La Rosarito, es diferente, es peor: como no hay pavimento en las calles, los años son una sucesión alternada de sequías e inundaciones donde el tiempo se mide, más que por los almanaques, por cuánto se hunde el pie en el agua y el lodo durante las épocas de lluvia, y cuánta tierra y arena se traga la gente durante las polvaredas de las secas.

A Peatoncillo le duele que Peato tenga un buen auto; él ni a bicicleta llega. Más que la falta de caballerosidad con la hermana, le molesta que al sonar de los claxonazos de Peato, la gente que pasa por la calle y los vecinos de las casas "normales" de abajo, volteen a mirar hacia arriba a las brazadas y las zalamerías histéricas y los gritos y saludos de ahí voy no me tardo ahorita bajo de la hermana, y vean la cueva.

Peatoncillo no quiere a Peato, más bien lo odia, no sólo porque cada que se acuerda del faje ve clarísima, como en el momento en que pasó, la mano de Peato tallándole el sexo a Peatoncilla dentro del auto, o porque le falte al respeto con mil detalles a la muchacha cada vez que la saca a pasear y no le tenga ni un mínimo de consideraciones, sino por el episodio de la discusión. Si hubiese sido a grito pelado, abierta, desfogada y hasta con golpes, Peatoncillo habría quedado más tranquilo, seguramente le habría partido la madre a Peato y no habría quedado trabado de coraje como un desesperado sin poder gritar; bomba que estalla hacia dentro. La implosión le derramó la bilis porque Peatoncillo, por alguna razón, tal vez por demostrarle a Peato que no era tan raspa, ni tan corriente ni tan vulgar como aquél decía, y que por lo menos había acabado la Prepa y algo había leído y era capaz de discutir al mismo nivel que el otro, se guardó la violencia, se amarró las tripas y se mantuvo hablando bajito y devolviendo los pelotazos del otro con la misma inmutabilidad que si jugara una partida de ajedrez. Pero le dolió. Ni duda cabe. Sobre todo cuando Peato le dice tú qué discutes si estás peor que yo, jodido igual que toda tu familia, no se las arreglan ni para vivir dignamente, pinche bola de trogloditas, parecen Los Picapiedra viviendo en esa cueva y sentándose en ese pinche sofá de roca, de veras que ya ni la amuelan, al rato vas a salir en tu *rocamóvil* impulsándote con tus piecitos por el pavimento...Peatoncillo estuvo a punto de abalanzársele, pero sólo le dijo no seas güey, no te burles, que mi hermana también vive ahí, es otra cosa, otro concepto, esos güeyes de las caricaturas vivían en la edad de piedra pero en casas dispuestas como las de hoy, con sus calles y servicios como son ahora, y los que los dibujan les acomodaron inventos muy posteriores a las necesidades de esa época; nosotros vivimos aquí, ahora, *hoy*, en este mundo moderno, y allá arriba en la cueva tenemos estufa, refrigerador, teléfono, televisión, todo lo que un hombre necesita para vivir bien, contamos con luz, con gas, vivimos dignamente, el habernos metido ahí fue en un momento de urgencia y necesidad; si a esas vamos, insiste Peatoncillo, también tú vives en una cueva!, tú y todos los que viven en un pinche departamento, por lujoso que dizque esté, viven en una cueva!, aquí hasta tres habitaciones tenemos, y hasta baño!, la única diferencia entre tu caverna y la mía es el aplanado de los muros, así que ni te sientas de cristal cortado, cagas igual que yo, nosotros algún día saldremos de aquí, tendremos una casa en forma, así que no compares ni te pitorrees, tenemos hasta mejor vista que tú, muebles..., sí cómo no!, se burla Peato, está chingonsísimo ahí arriba, con esos muebles de la Era cavernaria, *cavernícola* güey, ni hablar sabes y tanto que te las das de culto pinche Peato, de fresa, da lo mismo, "cavernícola" pues, si así te gusta...está efectiva tu casa, con una vista preciosa, chingonsísima, bien perrona! sobre todo la que tiene por fuera, la que todos vemos y nos carcajeamos, por qué será? "Ahí están Los Picapiedra, mira mamá!" dicen todos, y tú orgullosísimo de tu casa tan digna, tan chula, verdad? por eso te pones rojo hasta la madre y no sabes qué hacer cuando llego a buscar a tu hermana y nomás por moler no subo y le pito el claxon desde abajo para que ella se asome y justito antes de bajar me grite desde las alturas de tu penthouse *dignísimo* con balcón mirador y toda la cosa 'pérame Peato, ahorita bajo', y tú en ese momento ya morado de puritita vergüenza porque sientes que toda La Rosarito, y las colonias de al lado y toda la gente de todos los barrios del valle y todos los habitantes de Laguna y todo ser humano hasta donde alcanza la vista en esta zona re jodida del mundo están volteando hacia arriba en ese instante, viendo, qué?: la pinche cueva en la que vives!!

Peatón percibe a su propio modo la lluvia. Desde el fondo de su cueva, en su dormitorio, cuando ya el sueño ha vencido a Peatona y está a punto de rendirlo a él, ahora hasta la televisión apagada para todos, se siente seguro oyendo a lo lejos, como en otro mundo, los ruidos variados del caer de la lluvia golpeando en sitios que no le corresponden. Confiado y seguro. Tan seguro como cuando algunas noches oye a la distancia perros que no le ladran a él.

La cara de Peatoncita sonríe abiertamente cuando ve las caricaturas en la televisión, le encanta que haya cable en casa. Es feliz cuando Peatón consigue pagarlo a tiempo o reinstalarlo. Sábados y domingos aprovecha las salidas de la hermana mayor, para ser ella la que tira sobre la cama *king size* del matrimonio a ver programa tras programa, desde *Floricienta* y *Lazy Town* hasta *Tom y Jerry* y *Chabelo*. Peatón la deja tranquila pues a él también le gustan las caricaturas, se carcajea de lo lindo, sólo le cambia al canal cuando comienzan los partidos de fútbol y los programas deportivos; ahí la niña es la tolerante, y hasta le va tomando ya gusto a las patadas y Peatón prevé el momento en que estará con ella en el estadio, ya toda una adolescente gritando juntos América América ra ra ra, qué tanto miras para allá Peatoncilla?, y tú qué le ves güey?, hoy no da autógrafos, América América ra ra ra, les digo que lleva en el pecho los colores del América desde que nació, acuérdense, les dice orgulloso el papá de la niña, cómo la ven? a poco no está lindísima con este baberito amarillo y azul que le compré, con esta gorrita con el mundo y el mapa del continente americano, a ver sonríeles a tus "tíos" que son mis cuates y mis colegas de los talleres de esta cuadra, a ver, mueva su boquita mi reinita, a ver Peatoncilla di *América*, a ver sílaba por sílaba...Am...ér...i...ca, a

31

ver...A...mér...i...ca, se acuerdan qué linda estaba con su trajecito de las Águilas prácticamente desde que nació desde que se las traje a presentar?, ya está bien grande, ocho años ya, ayer en la tarde nos quedamos viendo el Santos-Flamengo desde Maracaná, estábamos los dos comiendo palomitas en la cama y ella feliz come y come y gritando gol! y revolcándonos los dos de gusto porque estaba ganando el Flamengo y rodábamos por toda la cama y ella hasta marometas daba porque la cama está grandísima, es una *kin sáis*, porque no tendré casa sino cueva, pero eso sí la cama no puede faltar, nos hubieran visto a m'ijo Peatoncillo y a mí subiendo el colchón gigante por la vereda y las piedras de subida del cerro, parecíamos el Pípila, Jesús cargando la cruz, ya mero nos desfondamos y nos despeñamos, pero valió la pena, por eso yo no me canso vengo a trabajar todos los días, no me canso aguanto soy un chingón, porque descanso bien, cómprense una *kin sáis,* tú, Rana, que estás sacando un dinerito cómpratela, para que lo hagas chido con Juanete, se ríe, Mínimo se ríe, el Chumaquer, todos se ríen, hasta La Rana, menos Juanete, quien sigue sintiéndose incómodo con la publicidad de su romance con el ayudante de El Comején, vale la pena Rana, yo sé lo que les digo: en una casa puede faltar todo, hasta comida y papel del baño, menos una cama y una televisión chingonas..., y el cable, por supuesto.

Peatón es consejero. Decorador.

Peatoncilla ha dicho que tenía que salir a un Internet para hacer la tarea que le dejó la maestra de Sociales de la Prepa. Aquí nomás abajito, a tres cuadras, a la vuelta de donde están los helados, bye mamá, le da un beso, ciao papá, lo abraza, no me tardo. Nomás no quiero saber que te fuiste a ver con el güey ése, con el Peato ése, le dice Peatón, cómo crees? papá!, voy a donde te digo, si pasas por ahí, ahí me vas a ver ahí voy a estar.

Pasan seis horas, siete. Anochece. Al acabar de ver por televisión los resultados de la Liga Europea de Fútbol, Peatón cae en la cuenta de que la hija no ha vuelto. Se asoma al cuarto de los hijos, por no dejar; Peatoncita duerme abrazada de una muñeca. Peatón sale al salón multiusos pero no encuentra cómo hacerse oír por Peatona que baila frente al otro televisor a todo volumen al compás machacón rumbero de un concurso de baile. Camina hacia el balcón esperando ver a Peatoncillo platicar con algunos amigos en la base del cerro. Nada. Baja de la cueva y echa a andar por las calles de La Rosarito rumbo a los helados. Llega al Internet, cerrado. Mira para todos lados, regresa a la heladería, pregunta dónde hay otro Internet. Camina. Busca. Otras tres, seis cuadras; se encuentra con Peatoncillo que vuelve de dar una vuelta con Carmen Apié por los basurales. ¿Qué andas haciendo por acá? pregunta Peatón; pasé a dejar a Carmen a su casa ¿*tú* qué andas haciendo por acá? frunce el ceño el hijo sonriente, ando buscando a tu hermana, estoy bien preocupado no la encuentro, salió de la cueva desde la hora en que llegamos de visitar a tu abuelita, cerca de la una de la tarde, dijo que iba a Internet a hacer una tarea, ya no son horas, lleva ocho afuera de la cueva!, no te preocupes papá, seguro no ha pasado nada, ha de andar por ahí...,cuando tengas un hijo o una hija Peatoncillo, entonces me dices, Peatoncillo mueve la cabeza, aprieta los labios, sonríe sin sonreír, toma del brazo al papá y lo encamina hacia el cerro, de vuelta al hogar: qué Internet ni qué ocho cuartos, papá! esa cabrona se fue con Peato, anda enculada con él, no hables así de tu hermana Peatoncillo, bueno, anda bien clavada por él quise decir, salió peor, Peatoncillo, ni Dios lo quiera, bueno, anda bien *enamorada*, papá, bien *ilusionada* con ese pendejo, y nomás nos ve la cara diciéndonos que no se ha acostado con él, que ya lo va a dejar, que 'ora sí va a hacer que la respete más; Peatoncillo ve para todos lados y señala con el brazo instruyendo a Peatón: en esta pinche colonia miserable los lugares de Internet no abren los domingos! ninguno de los de aquí abre los domingos y eso ella lo sabe nomás se hace güey, sí es cierto hijo, hoy es domingo!, me vio la cara de pendejo! a ver con qué nos va a salir cuando llegue a la cueva papá, seguro que con que no encontraba uno abierto y se tuvo que ir más lejos buscando hasta encontrarlo, ya mero iba a estar abierto ése de ahí...!; pasan en ese momento frente al negocio de los helados.

Te invito un helado papá, yo pago, aliviánate, ya luego la regañas cuando llegue, de qué lo vas a querer? Si quieres hasta doble, no hay fijón, traigo algo de dinero y mañana empiezo en un nuevo trabajo, me va a ir bien.

Por la calle obscura, haciéndose evidentes cuando pasan por el área de luz de algún farol, entrando y saliendo de escena por donde grupos de niños juegan una cascarita aprovechando la poca claridad del alumbrado, caminan Peatón y Peatoncillo saboreando su helado.

Peatonación es la abuela. La Santa Madre, la jefecita santa de Peatón, su virgen morena, guadalupana. Patrona y mártir de su religión doméstica. Figura máxima de su santoral.

Pero vive sola desde hace veintidós años, porque Peatón decidió desde el momento en que se casó, influido de saludable independencia por Peatona, que para mantener a la madre como símbolo era mejor conservarla lejos, convenientemente enaltecida en los altares de las habitaciones vacías de su santuario. Y ahí, Peatón ha ido domingo tras domingo durante ya más de dos décadas, primero solo, porque Peatona quiso establecer distancia entre ella y la suegra desde el principio del matrimonio; luego ya con ella, porque Peatona consiguió sentirse más segura y menos celosa ante los arrumacos que la señora le fajaba a su hijo cada fin de semana al llegar ellos; después con Peatoncillo, cuando aún era Peatoncito; y al final todos juntos, hasta con la nueva Peatoncita y la Peatoncilla   ya casi adolescente y Perrotón y a veces hasta con Periquillo, Palomita, Perrostor y Canarito, porque Peatón, espíritu gregario, sólo se siente seguro en este mundo traidor cuando sale a la calle, o viaja, con ese séquito abrumador rodeándolo o hecho bola con todos metidos en un taxi, hasta los perros, la paloma, el perico y el pájaro, y en ocasiones las tortuguitas de Peatoncilla cuando aún era Peatoncita, y las bolsas de comida, papas y refrescos, para sentirse de algún modo acompañado y rico, o en su auto desvencijado, si consigue arreglarle las punterías, soldarle el mofle, echarlo a andar, desempeñarlo de las veces que lo tiene que dejar en prenda para lograr un préstamo o recuperarlo en "doble o nada" de aquéllas en que lo pierde en finales de fútbol, si es que no consigue hacerse de otro, lo que ocurre rara vez, muy de cuando en cuando y casi de milagro.

Peatón camina, año tras año, los veintiocho kilómetros que hay desde su casa hasta la Avenida de los Misterios, para integrarse a las multitudes que allí cerquita, sólo un par de cientos de metros después, desembocan su aliento fatigado con sabor a tortas, tacos y comidas puercas del camino, en la mística exaltación centenaria, ahora bajo techo de Basílica nueva, de las tradicionales mañanitas del 12 de diciembre a la Virgen Nuestra Señora Santa María de Guadalupe.

Al terminar hace en camiones y en metro el viaje de regreso a su taller, apresurándose para llegar a más tardar al medio día, hora de brindar a la Virgen las mañanitas familiares planeadas de manera particular por su hermano, una de sus hermanas y algunos cuates de la colonia, coordinados todos por él. Peatón es organizador de eventos. Colegas, compañeros mecánicos de la cuadra, hermanos, primos, colaboradores y un trío de cancioneros lo esperan ya junto al nicho en la pared oriental del taller, donde está el altar que Peatón ha mandado hacer y hermoseado celosa y aplicadamente y con extrema devoción ornamentando con exceso durante las últimas semanas la imagen tallada en madera coloreada de la Virgen de Guadalupe de un metro de altura que compró en San Martín del Chaco el año anterior, rodeada ahora de flores y flores y más flores en jarrones, vasijas y floreros.

Peatón llega aún emocionado por la experiencia casi mística vivida horas antes en la Basílica, toma su lugar frente al altar, saluda muy formal, de lejos, a Peatona, Peatoncilla y Peatoncita, que llegan de la cueva en esos momentos, ve la imagen de la Santa, se persigna tres veces, sonríe a los cancioneros y les da, con una inclinación de cabeza, la orden de empezar. Con la primera parte de *Las Mañanitas*, y después con los primeros acordes de *La Guadalupana*, Peatón se infla de satisfacción, bonhomía y bienaventuranza al recordar que este año ha peregrinado dos veces a San Juan de los Lagos y una a Chalma. Imagina ya con emoción propia de un rapto el momento de preparar las peregrinaciones del año que entra: una a Tepotzotlán, otra a la capilla de San Juditas Tadeo, tres que serán en su momento, en lugar de dos, a San Juan de los Lagos y, en vez de una, el nuevo año, hasta dos veces a bailar a Chalma.

Lágrimas bajan por su cara. Recuerda con cuanta convicción y desprendimiento le ha entregado al cura el diezmo de sus pocas ganancias, apuestas y tandas incluidas.

Peatón está orgulloso; se siente un hombre religioso.

Peatonación ya es una anciana; cansada, deja correr la vida y trata de sacarle lo que se vaya pudiendo. Vive como vegetal en uno de los huevos de los planes de vivienda del gobierno. Departamentos donde si te mueves tantito, tiras algo. Como planta, sí señor, así es uno de viejo, dice, sin podernos mover, necesitando que nos lleven, nos traigan, nos cuiden, nos echen agua. Ya no limpia, pocas veces se baña, apenas el domingo para recibir a Peatón y a su familia; le interesa comer, pasear, *ver*. Conversar. Sentirse acompañada. Deja que se junten la mugre en el baño, el polvo en la sala, las telarañas en el techo, los insectos. Deja morir a los insectos; cualquier cosa es mejor que pasársela a solas. Se divierte viéndolos trabajar. Alguien le dijo un día

que las arañas no son peligrosas, no hacen daño, son benéficas, incluso de la buena suerte.
Peatonación vive entre arañas.

Despeñándose desbocado desciende de la montaña el toro vehículo de fauna parásita gentuza saltando charcos y sorteando baches con su motor carente de aditivos, sus entrañas traqueteantes y sus extremidades temblorosas en estampida de jalones y estirones junto a toros primos   rumbo a los trabajos desahuciados de los barrios del centro.

Una bola de caca de colores viaja en los asientos. Sale, a su tiempo, por la víscera excretora y rueda rumbo a la tortería, sorprende al tortero y a los otros clientes.

Luego provoca pitorreos, carcajadas y frases de semisimpatía entre los perros callejeros de la cuadra del taller, ¡Ay, Güey!, 'hora sí te la jalaste de más, ¡No mames, güey!, ¡Ya bájale!, culmina El Comején. La cara de Peatón llega totalmente coloreada, a tres partes iguales, meticulosas, bien definidas, contorneadas y pintadas, con los colores de la bandera nacional.
Peatón es pintor.
Y maquillista.

Un agujero de satisfacción asoma entre los colores del lábaro patrio, los dientes aparecen, iluminan la calle: Pos qué? güeyes!, que no les da gusto lo que conseguimos?, pues *qué* conseguimos?, le responde El Comején, ¡¿Cómo que "*qué*"!?, dice Peatón viendo hacia todos sorprendido de la sorpresa ajena, pos el tercer lugar de la Copa Exploradores de Fútbol, nuestra selección se trajo el *tercer lugar*!!, ya ni la chingas, le dice Juanete, órale, no me falte usté al respeto, le reclama Peatón, pos qué traen ustedes? somos tercer lugar!, sí, lo trata de ubicar el Chumaquer, *tercer lugar* de una pinche copa valemadre, pos ni tan "*valemadre*", rechaza Peatón, ahí estaban también Argentina y Brasil, pues sí jefe, dice Juanete, y *ésos* nos ganaron, no sean voceros del mal, los adoctrina Peatón, como sea nos trajimos algo, la mayor parte de las veces regresamos sin nada, además, como dijo nuestro entrenador: "se cumplieron las metas...", pues qué metas tan pinches!, concluye La Rana.

36

Al final concuerdan todos en lo que Peatón pasa los siguientes tres minutos explicándoles, estamos en proceso de preparación para el mundial, ahí vamos, poco a poco, afinando detalles, no hay de qué preocuparse, además, hay que estar felices de que los brasileños les ganaron la copa a esos hijos de la chingada que nos ganaron y nos quitaron el gusto de llegar a la final, se vengaron por nosotros!Brasil!,Brasil!,Brasil!

Peatón es increíble.

Peatoncilla una vez más recostada frente a la pantalla grande del televisor principal en la cama *king size* del dormitorio de los padres. Ahora casi ni la ve pues habla y habla y habla con una amiga por el teléfono reinstalado esa mañana pagado a duras penas por Peatón con préstamos de los colegas, junto con el cable, para poder hacer apuestas y ver la final de la Libertadores por la noche. Peatoncilla se acuesta boca abajo, boca arriba, de lado, se coge los pies, se mira las uñas, se saca los mocos, se rasca la cola, le dice a la amiga 'pérame tantito, voy a subirle a la tele, están pasando en Bandamax el video de Celestasio Rivera que me gusta un chingo qué no tienes cable güey? Óyelo, óyelo, ya le subí, está buenísimo, y él también se cae de bueno, tiene unas nalgas que ya quisieran otros...y otras! ja ja, ahí te lo dejo güey, para que lo escuches, yo voy rapidito al baño que mestoy materialmente cagando...

Peatona llega a la entrada de la cueva con la bolsa del mercado, la deja en la entrada, camina tres pasos directamente hacia el fondo a mano derecha para encender la televisión en la esquina de la sala. Eufemismo doble. No es en realidad una *"esquina"* pues la excavación que Peatón y su familia fueron haciendo poco a poco en la montaña para ampliar el espacio habitable, dejó para esa parte de la casa un solo muro de piedra continuado en forma de elipse irregular con dos aberturas, una hacia el baño y el cuarto de los hijos, y otra hacia la recámara principal; en todos los casos, sin ángulos ni encuentros de líneas rectas ni superficies planas. Tampoco puede decirse que sea *"sala"* en el sentido normal del término, el espacio es grande pero todo está aglutinado, revuelto y compartido: un sillón, una mesa para comer, platicar, jugar, cortar cebollas, espulgar frijoles toda rota siempre a punto de caerse, un taburete con la televisión pequeña encima, un par de cojines y cobijas sobre una piedra muy grande que no pudieron romper y que ha acabado por servir de sofá, una estufita con su tanque de gas de veinte litros al lado, una imitación de refrigerador tipo mini-bar de motel, nichos excavados en algunas partes donde la dureza de la roca del muro lo

37

permitió, una especie de fregadero-lavadero-pileta-lavamanos multiusos para enjuagar lo que se necesite, encima de él una abertura de unos treinta por cuarenta centímetros en forma de rectángulo chueco, así le dice Peatón que no sabe de rombos ni paralelogramos, y que es la única ventana que la familia Peatones consiguió abrir horadando el muro hacia el exterior. La de "*la puerta*" ya estaba hecha cuando ellos se fueron a vivir ahí. Boca oscura de hocico hacia el misterio, chueca, burlona; de chacal.

Peatoncilla *una vez más* recostada frente a la pantalla grande de la televisión principal en la cama *king size* del dormitorio de los padres. Ahora platica con la amiga, empezando la segunda hora de conversación, sobre la versión lagunesca del grupo *RVT*, y el CD que saldrá la semana próxima de Celestasio Rivera.

Peatona *una vez más* frente al televisor pequeño. Come con fruición uno tras otro, sin observarlos, los *Doritos Nachos* de la bolsa gigante en su regazo. La hechura de la comida puede esperar. Es tiempo de ver la repetición de las telenovelas de la mañana. Aunque sabe que falta aún para la hora de la comida, no se pregunta qué hace ahí, tan temprano, en la casa, su hija. Peatoncilla simplemente se voló las clases, pero su madre no lo sabe. Ni le interesa.

Hace calor.

Peatona se lamenta de no haber permanecido más tiempo dentro del supermercado gigante al que pasó para relajarse y refrescarse disfrutando del aire acondicionado después de la larga caminata, y para darse ánimos espirituales viendo un poco de televisión matutina tempranera en un paraíso para ella formado por más de veintiocho televisores encendidos con la superestrella de los aparatos de televisión en el centro de la sección de Electrónica: el *Philips* de pantalla plana de cuarenta y ocho pulgadas, enaltecido, exaltado, alabado, adorado por ella como un Dios, antes de ir a la Central de Abastos.

Peatón mata el aburrimiento de no tener trabajo en su taller leyendo promociones de ofertas de productos de los centros comerciales, mirando *comics*, pasando al baño. Esporádicamente se masturba con fotonovelas pornográficas de quinta o cuentos obscenos en caricaturas. Lee las inscripciones hechas a punta de desarmador en la parte interior de la puerta de madera del baño, descifra dibujos minimalistas de penes y nalgas *juanete y la rana son putos de a madre el chumaquer y mínimo les metieron la verga atras de la camioneta del comejen yo los vi.*

Escucha desde dentro, imaginariamente, mientras caga, el ruido que al grabar esas frases habrán hecho los talladores ocurrentes y que él ha escuchado sin conseguir identificar desde debajo de algún auto en reparación o desde cualquier punto del taller en otras ocasiones. Piensa en alguna posible frase de su cuño. La descarta. Platica con los colegas de la cuadra. El capítulo de *Big Brother* de la noche anterior los dejó picados, excitados. El ayudante Juanete le pregunta si siempre sí va a querer que vaya a comprar unas birrias, qué no puedes hablar bien? le dice La Rana sólo por picarlo, por hacerlo rabiar, sentado en el suelo junto a Peatón a unos metros de la entrada del taller por la parte de afuera; el ayudante se apena; Mínimo, parado al lado de ellos recargado en la pared remata, por lo menos di *chelas*, *cheves*, *tecates*, güey, qué es esa mariconada de *birrias*?

Qué bien trabajas güey! le grita El Comején desde el taller de al lado, el que sí, casi siempre, tiene chamba; donde sí, algunas veces, trabajan. Al no obtener respuesta de Peatón El Comején insiste: Ya págame tú 'ora a mí güey! No te hagas...! Haces como que no me oyes!, Peatón ni voltea, ni deja ver que escucha, como si el no hacer caso de los gritos fuese a saldar la deuda, como si el no contestar el teléfono fuese a terminar con todo lo que debe a los bancos, a los cobradores y a las tarjetas de crédito; sigue platicando con los cuates, les alega que ése cabrón al que descalificaron se lo merecía porque se dejó dominar psicológicamente por una de las chavas y empezó a sacar sus complejos y frustraciones y eso lo hizo ver mal, jodido de plano con la gente a la hora de las votaciones telefónicas, ésa es la neta, entiendan, no porque me caiga mal o los productores le tuvieran ojeriza.

Peatón es psicólogo.

Lo que necesitas es una tele nueva, le dice a Peatonación, mira nomás ésa que tienes qué es eso?, Ay!, m'ijito, le dice Peatonación, para lo que la veo. Sólo le sirve un canal, creo que el de las estrellas. Por eso mamá, vamos juntando para otro; ése hasta telarañas tiene! Para qué, Peatón? Yo lo que quiero es salir, pasear, convivir, verlos a ustedes, a ti, a tus hermanas, a tu hermano, que me vengan a ver, a visitar, que me lleven a pasear, me inviten a dar la vuelta, yo la televisión casi ni la prendo, la apago rápido, me voy a dormir temprano, a descansar, a sentarme en la cama, a pensar; para qué quiero otro aparato a estas alturas?,... para lo que la veo.

Peatoncillo quiere salir de pobre pero no halla cómo. Ha vuelto al taller como un paréntesis entre dos trabajos que se le han espaciado de más. Cosa rara. Ha tardado en emplearse de nuevo. Peatón se ilusiona con la posibilidad de que el hijo haya decidido sentar cabeza, aplicarse a trabajar en lo que Peatoncillo ha dicho que menos desea, que es seguir trabajando allí en el taller con su papá, seguir de subalterno *arreglacarros* y acabar su vida tal vez como el nuevo jefe heredero de las deprimentes instalaciones, y las deudas, y de los gatos industriales, y las demandas, y de los juegos de herramientas alemanas y los citatorios judiciales y el teléfono cortado cuando no llamando sin que nadie se decida a contestar no vayan a ser los cobradores, y del taller de Peatón, de sus dos clientes por quincena, de su fracaso implícito, su pobreza. De nada sirve que Peatón le diga cuando tengas un hijo vas a entenderme. Él prefiere lo que sea, hacer lo que se necesite, inventar lo que no se requiera, poner lo que no haga falta, un nuevo desodorante para perros, un nuevo diseño de centro para donas, otra nueva franquicia de café, otro puesto de tacos en la esquina, un método peruano para administrar empresas; como que está yendo luego de dejar la Prepa a unos cursos de inglés para hacerla de guía de turistas en museos y pirámides, y de electrónica para arreglar televisores, DVD's y estéreos; como que el alejamiento de los estudios formales es temporal, en lo que encuentra su verdadera vocación, alguna cosa que lo atraiga; como que se va a pagar sus estudios trabajando, hasta si se llegara el caso y fuera necesario, otra vez como albañil y peón de obra, no es el caso de andar de vago estando las cosas como están, sí , en eso le doy la razón a usted, eso lo entiendo,'apá.

Peatón mueve la cabeza negativamente al ver que se aleja del taller, por la calle que lleva a la nueva área de los centros comerciales modernos de la ciudad, con el mismo andar pesado y bamboleante que él tenía cuando era joven, cuando tenía su edad, el mismo mover la cabeza como toro de plástico de tablero de automóvil, con imán y resortes, el mismo aventar los brazos toscos, las manos grandes de dedos gruesos con fuerza y pesadez hacia el frente conforme las piernas y los pies opuestos van haciendo vibrar el pavimento aun con más peso: es *él*, tanto en su testarudez como en sus cuentos y mentiras, tanto en su rebeldía como en su protesta callada de la situación de su familia, tanto en su deseo de tomar un atajo como en su andar caminante pesado y taciturno. Cuando discute con su hijo, discute con él mismo. Al ver a Peatoncillo ahora se está viendo a sí mismo hace unos años. Sólo la ropa

40

cambia, y las calles que se han modernizado un poco y ahora hasta están pavimentadas y con uno que otro café Internet y tiendas de video. Por lo demás, la vida se repite y los peatones se clonan.

Carmen Apié espera a Peatoncillo en su casa al otro extremo de La Rosarito. Para ella el muchacho no es clon de nadie ni se parece a ese viejo cuadrado vago que siempre que ella pasa por el taller está afuera platicando con los amigos tomándose un refresco o adentro jugando cartas y bebiendo cerveza. Para ella el muchacho es único. Bello, serio, formal, responsable, trabajador, ambicioso en el buen sentido de la palabra, romántico y tierno. Por ello, a pesar de los repetidos consejos de la madre fíjate bien lo que haces, ese muchacho para mí que no tiene carácter, no le duran las chambas, no te quiere realmente y no va a dar color a la hora del casorio, así que ándate con cuidado, no hay nada que valga más que una muchacha virgen a la hora de casarse, los hombres dirán lo que sea y andarán con quien sea y se acostarán con quien sea pero a la hora de buscar esposa las quieren vírgenes, guárdalo bien, ése es tu mayor tesoro, y ni se te ocurra dejar que te acaricie ahí, que meta mano, que meta los dedos, que me meta lo que tiene abajo entre las piernas, que me meta todo, que me bese como él sabe besar, que me levante en brazos aunque no sea después de boda, que me quiera aunque sea poquito, que me apapache, que me tome, que me coja!, qué sabe mi mamá de cómo es él, qué lo va a conocer, ni lo conoce, no sabe que es lo máximo, que hace el amor como los dioses, qué va los otros niños mensos de la escuela que hay que irles diciendo por dónde y cómo y qué cosa primero y qué cosa después!, éste es un hombre, Peatoncillo es un hombre en toda la extensión de la palabra, fuerte, viril, varonil, qué va a saber mamá de eso, si ya ni se ha de acordar cuando era chava...

La muchacha mira desesperada por la ventana hacia la calle. Peatoncillo no llega. Se lame los labios inconsciente de que por dentro de ella ya lo está besando, como hace ocho días cuando en lo reservado y oscurito del Parque España él hizo de las suyas y ella lo dejó hacer y él le hizo lo que quiso como tantas otras veces y acabaron los dos sobre el pasto tras unos arbustos haciendo el amor desaforadamente entre las sombras de los focos fundidos del anochecer. Amor peatonal.

Pero hoy no llega.

Peatoncillo llega al Mall, un centro comercial donde lo único que falta es que los empleados de las tiendas y las dependientas de los comercios hablen en inglés, para sentir que está uno en Utah, Houston, Rhode Island o Nueva York. Se siente bien al caminar por los pasillos modernos llenos de tiendas de franquicias americanas. Sueña con hablar bien el inglés, con viajar con dinero un día por todos los *Iunaites*, con conseguir algún trabajo donde le paguen bien y no tenga que ir muchas horas, y le paguen por lo que él es y no por lo que sabe, y en donde pueda aplicar lo que sobre la marcha aprendió de relaciones públicas en el poco tiempo que aguantó como mecánico en el taller de su papá, en donde pueda vestir bien y trabajar más con el cerebro y la sonrisa que cargando bultos, piezas, materiales y herramientas y ensuciándose las uñas y engrasándose la ropa: un empleo como el de los muchachos bien trajeados, cabello recortado, *head set* intercomunicador en la cabeza y zapatos lisos brillantísimos, que atienden, reciben a la gente y solucionan problemas a la entrada de las salas de apuestas *Yak*. O, ¿por qué no?, hasta dejar a un lado eso de ganarse el dinero trabajando diariamente, y mejor ser de los que apuestan fuerte adentro, llegar un día del brazo de la fortuna, se llama Bibi, y salir con cien o doscientos mil dólares en un cheque de caja en la bolsa interna izquierda superior del saco, acompañado de dos o tres modelos rubias altas de primera. Las sirvientas de Bibi.

O incluso hasta robar un banco. La pobreza es canija, y la pobreza máxima, aun más; las medidas extremas comienzan a tomar tintes sutiles, matices alejados de los juicios morales, de las consideraciones éticas, lo bueno y lo malo, lo blanco y lo negro; comienzan a parecer menos riesgosas ¿Y por qué no?, se pregunta cuando casi llega al fondo de la Plaza motivado más que nunca, como tantos otros días, cuando observa las piernas primorosas de Giovanna sentada en uno de los bancos de descanso junto a las macetas olímpicas, vestido blanco sin mangas, zapatos Prada color crema batida, collar de perlas, cabello recogido con un bigudí caoba muy fino haciendo las veces de peineta en la nuca, y comprueba que la muchacha está realmente enamorada.

Peatoncillo, vivillo desde chiquillo, ha tenido un éxito notable con las chicas, niñas de la primaria, muchachas de la escuela, mujeres del hogar y de la calle, viudas, solteras, matronas. Sus ojos negros, su cabello negro ligeramente acaireloado cuando le crece un poco, su cuerpo sólido, su mirada invasora, su seriedad, aparente timidez, lejanía, reciedumbre, las queman; el quedarse callado…las derrite. Se desaguan al sentir que le pasan de cerca y ni voltea, al ver que las mira y no sonríe, que observa hacia otro lado como si no existieran, como si no importara, al darse cuenta de que se le acercan y él lo evita, de que no las nota, que no las llama con su voz de hombre macho. Simplemente calla.

Giovanna no es distinta. Cayó igual que todas. Lo persigue, lo adora, lo idolatra.

A él le gusta la chava, mucho más que otras. La deja hacer, la arrastra. Eso sí, no le dice que no tiene un centavo, que bien mirado ni estudia ni trabaja, saca para ir saliendo, es hijo de Peatón, no tiene ni casa y vive en una cueva.

Peatoncillo es cabrón.

Entran al cine, Giovanna paga. Compran palomitas con nachos y refrescos y un par de helados *Ben & Jerry's* en dos combos, Giovanna paga. Salen del cine y ahí mismo, en el centro comercial, en un *Chili's*, cenan y Giovanna paga, antes de salir los dos en el convertible de Giovanna rumbo al amor en una suite con jacuzzi del motel *Vail Palace,* donde al final, claro, Giovanna paga. Peatoncillo sale al terminar feliz rumbo a la noche fresca, satisfecho, junto a ese mango de Manila que va sentada a su lado en el auto, manejando ella, claro, y que además de cumplirle todos sus antojos, desvíos y perversiones a la hora del sexo, de hacer junto con su cuerpo hermoso al de ella esculturas vivas novísimas de amor *à la* Moore y Roger Bacon, le paga, con un beso, con más salidas, con más llevadas a comer y a cenar e idas al cine, Giovanna paga.

Él le dice déjame aquí adelantito que van a pasar por mí unos cuates porque quedé con ellos de ir a un antro que queremos comprar como inversión, nomás por hacer algo y no estar de ociosos, yo mismo voy a administrarlo, me están dice y dice.

El convertible con la preciosura da la vuelta unas cuadras más allá y Peatoncillo, seguro de la ausencia de peligro, cruza la calle, aborda un camión de la Ruta Siete, dormita rumbo al Cerro del Partido, pasa al lado del Peñón de los Baños, se baja a trece cuadras, camina por la noche, saluda a los ñeros, a las bandas, a las putas que cobran y a las que presumen que las dan de a gratis, llega a la falda del Cerro de las Elecciones, mira hacia arriba, a la lucecita que sale del orificio por donde está la cocina, a los resplandores entre la balaustrada del balcón por los fogonazos intermitentes de la televisión de su madre Peatona, y comienza a subir. Al ir sorteando piedras y matorrales, desgajando arenisca, casi resbalándose, se pregunta si Peatoncilla habrá llegado ya de su paseo con el hijo de la chingada ése de los claxonazos, y cuándo será que Peatón empezará a poner las piedras ésas que dijo sobre la senda marcada para hacer más fácil la subida.

Tres modelos estrellas de televisión bajan por la calle Luiz de Camões hacia la avenida donde tomarán el camión -éste amolado, paupérrimo, más bien vaquilla magra de corral pobretón provinciano que toro de lidia pujante, bufante y mugiente saliendo al ruedo en La Maestranza- hacia los rumbos de La Rosarito. Hablan de sus cosas, encantadas con el hecho de haber llegado a la Preparatoria tan buenas amigas como eran en Primaria, de haber decidido seguir viéndose todos los días a las tres de la tarde, después de salir de sus diferentes escuelas, en la esquina de Camões y Borges, en el *7 Eleven* de la colonia Escritores Iberoamericanos. Se ríen confiadas, presumidas, orgullosas. Una, Piedad, se sueña Beyoncé, mismo color de piel, mismos labios, mismos ojos saltones; al lado, Pietra, que odia y corrige a los que le dicen *Prieta,* se piensa Natalia Vodianova, mismo garbo, mismas piernas largas, mismo estilo sexy refinado; la tercera, Peatoncilla, se siente la Giselle Bündchen de San Pablo Laguna, y sólo se le parece en que también tiene dos brazos, dos orejas y dos fosas en la nariz, como aquélla, pero nada más; de semejanzas…hasta ahí. Sin embargo, Peatoncilla se imagina con su cuerpo y sus poses y su porte desde que la vio en un DVD pirata que Peatoncillo llevó a la cueva con una película de Queen Latifah, que trataba de taxistas…

Peatón cierra siempre el taller sobre esas horas para irse a su cueva a comer. Eufemismo. Malamente habrá algún guisado hecho a las carreras por Peatona con más caldillo que pollo y más agua que consomé. A Peatona no se le da la cocina.

…los estudiantes y albañiles que las ven pasar casi para llegar a la esquina donde tomarán el camión, piensan más en potranquillas de buenas ancas listas ya para ser montadas que en modelos internacionales; ellos no hojean *Cosmopolitan, Vogue* y *Elle* en los Sanborns de Laguna; si acaso, calentados de más por el contoneo de las chicas, el calor de las tres, ellas y de la tarde, y el ardor en piel y narices que les dejan los camiones de pasajeros, autobuses y trocas y tórtones materialistas que pasan con el sol en sus lomos, castigados sus cueros, el brillo aturdidor de sus gigantescos ojos reflejantes obnubilando las almas de los débiles, resoplando y aventándose pedos petroquímicos por la Avenida Nervo, compararán a alguna, más subdesarrolladamente, con Galilea Montijo, Maribel Guardia, Sofía Vergara o Penélope Cruz. Piedad se queda un poco atrás porque responde el celular y se enfrasca en una discusión argüendera y de manoteos y poses coquetas sobre la marcha. Peatoncilla la mira de soslayo y lamenta no haber podido conseguir aún, ni con dinero propio taloneado, ni con ayuda o por regalo del papá, su propio teléfono móvil. Piedad cuelga, acelera el paso y las alcanza ya concentrada en escribir un mensaje en su celular; luego de mandarlo marca otro número...

     Peatón se levanta de la mesa coja reclamándole a su señora no haber hecho algo todavía para componerla. Levanta el auricular del teléfono sonante. Peatona, desde la mesa en que con la mirada fija en la tele, absorta, mordisquea la comida, queda a punto de percibir la presencia de su esposo en la cueva; lo ha recibido mecánicamente, ausente le sirvió de comer, silenciosa continúa viendo ahora la pantalla en que aparecen las estrellas del mediodía junto con el reflejo de la silueta de Peatón contestando el teléfono recortada en negro contra la luz que irrumpe por la puerta de la cueva. Pero Peatona no lo nota; no llega a tanto.

     ...discúlpeme de veras señor se lo ruego no sé en dónde traigo la cabeza marqué el número equivocado qué pena!, y su hija está aquí conmigo, ella está *aquí*, así que para qué le iba yo a marcar allá, Peatoncilla intuye que Piedad habla de ella y voltea curiosa sin dejar de caminar, Pietra vuelve la cabeza también, un albañil de la construcción de enfrente se le queda viendo a ella particularmente, le han gustado su uniforme verde, la faldita corta a la mitad de los muslos y las tobilleras caídas hasta abajo del tobillo, aflojadas por el uso, sobre el borde de los zapatos negros, de veras señor se lo ruego soy una tonta, ya vamos para allá en un ratito está su hija ahí con usted, quiere que se la pase?, no gracias, para qué si como dices ya va a llegar dentro de poco, no te apures, y tampoco por eso de la llamada, así me pasa a mí a veces de tanta cosa y tanto trabajo y tanto compromiso que traigo, nosotros estábamos comiendo, nosotras íbamos caminando y 'hora estamos aquí paradas con ésa que no deja de hablar por su celular y la otra inquieta y las tres llamando la atención en este rumbo no sé qué estamos haciendo aquí ni qué tanto me ve ese pendejo albañil muerto de hambre mugroso todo lleno de cemento, babeando baboso cayéndosele la mezcla de la cuchara, de seguro te gusté cabrona que te detuviste y no me quitas la vista de encima, vente déjate venir, súbete nomás por la rampa aquí hasta este piso y nos vamos a coger allá donde está el Checo pegando los ladrillos de lo que va a ser el cuarto del fondo, ya casi lo acaba, mi reina, no se ve nada desde abajo, 'ora sí que va a ser como nuestra recámara nupicial, qué tanto miras para abajo, no le pares no te me distraigas, pásame la mezcla güey, pásame el teléfono es mi 'apá con el que estás hablando verdad?, qué tanto miras para arriba Pietra?, pásamelo déjame hablar con él, ni te fijes, a ver qué día vienes con Peatoncilla a comer con nosotros, frijoles *La Costeña, me gustas tú y tú y tú...*, voy a comprar mañana una lata de esos frijoles en el súper, deben estar bien buenos, cuando vaya a refrescarme y a distraerme un poco antes de ir al mercado, no necesitas ni avisar, ya sabes que eres bienvenida, ese pendejo albañil ha de haber creído que me le quedé viendo por otra cosa, pásamelo! qué, no quiere hablar conmigo?, vas a ver, le dice Peatoncilla a Piedad, jalándole el brazo, jalándole la camisa, dándole un coco le dice el Checo al alelado qué tanto ves que no me pasas la mezcla que te digo?, sigue la dirección de la mirada del babeante, Pietra saca de su bolsa un espejito como para arreglarse las pestañas, lo abre, finge que retira una basura de su ojo que ve por el reflejo al pendejo albañil que ahora no es uno, son dos, son tres primores los que se encuentra el Checo al final de la mirada del hipnotizado, ay! güey ahora entiendo por qué, mira nomás qué buenas ésa de la minifaldita no la que está hablando por teléfono sino la otra, la de los calcetincitos, ya lo sé güey con ésa no te metas que es mi novia, nomás será cuestión de ponerle un poquito más de agua a los frijoles, sí gracias señor, permíteme tantito Peatoncilla sí?, ya me dijo él que no te pase, acá nos acomodamos en tu pobre casa bueno en tu pobre cueva, donde el corazón es grande hay lugar para todos, si tuviera un teléfono celular yo misma le hablaría a mi papá para saludarlo cuando se me diera la gana, si hasta esta pinche vieja desobligada huevona enajenada con la televisión imagínate tú chavita hermosa que cada vez que te veo desde el balcón despedirte de mi hija me aguanto las ganas como ahora de decirte qué buena estás, mi reina, te voy a levantar esa faldita, ya cállate güey, vámonos a trabajar que el ingeniero viene a revisar la obra en un rato, qué tanto miras, qué tanto sueñas, qué tanto te imaginas si ese bombón jamás querría salir contigo, pobre güey, estás muy pobre y viejo para ella, gracias sí señor hasta luego, ya era hora, ya ni la amuelas…

Peatón hasta querría escuchar un quién era, qué hacías hablando tanto tiempo con ella?, de la mujer que ha terminado de comer, ha ido a sentarse en el sillón frente a la tele del cuarto general

46

multiusos de la casa y cambia con el control remoto los canales. Esposa perfecta si no fuera porque su lealtad es ausentismo, su fidelidad es inconsciencia, y su obediencia imbecilidad; si no fuera porque hasta en ese momento inclusive, en el que Peatón ha logrado sentir uno de los poquísimos ataques esporádicos de lujuria que lo incitan a meterle mano bajo la bata y aun hacen que no la vea tan fea, tan ajada, ella no está; y él se contiene. Peatón lo sabe. No hay nada ya que hacer.

Peatón es adivino.

Giovanna Veiculano es hija de italianos de Nápoles, nacida por azares del destino en Nueva York y criada en Buenos Aires. Toda una ciudadana del mundo. Ahora, por cuestiones profesionales, vive en San Pablo Laguna, megalópolis ultramoderna cosmopolita de sesenta y ocho millones de habitantes, a la orilla de la Laguna de los Santos, antiguamente conocida como Laguna San Pablo.

Es Directora de Información de Red América, la cadena de televisión más importante de Laguna; lo que significa en castellano simple y llano, que ella, en combinación con los directivos de la cadena y con asesores políticos y económicos al servicio de la misma, decide qué noticias transmitir, en qué programas, cuándo exactamente y, sobre todo, *cómo*.

Por su delicado papel al servicio de la ideología de la cadena de televisión la muchacha recibe quincena tras quincena un dineral de sueldo. Intuye que Peatoncillo no tiene ni petate en qué caerse muerto y teme que sea incluso más pobre de lo que aparenta. Pero no le interesa averiguarlo ni llegar al fondo del asunto; de la misma forma en que la tiene sin cuidado el que ella tenga veintisiete y él apenas diecinueve. Cuando él le toma la mano, le ciñe con sus brazos pesados y sus grandes manos la cintura desnuda y la va besando completa por el vientre, los muslos y las piernas, ella sabe que es el hombre correcto.

El amor no reconoce edades, ni circunstancias, ni amenazas ni clases sociales.

Giovanna está absolutamente enamorada, *enculada*, le dicen sus amigas, del bello Peatoncillo.

Y eso le basta.

Peatón, a las cinco de la mañana, cinturón en mano, despierta a chicotazos a Peatoncita. La niña se medio endereza aterrada a la luz

47

del foco de su cuarto iluminando la cara furibunda de Peaton, quién vive?, dice, qué pasa?! quépasa?!, no hay que ser!!!, ¡qué maneras de despertar a una son éstas?, se soba el antebrazo, Peatón la termina de levantar y la arrastra de los cabellos hasta el muro pintarrajeado, ¿"qué pasa"?, ¿qué pasa"?, eso es lo que digo yo Peatoncilla, nómas eso me faltaba, que te pongas a dibujar y a pintar y ensuciar los muros de la pinche cueva!, con el trabajo que nos da tener la pinche casa más o menos presentable!, son dibujos de animalitos papá, de toros, de bisontes..., ¡qué animalitos ni qué mis huevos!, con lo que nos cuesta ir levantando poco a poco este cuchitril y tú ensuciándolo mira nomás!, la jalonea, le muestra de cerca su desfecho, le ordena, y te me pones a borrarlos enseguida, antes de largarte a la escuela, que ni los vea tu hermano Peatoncillo, con el trabajo que nos costó que dejara de irse con sus amigotes a pintarrajear paredes en las calles, no le vaya a dar la pinche onda de nuevo...!

Peatoncita solloza; le dice: Están bonitos papá, son como los de las pinturas rupestres de las cuevas de los hombres prehistóricos de Altamira, antier vimos eso en la escuela...

Peatón calla. No suelta a la hija, pero afloja la presión de sus dedotes.

Peatón no sabe ni madres de Prehistoria.

Peatonaida, la hermana de Peatona le reclama que se pase la vida viendo televisión, desde los noticieros de la mañana temprano hasta el de la noche, pasando por los programas matutinos de mujeres, los del medio día, los de concursos sentimentales de corazones rojos, las telenovelas repetidas de media tarde, los programas de chismes de lavadero, los del corazón, las repeticiones de las viejas telenovelas en otros canales del cable, los casos de la vida real, uno que otro de recetas doblado del inglés, algunos de decoración grabados en Orlando, a veces los de *tips*, consejos, jardinería y pasteles de Martha Stewart, uno que otro de los de los paranoicos que persiguen con cámara, conductor, camionetas de producción, chismosos argüenderos desviados de medio mundo asistiendo a cada cosa que pasa durante el lío y la crisis y todo a sus parejas desleales tramposas infieles engañadoras, y las infaltables e insustituibles telenovelas de Red América que Peatona ve con mayor concentración aun y completamente raptada en el total arrobamiento de una experiencia mística, le reclama que no la escuche a ella, a su hermana que se preocupó por sacarla adelante, por lo menos hasta que se encontrara a un buen partido como el que parecía que sería Peatón, quién iba a saber, claro, en lo que se iba a convertir, parecía trabajador y con posibilidades de éxito cuando me lo presentaste, no como ahora, fíjate nada más en lo que está convertido, un fracaso total, le cobra a la hermana que no escuche a su hijo, a Peatoncillo, a nadie, que no escuche ni a Peatoncita cuando llega de la escuela y dice que mañana tiene que llevar una cartulina coloreada con los países del mundo, que le des dinero para ir a comprarla porque la maestra ya van tres veces que la regaña por no llevar trabajos, por ser tan incumplida niña una total irresponsable, qué va de tu hermana cuando tenía tu edad yo le di clases ella no era así, yo no tengo que ver, no es mi culpa maestra, de veras créame, a mí sí me gusta estudiar y ser cumplida, le dice, es mi mamá que no me da para las cosas, no hay dinero maestra, no hay dinero en casa, y mi mamá la pobre se deprime tanto que hasta muda se queda cuando le pido, ya mejor ni caso me hace, ni a Peatoncilla que requiere que la atiendan, está en la edad en que necesita consejos, guía, ni a mí que soy tu hermana Peatonaida, mírame, te estoy hablando, te voy a apagar el pinche aparato ése que no sirve para nada, sólo te sorbe el seso, siquiera voltea a verme, carajo, le dice, ya por lo menos báñate, deja de estar de huevona, haz algo con tu vida.

Un par de lágrimas en las mejillas de Peatona detienen las reconveniencias y recriminaciones hacia la hermana. Peatonaida se sienta en la sala junto a ella, pone las manos sobre las rodillas, se queda muy quieta, piensa que los reclamos han surtido efecto; Peatona ahora jadea y hasta jala sus secreciones nasales hacia adentro para que no se le salgan; los sollozos son claros, conmovedores. Colándose entre ellos y adquiriendo cada vez mayor presencia le llegan a Peatonaida los sonidos de la televisión frente a ellas, en el rincón de la sala, la verdadera razón, consigue ir entendiéndolo poco a poco, conforme se queda viendo a la pantalla igual de atenta que Peatona, del llanto conmovido y conmovedor de la hermana: han metido a la cárcel al hermano guapísimo de la heroína de la telenovela mañanera!

Peatoncillo consigue un trabajo de guardia en el Museo de Antropología.

Su físico le ayuda: fornido, espaldas anchas, uno setenta y ocho de estatura. La mamá, Peatona cuando aún hablaba con ellos le decía al muchacho: tú abueleaste, porque si fuera por mí o por tu padre que está tan chaparro como yo, te habrías quedado enano. Peatón reflexiona, su padre, el abuelo paterno murió a los un metro con cuarenta y nueve centímetros; su madre, la abuela Peatonación mide uno cuarenta y ocho; el abuelo materno, padre de Peatona, debe medir ahora uno cincuenta, piensa Peatón, puesto que antes de morir medía uno cincuenta y cinco, pero entre que encogen los muertos dentro del cajón y lo que le hayan ido comiendo los gusanos en estos cinco años..., y la madre de Peatona, mi pinche suegra...anda como en el uno cincuenta y siete..., así que eso de que "abueleó" me suena a pitorreo Peatona, le dice pensando en voz alta, pues entonces a quién iba a salir?, refunfuña Peatona desde la cocina. Eufemismo maravilloso de la física relativista ese *"desde"*, pues Peatona, al estar en la cocina de la cueva, está al mismo tiempo en el espacio del comedor y de la sala y de la estancia y del recibidor y del porche, así que lo que ha dicho les llegó a Peatón y a Peatoncillo desde otro espacio, pero de ahí mismo; pues será el sereno, responde ya en completo silencio Peatón y viendo a través de la entrada de la cueva al exterior, pero a mí ya me está latiendo como que eso de que los hijos *abuelean* no es cierto, o que esas cosas de la herencia son muy raras, o que...

El caso es que Peatoncillo es una sensación en el Museo, con su traje gris muy bien planchado, sus zapatos de charol, su camisa blanquísima con corbata verde esmeralda al centro, y el cabello engominado con medio tubo de *gel*; principalmente entre las secretarias y trabajadoras administrativas, las antropólogas e historiadoras que hacen análisis de piezas, efectúan estudios y realizan investigación, las maestras de Primarias y Secundarias que guían a los grupos de bobalicones a los que llevan dizque para que aprendan, los guardias gays colegas de trabajo de Peatoncillo, y las gringas, inglesas, canadienses, francesas y alemanas que llegan a turistear a la institución con sus caras pecosas sin maquillaje, sus minivestidos de tela delgadísima, sus shorts con dobladillo, su cabello rubio en cola de caballo, sus lentes de aros gruesos, sus chicles, sus anteojos para el sol, sus pastillas de menta en la boca, sus sandalias playeras, sus guías turísticas de la ciudad de Laguna y del Museo en la mano, y sus caras aleladas con expresiones de asombro y sus oh!, my God! y ou! y aah! en la boca frente a las estatuas y penachos prehispánicos, pero más frente a la cara seria, los brazos fuertes las manos gigantes de hombre de dedos gruesos y nudosos y las nalgas redonditas de Peatoncillo.

Pero la fiesta dura poco. Llegar al Museo de Antropología, cerca del centro de Laguna entre el parque más grande de la ciudad y el barrio de judíos millonarios, le toma a Peatoncillo tres horas y media de ida y cuatro de regreso hasta el Cerro de las Elecciones junto a La Rosarito. Desciende de su cueva bien bañadito ya a las cinco y media de la mañana, camina dieciséis cuadras hasta el centro de la colonia para tomar la pesera que lo lleva hasta la colonia Unidos Venceremos, ahí aborda un autobús traquetero humariento salta baches, misma raza mismo estilo de los toros de lidia de espejos cornoformes y entrañas pedorreras en los que Peatón viaja hasta su taller mecánico en la colonia Punta del Este; Peatoncillo llega, después de una hora, por fin!, a la parada del metro Conquistadores, ahí Peatoncillo se pregunta por qué el metro nunca llega hasta donde la pobre gente fregada más lo necesita, ¿por qué no se les ocurre poner una pinche estación para todos nosotros los jodidos en la parte más populosa de La Rosarito?; el muchacho entra a duras penas en el vagón y se va aplastado y aplastando, manoseado y manoseando, escupido y escupiendo, olido y oliendo, nalgueado y nalgueando, como ostión metido a huevo junto con otros en la lata, los cangrejos son artrópodos crustáceos latinoamericanos, hasta la parada Mariscal Sucre; si consigue bajarse a madrazos entre el mar de reses que quiere salir ahí mismo y el océano de bueyes que quiere entrar al vagón, ya sólo le falta otra hora en torocamión jubillo por la Avenida de la Independencia para llegar a la parada de la esquina del Museo a las nueve treinta y cinco de la mañana, con miedo invariable de no checar la tarjeta *a tiempo*.

Al salir es igual pero al revés. Y peor, porque el tráfico de vuelta a los suburbios descalificados es agobiante, insoluble entre las siete y las diez de la noche.

Y mucho peor, porque al regreso tiene que sufrir el beneficio de los vendedores gritones de CD's piratas del metro poniendo muestras a todo volumen de los éxitos de los Panchos interpretados por los Ponchos, piratería de piratería, de los más gritones de plumas y medicamentos, agendas, calendarios y Nuevos Reglamentos de Tránsito para que Peatoncillo sepa las sanciones a que se hará acreedor si condujere su vehículo en estado de ebriedad o llevare pantallas de DVD en alguno de los paneles del tablero o frente a los asientos delanteros de su auto, ja!

Luego de cinco días de trabajo, el primer viernes después de haber iniciado sus actividades en el Museo, tras apagar el despertador a las cuatro y media de la mañana al levantarse, Peatoncillo dice en la penumbra de la habitación, casi como explicándoles a Peatoncilla y Peatoncita dormidas, ni madres, ni por todo el oro del mundo, yo no voy a perder mi juventud trepado en un camión medio día y viajando las horas como parásito en intestino de lombriz de tierra por los túneles subterráneos. Vayan a chingar a su madre! Se vuelve a acostar, se echa encima las cobijas y sigue durmiendo.

Toro gigante longhorn despeñándose desciende de los altos de los cerros invadidos el vehículo saltando charcos, embistiendo topes y sorteando baches. Da coces, echa dos pedos por su trasero falto de atenciones, avienta los cuernos de sus espejos para arriba en un par de cornadas ciegas y retuerce su cuerpo al seguir bajando repleto de fauna parásita gentuza rumbo al trabajo por la calle Bolívar, a jalones y estirones, luchando por la nada, en empeños inútiles, entre la manada de otros toros infectados, rebelde, encabritado, resistiéndose a ser jineteado por un vaquero inepto de rodeo.

El toro mecánico longhorn de patas con arreos metálicos y cascos neumáticos pedorrea una tercera vez al llegar a la esquina de General San Martín y deja caer por la abertura de atrás ocho boñigas de diferentes dimensiones y colores, bolas de caca que ruedan urbanas por la calle en direcciones diversas. Al salir dejan espacio para que otras se acomoden dentro de los intestinos pobremente acolchonados del animal, se precipiten hacia la salida, toquen el timbre del camión de aviso de bajada y se coloquen en el recto tramo de salida para ser expulsadas en la siguiente parada.

El animal, traqueteado, se detiene una vez más, ésta brevemente, y avanza después de haber soltado una boñiga apestosa rezagada, pequeña.

Hoy más apestosa que otras veces.

Tres sueños de fútbol después, Peatón llega al taller. Hoy no hay apuestas ganadas que cobrar. Pero hay algo mejor; nuevo Espejismo, perdón!: *Eufemismo*; en estos rumbos, si bien se les ve, no hay nada "mejor" nunca, podría decirse: *hay algo*. Peatón no ha tenido ni tiempo de bañarse pues fue a la cama tarde la noche anterior, le pica la división entre las nalgas; de tan inesperado e inusual, no sabe si lo que percibe le causa orgullo, nerviosismo, pena o miedo: hay algo de trabajo en el taller.

El Comején y un par de sus compinches colegas, que más bien parecen sus secuaces, comienzan a despotricar en el taller de al lado, pinche güey!, ese Peatón qué se cree?!, 'ora tiene un coche atravesado ahí enfrente y no podemos poner los nuestros!, pero ése es *su* lugar, está enfrente de *su* taller, le reconviene su patrón, ni madre!, aquí la cuadra es de los que la mantenemos, los que levantamos la economía de esta zona, dice El Comején, pero pus él también le hace la lucha, se atreve a decir uno de los ayudantes, se ve que Peatón está saliendo adelante, El Comején lo calla con la mirada, toma un trapo para limpiarse la grasa de las manos, se endereza, sorbe los mocos de la nariz, señala con la mandíbula el taller de Peatón; los ayudantes, prestos a oír como si fuera comentarista deportivo a punto de analizar la alineación para el partido del domingo siguiente contra Camerún...; El Comején dice al fin: "salir adelante...", qué va a "salir adelante" ese güey!, es un inepto, un flojo, un bueno para nada, ni volviendo a nacer, y ni que no estuviéramos nosotros aquí, tú Chumaquer!, atraviésale un par de carros ahí al lado, bloquéale la entrada, que el que venga vea que los coches que se están componiendo son los nuestros, aquí nadie va a salir adelante más que nós!

El patrón de El Comején otra vez al fondo del taller meneando la cabeza.

Los cangrejos son artrópodos crustáceos del orden de los decápodos que habitan en América Latina; puestos en un contenedor persiguen a sus compañeros que intentan salir y los jalan para abajo. Acaban todos en la lata o adornando con su caparazón los platones de los banquetes de los americanos y los europeos.

Giovanna Veiculano tiene un problema o, mejor dicho, Peatoncillo es el que lo tiene. Aunque duerma el sueño de los justos. Un verdadero problemón, porque es un hecho que cuando por causa de las acciones de los hombres las mujeres tienen un problema...el problema acaba siendo *exclusivamente* de *ellos*. Al final.

Es el caso que Giovanna descubre lo que a veces ha intuido pero nunca creyó llegar a comprobar de una manera tan dramática y baja: Peatoncillo le es infiel. Y de qué forma, porque vamos, él es sumamente guapo, bien parecido, bello en esencia y atractivo a más no poder por sus modos masculinos y recios, y da para saber que le han de llover viejas y jovencitas a su paso, en el trabajo, en las calles, en los antros, en las recepciones de hotel y en los hoteles de paso, pero venirse a coger con una chava a la mismísima habitación en que me coge a mí, eso sí no se vale, eso sí no está bien, y bebiendo la mismísima marca de champaña que nos hemos bebido en esta misma habitación cuando me ha soplado al oído hazte para acá tantito, ponte así, mira, aquí en la orilla de la cama, tus rodillas aquí, tus brazos allá, no te muevas, bueno, nomás bájate tantito de adelante, así..., la presiona en la parte de arriba de la espalda, en medio de los omóplatos, para que Giovanna descanse los pechos y la mejilla en la sábana, viéndolo de reojo, sintiendo que va a empezar a hacerle lo de siempre cuando se calienta más, se hinca tras ella a un lado de la cama y empieza a besarle las nalgas y el ano y el monedero rojo y húmedo entre las piernas y les habla a mis glúteos y a mi colita y a mi sexo como si tuvieran vida propia y pudieran oírlo y con las manos y esos dedotes mágicos que tiene, grandotes como su pene, me va acariciando la cintura y los pies y los dedos de los pies y las pantorrillas y la espalda y el cabello y me mete un dedo en la boca y yo cierro los ojos y me mete un dedo en la vagina y la lengua en el culo, así, así papacito, métemela así m'ijito, ay!, así, métemela y sácala así, ay!, así y así me mete después la lengua por enfrente y es un par de sus dedos gruesos lo que me entra por detrás y con la otra mano me mete un dedo en la oreja izquierda y me vuelve a acariciar el cabello y yo no aguanto más y abro los ojos y me deshago cada vez que él hace eso y le rinde culto a mis partes bajas haciéndome sentir que para él son lo más alto y lo más grande en su vida, y luego son tres dedos y yo le digo acaba, acaba ya, métemelo todo, el puño completo grandote de tu mano, desfóndame, perfórame, acábame, y él me dice ya voy y se levanta y se acaricia el miembro y yo acostadita de adelante y con las piernas hincadas bien abiertas por atrás alcanzo a ver como lo prepara para metérmelo por donde tú quieras, mi rey, mi maestro, mi gurú, mi ídolo, mi Dios, ay! Dios qué bien se siente, que buena estás, le dice Peatoncillo, ábrete más, no te aflojes aguanta, sí, sí, quédate quieta, quédate firme aguanta, sí, así, métemelo más yo aguanto, que rico!, no me dejo caer, al contrario, me empujo contra él más y más para que su caldo me llegue al fondo, qué rico!, qué rico! papá, así, sí mamá, así, cierro los ojos no aguanto más me vengo...,ay! sí, sí....., me vine igual ahorita nomás de pensar en ti, Peatoncillo, qué rico es masturbarse pensando en ti, hasta así nomás es rico, hasta así me vengo... ay.....!, qué bueno estás y qué bien coges, lástima que seas tan puto, tan canijo...,y de que me vengo, claro que me voy a *vengar*!, porque venirte a coger aquí con otra chava, a la mismísima habitación de nuestros sueños y beberte con ella una champaña igualita...qué falta de respeto, qué morbo...! pero...bueno, hasta podría pasar..... pero llegar a saber por azares del destino que tú ni te imaginas, que a *ella* sí fuiste capaz de pagarle el cuarto, y la champaña y hasta las hamburguesas y las malteadas que se desayunaron al día siguiente, porque con ella sí pudiste quedarte toda una noche, cabrón, no como conmigo que no que ya me tengo que ir que tengo un asunto de negocios me están esperando ya voy tarde, eso no se vale, eso sí que no se vale, yo pagándole todo al

54

muchachito para que ahorre para sus dizque negocios y tú despilfarrando el dinero con una de tus putas!

Giovanna continúa recostada con los ojos cerrados, ya relajada en el sexo, ardiente aún en la cabeza. Ha venido, en un afán enfermizo típico de ella, a reconocer una vez más el terreno de la infamia, el campo de las deslealtades, la cama de la bajeza, la habitación de la traición. Lo que esperaba, un momento de calma para concentrarse en el planeamiento y preparación del desquite, motivada por la presencia en el lugar de los hechos, se le ha convertido en una excitación imposible de controlar y en un desfogue individual inevitable. Deja la cama húmeda de sus propios flujos, se agarra la frente, mira al techo, al espejo que en vez de presentarle su propia imagen satisfecha hasta en ausencia del santo, le presenta la de la desconocida haciéndolo con Peatoncillo, vas a ver, maldito me las vas a pagar, a lo mejor voy a traerte aquí mismo con el cuento de que nos volveremos a acostar y que ando caliente y con ganas de sentirte dentro, te traeré con engaños y encantos a esta misma habitación donde seguramente te has cogido a muchas, a mí, a esa puta desgraciada, a un montón de indias pirujas desdentadas y sólo Dios sabe a cuántas más, a las que les habrás hecho lo que a mí; me las vas a pagar.

Giovanna es rebuscada, retorcida, refinada hasta para vengarse, complicada, revanchista y cabrona. Jura venganza.

Peatoncilla está feliz. Peatón ha llegado a la cueva con una caja dentro de una bolsa de papel de estraza. La envoltura no daba para imaginar lo que había adentro: un teléfono celular. Peatón no le explica que el chip es robado, un clon que consiguió al andar con uno de los cuates de los cuates de los cuates de la cuadra donde está el taller. A pesar del ilícito, Peatón está orgulloso. Se siente un padre cariñoso. Y se siente bien al ver la cara radiante de la hija y al imaginarse que ante los ojos de Piedad, la chava suculenta amiga de Peatoncilla, él quedará como un padre responsable, buena onda.

En el centro comercial son ahora tres muñecas, una de trapo, una de madera y una de papel, las que caminan como en pasarela llamando dichosas la atención de la gente; los muchachos y niños se vuelven para verlas, parecen tres pistoleras yendo a cobrar una deuda; van airosas, confiadas: cada una con su celular en la mano!.

Pietra le dice a Piedad, mira, esos zapatos me están haciendo ojitos, Piedad no le hace caso, tiene la mirada en la blusa rosa del aparador de la siguiente tienda; te gusta mucho, verdad? le pregunta

Peatoncilla, Piedad se separa de Pietra y va junto con Peatoncilla a verla, y no la han vendido, le dice, ya mero acabo de ahorrar para comprármela, pues apúrate, la incita Peatoncilla, mira, mira cómo te ve, cómo se mueve, te está diciendo: *aquí te estoy esperando a que vengas por mí, aquí te estoy esperaaandoooo...!*

Todo mundo voltea, hasta los clientes de los talleres próximos y los automovilistas que han logrado entender la razón de los silbidos y aúllos: La Enelda, Los Cien Kilos de Grasa, El Peso del Destino, Free Willy, Ciento Cincuenta Kilos de Roca, Cuando el Destino nos Alcance, Carga Mortal, o como a ti o a los cuates de la cuadra del taller se les ocurra llamarla durante esta semana, entra voluptuosa al taller de Peatón, flotando sus carnosidades al viento sobre sus tacones altos, vaporosa en su vestido holgado pero muy corto, pintada a todo lo que da, desde las uñas de los pies hasta el cabello, collar grueso plateado ostentoso al cuello sobre los pechos contundentes, peinado de hace treinta años. Ahí se quedó, en la época en que cortejaba y perseguía a Peatón a la salida de la Secundaria, para evitar que Peatona lo siguiera encandilando y fuese a quedarse con él. Perdió; y luego ha preferido no casarse, consagra el amor que se le pudre a cuidar plantas, flores, y bonsáis, les habla, los mima, les pregunta, platica con ellos. Juega. Llega, coquetea con el ayudante, se mueve por el taller como si fuera la dueña y se le pega y talla a Peatón como si fuera esposa cariñosa. A Peatón, a su pesar, le va gustando poco a poco. Se ríe y se burla de ella, igual que sus colegas, para seguirles la corriente y encajar en el grupo, para no sentir que podría venir cayendo a estas alturas en un precipicio de cebo que siempre evitó, nomás porque a esta edad y con la pobreza que no cede y el infierno en casa de la hipnotizada ausente, hasta un revolcón con Moby Dick, y en sus peores momentos, podría traerle un poco de contento a su vida.

Peatoncilla les dice espérenme, voy a mandarle un mensaje a Pienia, denme chance. Se detienen las tres frente a los videojuegos en el segundo piso del centro comercial. Mientras Peatoncilla escribe, Pietra y Piedad hacen como si no vieran a los muchachos que pasan. Peatoncilla se tarda en escribir, aún no agarra práctica en su nuevo celular. Pietra, por llamar la atención de uno de los muchachos que baila siguiendo los números de la pantalla en uno de los juegos, le reclama a Peatoncilla a gritos por encima del ruido electrónico ensordecedor: por qué te tardas tanto? Vámonos ya! Pues qué tanto le tienes que decir a la naca ésa?

Peatoncilla sólo mueve la cabeza y sigue tratando de escribir su mensaje. Está feliz por el sólo hecho de escribirle a alguien, de escribir algo en un teléfono celular que ya es el *suyo,* aunque sea unas cuantas palabras, cualquier cosa, una taradez; lo hace por eso nada más, por usarlo y hacer saber a otras que ella también ya tiene teléfono móvil y lo usa, *k onda? stamos n el Mol! k pedo?*..., en realidad, Peatoncilla no tiene mucho que decirle a la amiga, "a la naca ésa" a la que le escribe. Peatoncilla no tiene mucho que decirle a nadie.

Como siempre despeñándose desbocado desciende de las colonias populares el toro vehículo de fauna parásita gentuza saltando charcos y embistiendo baches con su motor carente de cuidados, sus entrañas pestilentes y sus extremidades temblorosas en estampida de resoplidos y trompicones junto a toros primos rumbo a los trabajos desahuciados de los barrios industriales. Peatón se persigna varias veces, invocando las diferentes protecciones contra el inevitable choque.

Peatón se persigna al bajar sano y salvo del último bovino.

Gracias, San Roque.

De hecho, Peatón se persigna tres veces cada día al empezar a trabajar, tres al empezar a componer un auto, tres al salir de su casa rumbo al trabajo y del trabajo rumbo a su casa, y al salir a probar personalmente uno de los vehículos, cómo eres supersticioso, güey, le dice al oído, bajito, El Comején, quien lo ha visto persignarse tres veces seguidas y se acercó despacio al auto para sorprenderlo y podérselo decir a bocajarro. Peatón no le contesta, se persigna de nuevo, mete velocidad y comienza a acelerar para dar la vuelta de prueba a la manzana. Peatón es previsor. Hasta llevó a un padre para que salpicara por todos lados el taller con agua bendita el día que lo inauguró, para bendecirlo como se debe. Hasta le echa un poco de la agua bendita que el sacerdote le dejó en una botella de Coca-cola de seiscientos mililitros el día de la consagración del negocio, a cada billete de la Lotería que compra con la esperanza de sacársela. Hasta se persigna cuando está a punto de revisar las grandes hojas de tela con los números premiados y los reintegros en algún expendio de billetes del sorteo, o cuando va a empezar un partido de fútbol. Peatón juega al Melate, a la Lotería Nacional, a Pronósticos Deportivos, a cuanto sorteo, rifa y juego de azar anuncian por la tele, hasta a los nuevos por computadora, y compra cada año un boleto para el sorteo de la súper residencia del TEC, me la voy a sacar, un pinche día de éstos voy a ganarme esa pinche Residencia y van a dejar de reírse todos los que se burlan de mí, hasta La Enelda y El Comején y la misma Peatoncilla se van a quedar de a seis, qué pedo! cuando me la saque y venga a nos tu reino, venga acá la pinche casota con pantalla plana de dieciocho metros cuadrados y hasta con computadora para la pobre de la Peatoncilla que no tenga ya que andar saliendo a hacer sus tareas en esos pinches jodidos lugares de computadoras y cada uno de mis hijos tenga su cuarto y deje yo de tener que estar saliendo del taller frente a todos esos güeyes metiches como ahorita a darle la vuelta a la manzana a probar estos pinches autos que me traen para arreglo y ya están re jodidos, y no tenga que volver a verles la cara, ni a El Comején, ni a soportar sus impertinencias pendejas.

    ¡Cómo eres pinche supersticioso, me cae, Peatón! A gritos, de su vuelta, desde el fondo del taller de junto, El Comején le da la bienvenida.

    Peatoncita sabe que a esas horas su papá está en el taller, y su mamá, o viendo televisión en la cueva o viendo televisión en los televisores gigantes de pantalla plana del supermercado, por lo que cuando el vendedor de droga le ofrece éxtasis tras la reja de la escuela y le dice tú tranquila nadie se va a enterar ni quién nos esté viendo, anímate..., ella le cree. Y aunque sabe que tan sólo a tres cuadras, a la vuelta del cerro está su cueva y podría ser que en ese preciso día Peatona hubiese decidido no ir al mercado y pasar a comprar el mandado a la tienda de abarrotes de Piero, el argentino..., o podría ser también que su tía Peatonaida pasara por ahí tocando puertas, mostrando catálogos de zapatos, cobrando abonos..., o hasta también que alguna amiga de su madre caminase por enfrente de la escuela en ese mismo momento..., Peatoncita mete la mano en la mochila.

    Peatoncilla comenzó diciéndoles a Peatón y a Peatona que prefería ir por las mañanas a la Prepa, en horario matutino; luego les dijo que estaban muy llenos los grupos y se cambiaría al vespertino; después, que tomaría algunas materias por las mañanas y otras por las tardes; ahora hay días que se los pasa en casa durmiendo, viendo televisión y hablando por teléfono, y días en que sale temprano y no llega hasta después de las seis de la tarde. Le falta decir que comenzará a tomar clases por la noche. Pero Peatón le cree, porque quiere creerle; tiene la esperanza puesta en que la hija no deje de estudiar después de la Prepa, como lamentablemente hizo el hijo, y en que Peatoncilla consiga terminar una carrera y se reciba y tenga un título como los que Peatón sólo ha visto de cerca en el consultorio del doctor. La esperanza del pobre: que el hijo estudie, como si estudiar en una escuela chapucera y mediocre anclada en un país quintomundista fuera el conjuro mágico, el elixir potente para la felicidad! Peatoncilla capitaliza el mito: por lo pronto camina a las seis de la tarde por el mismo pasillo del centro comercial donde un día antes se comió el mundo a mordidas junto a Pietra y Piedad. Hoy va sola a matar los minutos. Su teléfono es arma, y ella, la dueña del caos. Para hacerlo notar camina con él por el frente simulando ir absorta en uno de los videojuegos, como su hermanita Peatoncita cuando sin ver peligros automotrices cruza calles y avenidas angelicalmente protegida sólo por el aura inocente de su concentración en la pantallita de algún teléfono celular prestado. Hoy el centro comercial le abre las puertas, la recibe por fin como a una de las suyas. De tan llena de sí es una adolescente en estampida. Todo belleza..., hasta que una imagen terrible, como si fuera sueño, pesadilla, una imagen desfasada, a destiempo, que le devolviera desde uno de los espejos inubicables ubicuos dentro del Mall la silueta sólo sugerida de ellas tres, las de ayer, coronada por las cabezas de sus enemigas, las de hoy, le viene a corromper el día: ahí están!, ellas son!, vienen de frente, más altas, más blancas, más cachorras!, ésas sí, ay, Dios!, bien perras: Dennise, Alejandra y Edith, y cada una de ellas con un *iPod* en la oreja!, ¡y con un *Blackberry* en la mano!!

La comunicación de los Peatones no pasa de ser una telaraña de intenciones, silencios y malos entendidos. *Comunicación*, en este caso, es otro Eufemismo. En la pequeña mesa de la casucha de Peatonación, la abuela, cualquier domingo Peatón le dice a Peatoncita siéntate bien Peatoncita le contesta papá ya no tengo *shampoo* para los piojos, Peatoncilla hace una faramalla, empuja la silla para atrás y le dice a su hermanita: ay! ya cállate marrana, estás salpicándome los piojos hasta en la sopa, tú serás tan limpia, defiende Peatoncillo a la piojosa tratando de poner en su lugar a la mayor, Peatoncilla, como si nada le reitera a Peatón: Papá, ahora sí es urgente que me compres una computadora, Peatón le dice mira Peatoncilla, lo que es "urgente" es que acabes la Prepa, llevas cinco años haciendo lo que debías hacer en dos, Peatonación defiende con la boca llena de sopa de pasta a la nieta, también tú Peatón que no la apoyas, ahí tiene que andar la pobre pidiendo los libros prestados y buscando dónde hay esos dichosos aparatos para hacer sus trabajos y sus tareas, buscando qué aparatos ni qué ocho cuartos abuelita, interviene Peatoncillo, lo que anda es buscando pretextos nomás para irse con ese novio vago fresa bueno para nada, y tú qué, le contesta Peatoncilla apuntándolo con la cuchara salpicando la mesa, tú nomás andas con esos vagos buenos para nada del Pepe Atón y el Lepeáton, eso sí m'ijo, dice Peatón, no por nada pero son muchachos maleados que no conviene que andes con ellos, el Pepe, hijo de nadie, siempre robando y asaltando, queriendo vivir por encima de sus posibilidades, y el Lepeáton, hijo de buena familia, de extranjeros, siempre con sus mamadas "revolucionarias" y de protesta dándole de patadas al pesebre, *él*, queriendo vivir *por abajo* de sus posibilidades, no te van a traer nada bueno, verdad, Peatona?, el esposo ha querido soslayar la mala palabra dicha en presencia de las señoras y obtener un poco de apoyo al darle su lugar a la esposa, todos esperan su respuesta, callados; Peatona no responde, ve a lo lejos como si mirara a través del pecho de Peatón sentado a la mesa frente a ella...., sin un aparato de televisión prendido cerca y al alcance de su vista, se siente perdida, está ausente. Al silencio de la expectativa por la espera de la respuesta sólo lo perforan, por momentos, las masticadas sonoras de la boca sin dientes de la abuela.

En el taller de Peatón la incomunicación no es menos efectiva. Peatón dice buenos días, mocos güey le contesta El Comején; Mínimo le dice a La Rana contéstame te estoy dando buenos días, La Rana se agarra los huevos con la mano izquierda, dobla los dedos de su mano derecha como en abanico dirigiéndoselo a Mínimo y le responde yo te estoy dando mocos güey; el Chumaquer le dice a Juanete tú también mocos güey, Juanete no dice nada; cinco minutos después están chanceándose, empujándose con connotaciones francamente sexuales, tratando de asirse y zafarse de los otros que a carcajadas pretenden llegarles por atrás y abrazarlos en típica postura perruna de apareamiento, hacen lo que mejor se sabe hacer por estas latitudes: echar relajo. Enelda Zapata le insiste a Peatón entonces qué, cuándo me vas a aceptar una idita a Acapulco, Peatón no dice nada, Enelda le pega al mecánico sus pechos globosos por delante tallándole con ellos la clavícula, su mano izquierda, voluminosa pero aún femenina, le apapacha a Peatón, sobre el pantalón, la nalga derecha, nomás nos damos una vuelta rápido papuchito, en un fin de semana vamos y venimos, eso se lo dice acercándole la boca al cuello y con la mano derecha frotándole por fuera muy despacio el pene creciente dentro del pantalón, tiene maña, debería criar camotes en vez de enredaderas...¿y luego, Peatón...cuándo te me vas a animar? Cuando me saque la Lotería, o la casa del TEC; entonces nunca, le dice Enelda.

Las Zapata son todo un caso. Seis hermanas, todas putas: Miranda Zapata, Godiva Zapata, Lucía Zapata, Rosa Zapata y Bibi Zapata, además de La Enelda.

Lucía y Godiva ya se han pulido un poco, hasta se bañan a diario y leen, aunque sea parcialmente, libros de la Loaeza, la Allende y la Esquivel, ellas son una especie de *call girls*; Miranda y Rosa son teiboleras, jaiboleras, hueseras, camaroneras, ostioneras...y ficheras; Bibi Zapata, trabaja en la zona roja de Laguna, en las afueras de la gran ciudad donde están los límites con las colonias Punta del Este y La Rosarito, la mayor zona roja de América Latina: cincuenta y seis manzanas dedicadas al concubinato ocasional efímero y furtivo; en veces no tan momentáneo, en casos no tan esporádico, ni tan furtivo. Aun sin tomar en cuenta que toda la ciudad es un prostíbulo gigante, considerando sólo las cincuenta y seis manzanas entre las Avenidas Madre Teresa de Calcuta y Próceres de la Unión, limitadas al noroeste por la Vía Vehicular Norte y la carretera de Santa María de las Congregaciones, y al sureste por la Autopista Vehicular Exterior, es un hecho que la *Gran Manzana de las Puterías*, *La Manzana de Adán*, como la llaman, es la zona número uno en su tipo al oeste del meridiano de Tordesillas. Allí Bibi, aunque apunta para estrella, putea a pie, está empezando, es muy joven, se la vive en la calle. La Enelda es punto y aparte.

Es la mayor, la que de una forma u otra ha ido jalando a las hermanas para sacarlas adelante. Las aconseja, las cuida más que a sus plantas y tiene la esperanza de convertir en realidad su mayor sueño antes de hacerse demasiado vieja: poner su propia casa de citas para potentados como aquéllos con los que en ocasiones se acuesta, mansión grande, llena de plantas, bejucos, bonsáis, flores, enredaderas y árboles frutales en patio interior, como los de palacio árabe, con todas las hermanas trabajando el paraíso a todo lo que den, triunfando jóvenes, cuidándose entre ellas, ayudándose, uniendo esfuerzos y ahorrando e invirtiendo juntas en negocios diversos para poder retirarse a tiempo. Nunca temas abrírtele a un hombre, les dice, nomás asegúrate de cobrarle antes. Y bien.

Mientras llega ese día, Enelda Zapata las administra y les aleja los padrotes; aquí no hay más padrote que su hermana! les grita a los abusadores cuando se quieren pasar de listos y empezar a aprovecharse de la atracción que ejercen con alguna para comenzar a regentearla, y los hombres, invariablemente, al ver la corpulencia de la mujerona gorda de brazos como marros, se calman o se alejan.

La más bella de todas, diecisiete años, nariz ligerísimamente curva, ojos aceitunados, pies perfectos de escultura griega, las carnes macizas, duras, ni un milímetro cuadrado de celulitis, el cuerpo perfecto que parece haber sido operado por Dios sin una sola cirugía, es la menor de las hermanas: Bibi Zapata; cuando se planta en la esquina de Montevideo y Río de la Plata…todo un espectáculo, tanto, que Peatoncillo, al que no le faltan mujeres guapísimas para consolarse ni un solo día de la semana, hace cada tercer día, invariablemente y a pie la peregrinación desde el otro lado de La Rosarito, el Cerro de las Elecciones, donde está su cueva, hasta el cruce de vías donde está el altar de su virgen milagrosa, la que le mostró en una sola acostada, porque luego ya no quiso pues percibió lo fácil que era para el muchacho hermoso andar de mujeriego y pensó de dos que salgan juntos con uno que sea puto basta, lo que es el éxtasis de una experiencia mística, el rapto erótico del alma, la consagración del miembro, y llega muy prendido para repetirle en mil variantes entonces qué, ¿cuándo me levantas el castigo? ¿cuándo te casas conmigo, Bibi? La diosa le responde: Cuando tu papá se case con mi hermana.

Entonces nunca, se aleja triste Peatoncillo rumbo a la casa, diez cuadras hacia el poniente, de Carmen Apié.

La hija de Peatonaida, Marcha, se casa. Y es una gracia doble porque es fea, lo que aunque no parezca es un Eufemismo incontestable, y porque Peatonaida ha logrado sacarla adelante, lo que para los pobres de la colonia Santa Brígida, tan o más pobre y amolada que la Rosarito, significa "salir adelante": que una chica acabe la Preparatoria y consiga un novio permanente enamorado y formal que se anime a llevarla al altar vestida de blanco. Y habría que decir "triple gracia", porque Peatonaida logró todo eso manteniendo la casa únicamente vendiendo zapatos *Andrea* a domicilio entre sus amistades y cobrándoles semanalmente abonos miserables de veinticinco, treinta y cincuenta pesos, y todo a golpe de calcetín: caminando bajo el sol, el *smog* y las lluvias del Valle de Laguna hasta quince y dieciséis kilómetros al día; o tal vez hasta "cuádruple gracia", pues lo hizo sola, sin auxilio de varón, su esposo la dejó cuando nació Marchita, aunque quizá ése fue el secreto de su éxito, como una vez dijo Peatona cuando aún hablaba con el esposo: para lo que sirve tenerte en casa, sólo tirado en la cama los domingos viendo tu fútbol, y para lo que sirve que te vayas todo el día al dizque trabajo, regresas y no traes ni siquiera para el gasto, nomás estorbas, yo estaría mejor estando sola, como mi hermana. Ahí Peatón sintió ganas de aventarle el taburete de la sala por la cabeza, pero decidió quedarse callado, no oír. Como Peatona acabaría por ir haciendo con el tiempo.

Así que no hay de otra, el evento es importante, Marchita se consiguió un novio de dinero y va a ser en una buena iglesia y en salón de lujo, de los que usan para la presentación de las damitas en sociedad en los bailes de XV años, con grupo de música bailable de cinco elementos, en vivo, con luces de colores, hielo seco y toda la cosa. Dicen que no sólo el padre del novio se dejará caer con todo, sino que también Peatonaida va a sacar sus ahorritos de toda la vida y va a cooperar con la limusina, el video del evento, las canastas con flores rosas y las esculturas en hielo de los cisnes. Si Piero el argentino, el Che, el de la tienda grande de abarrotes, padre del novio, es efectivamente, por abajo del agua, o no es, el líder de la banda de *Los Chés*, El Chamuco El Chacal El Chivato El Chechenio El Chicle El Chabelo El Chale El Chile El Chóforo y El Chicharrón, y de ahí ha ido haciendo su dinero, como las envidiosas de la colonia La Morrocotuda comentan, es algo que a nadie le consta y a Peatonaida, en última instancia, le tiene sin cuidado; ella no está a estas alturas de su pobreza, para entrar en detalles ni fijarse en minucias. Está más que orgullosa de lo conseguido por su hija y quiere festejarlo. Peatonaida ha cruzado en tres ocasiones cuatro colonias populosas en el transcurso de las últimas dos semanas para insistirle a la hermana querida que asista junto con Peatoncillo y Peatoncilla y Peatoncita a la boda, y que convenza a Peatón para que los acompañe y no vaya a salir como siempre con que mejor no, a mí no me gustan esas cosas, tú sabes que yo soy hombre de quedarme en casa, qué chingados tengo que ir a hacer yo entre esa bola de estirados, ésas son pendejadas, mira que tirar la casa por la ventana y gastar lo que no se tiene en alquilar la Iglesia de la Consagración, y luego pagar un dineral por estos sobres y estas invitaciones que para lo que sirven, acaban en el bote de la basura, y todos bien pedos el mero día en un salón como ése del pinche Emperador donde de seguro les cobran hasta a los pinches padres de los novios, que son los que pagan, hasta el brillo de los cubiertos y los dobleces de las servilletas, ya ni la chingan, poniéndote veinte cubiertos a cada lado de los platos que no sabe uno ni cómo usarlos y cobrando como si en vez de tragar con ellos te los fueras a llevar a tu pinche cueva, y si voy ni creas que me voy a poner un traje porque ya saben que a mí esas ondas no me van, no es mi rollo, me siento incómodo como pingüino entre tanto güey estirado caminando como si se sintieran duques, condes, príncipes, qué sé yo!,

63

siento que ni puedo andar, como que me asfixio con esos pinches nudos de corbata que yo ni sé hacer, ahí tengo aún la de nuestra boda, una sola pinche vez en la vida me la he puesto!, y si son esos pinches moños de resorte, peor, parece que me están ahorcando, yo soy yo y el que me quiera invitar me acepta y se aguanta porque yo voy con lo que tengo, yo soy como soy y no voy a andar alquilando un pinche traje ni pagando una millonada para sentirme como chile relleno las seis horas que dure ese pinche martirio, una misa largota con pinches consejos repetidos del sacerdote y llantitos, besitos y arrumacos cursis de los novios, y luego salte y vete para el salón, yo ni sé bailar, ya saben que a mí no me gusta ni en mi boda bailé!, ni pedo! yo no voy a juntarme con esa bola de pinches pretenciosos presumidos ni a andar con hipocresías como ellos acostumbran, yo no tengo por qué andar quedando bien con nadie, yo soy muy sincero, digo lo que pienso y soy como soy, si voy me van a ver con mis pinches cacles de siempre, mis pantalones de mezclilla, mi camisa la azul de cuadritos y mi chamarra café qués con la que me siento a gusto!

Algo en los toros torpes, mécanicos, un cierto cansancio, la somnolencia del bajón de los ánimos quizá, hace que regresen hacia las praderas altas en que pastan, a los corrales en que duermen, con menos hipos, convulsiones y exabruptos que con los que se dejan venir en estampida como carrera de hielos de avalancha desde los altos dormitorios hasta el valle laborioso en las mañanas. Tal vez es la subida, el adormecimiento de sus engranajes, las muchas horas de viaje, el tedio presentido de lo mismo al día siguiente. La cuesta arriba.

Tal vez los excrementos en sus tripas están quietos. Descansan plácidamente; se acumulan, repliegan en sí mismos esperando la evacuación nocturna.

Peatón, afortunadamente sentado esta vez, entre los que dormitan como él y los otros viajantes que lo aplastan por todos lados apelotonados de pie junto a su brazo en el vehículo, revive aquella sensación de acogimiento; se arrulla con los movimientos pausados, untuosos del animal y la calidez de los vahos, dispepsias y ventosidades anales de niños, viejos, trabajadores y señoras gordas.

Sueña.

Está en el Estadio Aztlán...

Peatoncilla teclea torpemente frente a la computadora en el pequeñísimo local de Internet a la vuelta de la heladería. La tarea sobre el libro *Vecinos Distantes* de Alan Riding la ha realizado quitándole un par de puntos y comas aquí y allá, cambiándole nueve palabras a un ensayo que encontró en *Google* sobre la obra, y bajándolo para imprimirlo. Ella no sabe nada ni entiende nada del texto, porque ni lo leyó, que presentará mañana en su clase de Sociales; a ella lo único que le interesa es hallar la forma de hacer su propio *site* personalizado, o subir un blog con su perfil de gustos y actividades, y video y fotos suyas "padres", "chidas", "bien perronas!", que la hagan lucirse y figurar ante millones y millones de posibles visitantes, contactantes potenciales, existir, por fin, en este mundo informático, como existen Edith, Alejandra, Denisse, y hasta algunas nacas proletarias tan indígenas como ella, pero que ya ingresaron al mundo de la Red e irrumpieron cual megaestrellas arribistas en el universo virtual de nuestros días soslayando las incómodas diferencias de clases, como *las muñecas*, sus carnalas del alma: Pietra y Piedad.

Peatoncilla no halla cómo, se preocupa, no le entiende, no sabe cómo hacerle para armar su propio sitio y subir su blog que será visto, sueña, por treinta y cinco millones de internautas, como mínimo. Tiene prisa, ya va atrasada; ella es la única que falta. Es como con la cuestión del celular, siempre va atrás: cuando una pobre diabla consigue, *por fin*, ahorrar para comprarse su falda larga..., ya está de moda otra vez la minifalda. Peatoncilla está desesperada. Pero no quiere preguntarles ni a las amigas ni a las conocidas ni al nerd que está sentado en el único otro cubículo con computadora que hay en ese local quintomundista, pues a la muchacha le da pena. Pierde la mirada buscando una solución. Peatoncita pasa caminando por la pantalla del ordenador; Peatoncilla se sorprende: es el reflejo de la hermanita que camina por la calle a sus espaldas. Va por el pan. A Peatoncilla ni se le ocurre pensar que la hermana menor podría ayudarla, y la niña podría hacerlo, con gusto y sin problemas: hay una computadora, una sola, en su escuela primaria y las clases son eventuales, pero a la niña no sólo le encantan la computación y los juegos de video, tiene una facilidad asombrosa. Peatoncilla pierde la única oportunidad de resolver el drama de su noche. Se lamenta. No se halla. No tiene sentido preguntarles ni a Peatón ni a Peatona; no saben. No quiere preguntarles a Pietra y Piedad pues quiere que sea una absoluta sorpresa cuando estén sentadas navegando por la Red y de repente mira Piedad! mira quién está aquí güey! la Peatoncilla! mira, ja ja ja, qué buena onda güey!, pero mira qué naca, Pietra, mira nomás qué diseño tan pinche, qué animaciones tan simplonas, mira, mira nada más, hasta los fondos de pantalla...y el tipo de letra, Piedad, y sus gustitos ja ja ja, mira nomás güey ja ja: *grupo favorito: Banda El Recodo...libro favorito: La última oportunidad de Carlos Cuatémoc,* ja ja ja, qué naca! no?, mira mira esto Denisse: *programa de T.V favorito: La familia Peluche*, puta madre Edith, esta chava es una naca...naaaca, no vamos más lejos Denisse , es más naca que la sirvienta india ésa que trabaja en la casa de Alejandra, ah!, la tal Romualda ja ja ja, hazme favor güey: Ro-mual-da, y mira que ésa es naaaca ¡ es más, Denisse, vamos a hacerle a ésa chacha su *blog* sin que se dé cuenta ja ja ja, imagínate cuando lo abran en algún lado la cara que van a poner!, pero hay que hacerlo bien, eh?, con video y toda la cosa, así lo quiero, con video y toda la cosa, como el dellas, dice Peatoncilla tecleando con el índice varias veces el *"enter"*, como el de esta Alejandra, que tiene unas estrellitas animadas bien chidas, unos colores bien interesantes güey, ahí va la Peatoncita de regreso, una música bien bonita de karaoke de Belinda y Belanova, chale!, no manches güey! le quedó padre a la Peatoncilla, verdá Piedad?, Piedad, lógico, es misericordiosa, y aunque no le guste mucho el *web site* de Peatoncilla, siente a la hija de Peatón más cercana que las fresas que lo observen en otros lados y momentos, sonríe y lo halla buena onda, Peatoncilla no ve la hora de acabarlo, no ve la hora de darles la sorpresa, si tuviera mi computadora en mi cuarto podría con la cámara grabarme bailando sobre mi cama, sólo tengo que ver cómo le hago para tapar la pared de la cueva, que no parezca cueva, si no...qué oso!, la coreografía de *RBD,* que está bien padre, y se va a ver re chistosa y bien sexy pues nada más me voy a poner la tanguita rosa, y arriba, el brassiere transparente con los pezoncitos duros resaltados qué buenas chichis qué buena está esa chava, dice Peatoncillo, cómo mueve el culo, mira nomás qué nalgas güey...esas nalgas...esas piernas...esa manera de moverse...yo la conozco...ah! carajo!! es mi hermana!, es la pinche Peatoncilla, hija de su pinche madre, qué estás haciendo ahí Peatoncilla?! en ese *blog* de cachonda mostrándole las nalgas a medio mundo, a medio pinche mundo!!No estoy exagerando...hiiijadesuchingada...naaaca de a madre esa Peatoncilla, dice Denisse, escribe güey, mail nuevo: *<alexandra91 HYPERLINK "mailto:91@hotmail.com" @hotmail.com>, hola k pedo? how are u? k onda? la D-niss y yo kremos sabr if pueds prestarnos tu ch-ch romu pa hacer 1 xperiment w/ her...pon-t on line 4 chat...*y yo que casi me masturbo contigo Peatoncilla, no maaanches güey! *ia ni chingas, spero k leas ste mail n cualkier pinche internet k stes xk ando n Laguna i cuando iegue a la cueva kiero k aias kitado d la pinche internet s desmadre k traes puteando i bailandole n kalzones i meneandole las nachas al mundo entero o t voi a partir tu madre io mismo i a tu puto peato tambien,* tengo que acabar, se dice Peatoncilla, ya debe estar mi padre en la cueva, y yo que no le entiendo a esto ni madres! con trabajos chateo güey, voy a entrar a un *chat rum* donde esté la Edith o alguien que le sepa a este rollo..., Pencilla dice: pero k ni centere Pietra, kiero darle la sorpresa: Alej dice: kien eres?: D-niss dice: soy tu madre: Alej dice: ni madre güey!: Edit dice: x k no le escribiste a Alej antes, D-niss? k pasó? k pedo?: D-niss dice: tub k azer popó: Edit dice: no manch! c dice *caca* güey: Pencilla dice: tons k? di komo le hago Edit: Edit dice: kien eres? no t conosco: Alej dice: *conosco* kiere decir *with us n portugues*: Pencilla dice: soi io, kien va ser?: Edit dice: keremos acerle 1 blog a tu chacha Romualda: Alej dice: k onda? what 4?: D-niss dice: pa pitorrearnos d 1 chava nakisima k iso 1 blog naaako pero naaaaaako!: Pencilla dice: den chanza kiero Chat c/Edit: Edit dice: k kien shingaos eres? k-rajo!!!: Alej dice: no ai p-do no+ di kien es la chava?: D-niss dice: la naaaka k va n 2do k vive n rosarito: Edit dice: sale bailando with music d *RBD* komo table-era sobre su kama but atras c b komo 1 antro k le dicen katakumbas kes komo kueva: D-niss dice: c iama peatoncilla algo así: Pencilla dice: soi io! k-bronas no mamen!! Y yo qué iba a saber que esa naaaca que estaba queriendo conversar era la Peatoncilla!, le dice Denisse de viva voz a Edith ya luego por el *Messenger*, pues debiste habértelo imaginado cuando viste que decía "Pencilla dice:", es lógico que fuera ella, nomás que le da pena ponerse "Peatoncilla", le reclama Edith, pues si a esas vamos, le responde encabronada Denisse, también tú debiste habértelo imaginado güey!!, bueno pues, dice Edith, ya cálmate güey, haber cómo le hacemos para que no nos agarre idea, ella es la que te dije que es hermana de ese monumento buenote guapérrimo que ha ido por ella algunas veces a la escuela, es un animal bello, bellísimo, de veras, y yo no pierdo la esperanza de cogérmelo un día, te lo prometo. Pues si te lo tiras tú, me lo tiro yo también, nos lo tiramos juntas, socias hasta en la cama jajaja, le dice Denisse, ja ja ja se ríe también Edith frente a la computadora, las dos se ven fijamente a través de las cámaras de video para transmitirse con fuerza las intenciones cómplices, Edith le dice a Denisse: creo que incluso se llama como ella güey, ya ves esa onda que les gusta a los nacos depauperados de ponerles a sus hijos varones nombres de mujer y a sus hijas chavas nombres de chavo: Guadalupe, Lupe, Jesús, Jesusa, Carmen, Carmelo, Peatoncilla...Peatoncillo, jajaja se ríe Denisse y acerca su pie a la cámara para que Edith vea sus dedos meneándose, gigantes, desde su propio estudio allá en su casa, luego baja el pie del escritorio frente al que está sentada y acerca sus labios a la cámara: Peatoncillo...Peatoncillo..., dice con voz gruesa y sensual, te voy a coger Peatoncillo..., Edith se ríe bajito, exagerando para que la amiga le vea la intención de hacer desmadre sin llamar la atención, su mamá acaba de asomarse al estudio para decirle ya vete a dormir, Denisse entiende, espera, alcanzó a ver en la pantalla la cabeza de la señora; cuando la puerta se cierra Denisse retoma: Peatoncillo...Peatoncillo...ponme la mano aquí Peatoncillo, se levanta de la silla, sube una pierna en ella, se baja un poco el calzón para mostrarle a la cámara en gran acercamiento los pelos de su pubis poblado densamente, muy densamente, de vellosidad negra ensortijada cerrada, se mete el dedo medio entre el montón de vellos y lo desliza entre los labios superiores de la vagina, Peatoncillo, que después del mail furioso a la hermana, ha permanecido en un Café Internet de las afueras de Laguna, haciendo tiempo navegando por varios *sites* para esperar a que dé la hora de pasar a declarársele una vez más a Bibi Zapata, y que ya de por sí anda caliente después de la danza frenética de su hermana Peatoncilla sobre la cama y para enfriarse la calentura se metió a Encarta para barnizarse con algo de cultura, mañana tengo cita temprano para entrevista de trabajo en el Museo de las Culturas tengo que memorizar algunos datos, piensa, busca, reflexiona, a ver...: *Culturas Precolombinas...*, a ver..., pinches viejas, mira nomás estas estatuillas totonacas de viejas con la panza bien sensual y las piernas bien abiertas!, no cabrón, no manches, yo lo que quiero es ya no estar pensando en esas ondas, yo le soy fiel a mi Bibi, que es una santa, trabaja por necesidad, y que si trabaja!, es una virgen, ésta de esta otra foto es...una...virgen ...viiirgen iiinnn-maaa..., inmaaa-cuuuu.....culada!, in-ma-cu-lada, *inmaculada* del siglo XVII... eeen ma-de-ra taaallada poooo-li...cro......po-li-cro-mada de Alonso Cano , una virgen inmaculada es lo que es mi Bibi, la virginidad no tiene que ver con que si ya se acostó o no o con cuántos güeyes lo hizo, sino con la pureza que lleva en el alma, a ver..., a ver...: *Mundo Helénico,* ay! güey!,no mames! mira nomás qué piernas y qué nalgas las desta vieja desta pinche escultura, qué buena está!, ahí Peatoncillo tira el arpa y se rinde y se va directamente a los *sex porn live sites* y comienza a desfilar por todos ellos y cada click que teclea le abre la puerta de un nuevo universo de piernas, senos, nalgas, culos y vaginas, como si fuera navegante del siglo XVI pasando por estrechos y cabos que lo sacan a desconocidos mares nuevos llenos de riquezas, o astronauta de nave sideral del siglo XXXIX entrando a la velocidad de la luz por hoyos negros y resquicios del tiempo a desconocidos universos nuevos de dimensiones diferentes...click, click. click, miles y miles de muñecas desnudas acostadas paradas en cuatro en tres hincadas chupando miembros tragando semen que a él casi se le sale ya pues discretamente se soba *ahí* mientras navega ahora por las *web cam* de los sitios y *rooms* con más y más muñecas maravillosas de pieles tersas tersísimas perfectas sin un grano ni un punto ni una marca parecen esculturas mágicas irreales de otro mundo que se caen de buenas moviéndose ahora en vivo frente a él que conecta el audio y se pone los audífonos para que los otros clientes no escuchen a las muñecas click masturbándose frente a la cámara click diciéndole con una ansia desarmante desalmada qué quieres que haga? cómo quieres que me ponga? click quieres que me voltee? click muñecas danesas, holandesas, del Reino Unido click *Asian Girls*, *Latina Girls* click *Julieta María Roberta Wendy Jaqueline Sodi* click cómo me pongo, papacito? *Teen Girls*, *Blonde with a black cock* click *Sasha Grey* click *Brazilian Mulatas* click *Alabama Reedy with horse,* parece nombre de pintura de museo, piensa, click italianas, rusas, venezolanas click *X-treme sex*, *Young*, *Animal* click más *web cams* en vivo, una cámara tomando a la rubia que en su habitación en Sevilla se le retuerce frente a los ojos a él que está en Laguna, al otro lado del Atlántico, qué maravilla, qué buena estás Manola, qué quieres que haga? abre las piernas bien y métete la pata de esa silla que está al lado en lo más hondo de tu sexo, chupa el respaldo, gime, gime, lo estás haciendo bien Manoletilla, ahora mírame, sigue gimiendo, la muchacha obedece y Peatoncillo se frota más y más, quiere aguantar un poco y tardar en eyacular para disfrutarlo más click el ombligo de la muchacha buenísima frente a la cámara termina de levantarse de la silla, sube una pierna en ella, se baja un poco el calzón para mostrarle al cliente desconocido en *big close-up* los pelos de su pubis poblado densamente, muy densamente, de vellosidad negra, se acuesta sobre una mesa de madera, abre exageradamente sus piernas, ansiosa, las levanta, estira sus pies perfectos, los pone tensos, se toca entre los muslos, se mete el dedo medio entre el montón de vellos y se lo va enterrando poco a poco, con ritmo angelical parsimonioso, pausado, doloroso, cálido, bien, bien hasta adentro entre los labios superiores de la vagina, mmmh...mmmh qué rico, papito, mira cómo me entra el dedo más adentro mira...Peatoncillo está en las nubes, esas manos y ese sexo y esa voz adelgazada para que parezca de niña de algún malecón de Costa Rica lo hacen que quiera acabar de una vez aunque se manche el pantalón ahí en público y decide frotarse más y ya no quiere ver a ninguna otra porque ésta está mejor que todas, él se derrite, ya no hace click, espera un poco solamente cuando la cámara, como la chica, empieza a abrir, a hacerse para atrás, pues a él lo excitan más los desnudos completos, la chica se reacomoda también un poco y permite que la cámara vaya tomando no sólo sus piernas, la base de su abdomen, sus manos, sus dedos y su sexo, sino todo su cuerpo, su vientre completo macizo de frente, sus pechos duros, y por primera vez su cuello, su cara, su cabello, su nariz ligerísimamente curva, sus ojos aceitunados...

A Peatoncillo se le frena el líquido antes de salir, se le enfría la columna: ¡Puta madre! me recontracarga la chingada, ésta también!?, se jodió la pinche vida!! ¿Qué hace la pinche Bibi, *mi* Bibi encuerándosele al puto mundo en Internet???

La hermanita menor ha empezado a encontrarse con el hombre de las pastillas no sólo a la salida de la escuela a mediodía, sino también por las tardes en los locales de los videojuegos y a la vuelta de la panadería en lo oscurito de las puestas de sol. Además de robar algunos pesos de los bolsillos de los pantalones del padre y del monedero de la madre, Peatoncita comienza a descubrir las facilidades del crédito, y el pago en especie del intercambio corporal. Para colmo se excita.

Peatonación se recuesta en su cama, se sienta, se duerme varias horas; son muchos años ya, ochenta y siete, disfrutando la vida. Eso dice ella. Yo no quiero morirme, dice, la vida es muy bonita, la vejez es muy linda, tiene sus esques, pero, morirse...no. Son años que ya no se acumulan, los hace pasar de largo. Van falleciendo otros, hasta más jóvenes; ella no. No quiere morirse, no se muere. Sufre de insomnios. La imagen que tanto atormenta a Peatón, por la que un día aún de joven decidió no abandonar definitivamente a la madre, ese cuadro vívido que ve cuando está a veces deprimido, o angustiado en sus sueños, como un anuncio de lo que a él mismo le ocurrirá cuando se haga viejo, la vejez es jodida, dice, qué "linda" ni que ocho cuartos! como dice Peatoncillo, se le aparece sin querer entre los gritos de gol en el estadio de su somnolencia dentro del camión; quizá sea cierto lo que dice Peatón, de lo que presume, tenga él un sexto sentido, facultades extrasensoriales, ve en su sueño ahora, de manera coincidente, lo que está ocurriendo en la casa de las arañas: Peatonación, la abuela de la familia, la jefecita santa de Peatón, su virgen morena, guadalupana, la patrona y mártir de su religión doméstica y figura máxima de su santoral, está en su casa, sola como siempre en la noche, en medio de su habitación, completamente a oscuras, sentada en su cama pero no a la orilla sino exactamente en el centro, las piernas hacia el frente ligeramente flexionadas, la espalda encorvada, viendo en medio de las sombras a la inmensidad que se avecina, al agujero negro insondable que la deja sentir que se le viene encima. La anciana respira lentamente, hace ruidos con el pecho, teje telarañas.

Los toros de lidia se desbocan de nuevo. Una y otra vez. Se dispersan por calles y avenidas con la luz tibia de los soles mañaneros influyentes de casta; incitantes. Peatoncillo busca trabajo; Eufemismo para *hoy sólo anda vagando*, sin ganas ni de encontrar las direcciones. Lo de la Bibi lo fundió. Quisiera tener la capacidad de Peatona, su madre, para abstraerse del mundo, tomar distancia, construirse uno propio; ¿será?, se pregunta.

Peatona no deja de ver televisión.

Peatoncilla no cabe en sí, se desborda; felicísima da de brincos y baila por toda la cueva, sobre el sofá de piedra, el taburete de la sala, la televisión, su cama, la *king size* de sus padres, la pequeña estufa y hasta la taza del baño, no sobre la mesa multiusos de la "cocina" porque ésa se está cayendo, Eufemismo increíble, en ese caso, lo de "*cocina*". La muchacha saltarina llega incluso a salir hasta el balcón con la poca ropa que trae puesta y salta y se menea y baila como en su *blog* y estira los brazos hacia el cielo y grita a los cuatro vientos tengo una computadora!, sin importarle, como otras veces, que los vecinos junto a la falda del cerro la vean en su cueva-casa, casa-cueva. Luego entra un poco más calmada y vuelve a abrazar y a besuquear a Peatón, gracias! muchas gracias! papacito querido, mi papito querido tan chulo! gracias! mira qué bonita está!, suelta al padre y abraza la computadora, suelta la computadora y abraza al padre, lo estruja, le pega su cabeza al pecho, le acaricia el cuello, lo besuquea, le dice peatón vámonos por 'ái, salte aunque sea un momento de este pinche taller que no te deja nada vámonos a dar la vuelta, deja de pensar en que te vas a sacar la lotería, mejor sácate ésa y hazme feliz y sácame a pasear a mí, tu querida Enelda Zapata, la efectiva, la que te quiere bien, la que va a ser la buena en tu vida, la que era la buena desde que íbamos en la Secundaria, la que te habría hecho feliz y todavía puede si no te hubieras casado con ésta pinche vieja que sigue pegada a la televisión y a la que lo único que le importa son sus telenovelas y programas y se la pasa sin hacerte de comer sabroso y sin lavar bien tu ropa y sin hacerte el amor como se debe y sin importarle nada, ni sus hijos, ni el sol, ni la luna, ni las estrellas, ni cuánto te jodes en la vida, ni que estás aquí en medio de tu pinche cueva parado con cara de pendejo sin saber ni para dónde hacerte, ni que le compraste por fin, haciendo tu mejor esfuerzo y grandes sacrificios aunque sea para pagar el enganche y poder sacarla de la tienda, la computadora que tanto quería tu hija que ahora está feliz gracias qué linda que ni se la acaba, ni cuánto sufres, ni la felicidad de Peatoncilla, ni si es de noche o si es de día, ni el mundo, ni nada.

El gusto dura poco, los pobres viven pocos momentos de alegría real, profunda, efectiva; para colmo, brevísimos. Tres días después agarra unas tijeras para trozar el cable el amigo de Peatón de la Rosarito y les corta el teléfono, cansado de que el mecánico nomás le prometa que ahora sí le va a pagar, ahora sí te voy a pagar, mañana sí te pago, ahora sí me va a pagar...y no le pague. Adiós conexión a la Red, adiós Internet. Cuatro días después le embargan a Peatón la *king size*, las camas de los hijos, los pocos muebles servibles, la licuadora, la televisión de pantalla plana y la chiquita y hasta la computadora, ésa no es mía! ni he acabado de pagarla! ésa no se la pueden llevar!, no se preocupe, le dice muy propio el ejecutor, el embargo fue promovido por la misma tienda que le vendió la computadora, por no pagarle *todo* lo demás que le ha vendido a plazos. No hay pedo, dice Peatón convencido, llévese todo pues.

Por eso dicen: *cuando el pobre tiene para carne, es vigilia.*
Por eso aclaran: *le duró poco, le duró lo que al pobre la alegría.*

Sólo la especie de fregadero, la desvencijada mesa multiusos, la imitación de clóset abierto en la habitación de los hijos, ropa y zapatos en el suelo, los banderines del Club Deportivo de Fútbol Águilas y las fotografías con Peatón más delgado sonriendo en las finales de los campeonatos llaneros en los muros, Eufemismo poético pues el de la cueva es un solo muro continuo desde la entrada por el balcón hasta la salida por ahí mismo, el taburete descolorido de la habitación mayor, y algunos trapos, ollas y platos y cubiertos de plástico regados en varios puntos, es lo que queda en la vivienda. Los cuerpos de Peatón, Peatona y Peatoncita en el piso de la recámara principal, Eufemismo para *en el suelo del hueco del fondo*, el cuerpo de Peatoncilla en el piso del cuarto de los hijos, Eufemismo para *en la tierra del agujero de al lado*, y el de Peatoncillo a unos centímetros del de ella, con las piernas al ras y el tronco recargado en el muro, pensativo, deseoso de salir por lo menos al balcón para respirar aire ligero, no pesado, y quitarse esa sensación dramática de angustia en el cuello, todos ellos en la oscuridad, durmiendo o casi, inmóviles, dan la impresión de ser otros objetos inanimados más regados por el suelo. La boca de la cueva es un bostezo detenido. El interior es un vientre de lobo. La cueva engaña. Está vacía. Se percibe vacía, de lejos y de cerca. Ahora sí, una verdadera, intemporal, antiquísima caverna.

Uno nace y ya. Y no escoge uno dónde. Y luego ya no hay nada que hacer ni para qué quejarse. No hay culpa de nada en uno mismo, ni en los otros, pues ellos nacieron de la misma forma. ¿Qué culpa tengo yo? ¿Cuál es mi culpa en todo esto? ¿Cuál la de mi pinche padre?, el trabajo que tiene se lo heredaron junto con la risa a medias, los ojos saltones, el poco pelo, la nariz boluda, la manía de tronarse los dedos, de parpadear rápida y apretadamente cuando algo no le gusta o se pone nervioso, la costumbre de llegar tarde, de no acabar a tiempo, de no poder vivir sin su fútbol, la obstinación en mentir sin necesidad, en regañar y discutir, las muchas persignadas, las supersticiones, los dedos grandotes y el lunar tras la oreja. Uno nace y ya. ¿Qué culpa es de uno? Uno no es responsable de lo que hagan los padres cuando uno con trabajos gatea, camina uno cayéndose, tambaleándose güey, apenas habla uno, apenas aprendimos que hay que chillar y gritar y patalear para poder mamar al rato. Si yo soy hijo de Peatón, yo qué tengo que ver? soy Peatoncillo Peatones, hijo de Peatón Peatones, y qué con eso güey?, yo no tengo nada ver, nada que ver. No hay culpa en eso; tal vez después, cuando uno ya lo sabe, se da cuenta, cuando ya es uno grande, gandul, pero ahí también, como yo en este punto, se está jodido, está uno jodido. Y ya. No hay ni para dónde hacerse. Y no escoge uno hacia dónde güey, y no hay nada que hacer ni para qué quejarse. Todo es como un misil cabrón de ésos de las películas: si se queda uno ahí..., el misil te destroza; si intenta uno huir, el pinche misil te alcanza güey. Y si se esconde uno bajo tierra, el misil de todos modos te localiza, la perfora y te mata. El misil de los otros, los que las pueden, siempre te chinga. Uno vive y ya. Uno muere y ya. No hay culpa en eso. Todos son movimientos automáticos que no estaban previstos mas eran necesarios desde el punto de vista de lo que ya pasó. Ay, güey! Yo no podía dormir, ¿quién puede en el suelo frío de una caverna abandonada? Ahora estoy aquí, envuelto en una puta cobija de Tulancingo, tiritando de frío en este pinche mirador casero de mierda a la mitad de este balcón que a quién le gusta?; hace un momento, allí en mi cuarto, parecía yo preso en calabozo esperando la muerte, rabiándome el despojo, ahorita aquí parezco un indio sentado en una esquina brillante de reflejos en el centro de un pueblo, un indio en la esquina de Avenida Central y Constitución sentado al lado de sus mercancías vendiéndolas dormido. Aquí estoy. Maldito indígena dormido, pinche mecánico renegado mirando allá en Laguna las luces de edificios, las antenas difusas, los focos rojos en lo alto y en los altos...y en los autos..., mecánico de autos es lo que soy aunque no sea. Soy lo que no soy. Y allá en el fondo de mi cueva hace un rato durmiendo sin dormir soy lo que dice Peato: un picapiedra; te lo reconozco, Peato cabrón, lo admito, deja ya de reírte a lo pendejo como puto socarrón, tienes razón, tú ganas: un animal prehistórico, un troglodita, un hombre cavernícola, eso soy.

II

Peatón se levanta.

Como toda institución quintomundista endeudada, sin recursos para producir dinero, presionada por todos, fregada hasta el cansancio, Peatón lleva a cabo la única cosa que le permite evitar la muerte inminente: pide prestado.

Más y más dinero. A quien sea. Indiscriminadamente, un poquito aquí, otro poquito allá. Hasta a sus hermanas lejanas, a su hermano lejano y a su mamá semanal, Peatonación.

Peatón se emociona y ve un poco de luz cuando su ayudante Juanete, más versado aun en deudas que el mismo Peatón, le dice tú no te apures, vas con ellos, les das un poco de lana y te vuelven a dar tus muebles, lo único que quieren es espantarte, hacer que les pagues algo, también tu ya ni la chingas, te pasas de verga, dejas y dejas pasar los meses y no les das ni un pago, en cuanto te les presentes con algo de lo que has estado pidiendo prestado, ellos te devuelven tus cosas hombre, ya mero van a querer dejar de recibir su gotita mensual, no tienen de otra, tú estás jodido todos andamos jodidos el país está jodido, nadie tiene dinero para comprar y las pinches tiendas tienen que seguir vendiendo a crédito y enamorarnos chido para que les compremos, y a ti te van a volver a dar una oportunidad, no más no te pases de rosca esta vez.

Peatón le dice que mejor usará el dinero que le presten para pagar lo de las tarjetas de crédito, porque también ésas las debo, le dice al ayudante en un tono que busca un consejo más de Juanete, si esa pinche tiendota quiere quedarse con mis cosas pues ya que no me las devuelva y punto, pero ésos de las tarjetas han estado chingue y chingue, tú lo has visto Juanete, ya no da ni para contestar el pinche teléfono cuando no está cortado, tú has visto cómo chingan, y hasta cartas y citatorios de bufetes de abogados me están mandando, mira ese montón de sobres, son puras amenazas y exigencias de pago y yo no quiero tener un problema ni que me vayan a meter al bote ni chingaderas desas...

Ya cálmate, le dice Juanete, luego toma del brazo a Peatón y lo lleva a sentar al banco de lámina que está junto a la mesa que es también el escritorio, ahí Peatón escucha toda una disertación que sobre los pagos y los cobros de las tarjetas de crédito le obsequia Juanete, camina alrededor de la mesa explicando con pasión el asunto a un Peatón sorprendido, sentadito, bien comportado, que incluso se espanta al ver tal confianza y autoridad en los gestos y expresiones del ayudante, y en los señalamientos con el índice, ademanes y manotazos al aire que Juanete expresa convencido de que Peatón será su jefe en eso de la mecánica, pero en cuestión de drogas, las de todo tipo, incluidas las deudas de dinero, el efectivo es él: N'ombre!, no sabes lo que dices!, estás chiflado!, *ellos* no pueden meterte a la cárcel de ninguna manera; si no tienes para pagarles, pues no tienes y ya! ni modo que te expriman lo pinches huesos!; si no hay dinero pues no hay dinero! Punto. No te pueden hacer nada, pero claro que eso no se lo van a andar diciendo a todos para que luego nadie pague, verdad? ¿está claro?, tú ni les contestes, ni les hagas caso, recibe los sobres y hasta tíralos sin abrirlos, ¿Qué crees que hago con la mayoría de ellos?, le dice Peatón, Juanete continúa sin hacerle caso al comentario: dejas pasar el tiempo sin preocuparte, y, fíjate bien, Juanete se inclina sobre la mesa y acerca su cara a la de Peatón, ahí, después de un tiempo, abres uno de los sobres que lleguen, cualquiera, al azar, da lo mismo, lo abres y vas a leer lo increíble, te vas a ir para atrás al enterarte de que te mandan decir que con que les pagues la mitad de lo que les debes, ahí muere y ya no habrá más pedo; lógico, para esas alturas tu deuda ya la habrán convertido en un chingo por todos los intereses e intereses sobre intereses, multas, recargos, gastos de cobranza y ejecución y todo lo habido y por haber que te han ido ensartando por atrás mes tras mes, no mames güey, dice Peatón, te la habrán ido ensartando por atrás *a ti*, espérate güey, lo frena Juanete, no me interrumpas, y tú dirás pues aun así está cabrón porque aunque sea la mitad es un madral, es un resto!, pero agárrate, vas a seguir leyendo y vas a ir entendiendo que es la mitad pero nada más la mitad, *la mitad*!, fíjate bien lo que te digo, ya sin los intereses y las chingaderas ésas, y vas a decir qué pedo! qué pasó aquí?!, y yo os digo que más fácil pasa un camello por el ojo de una aguja, que un rico entre en el reino de los cielos, chale!, no mames, güey! y ese pedo qué, güey?, le dice Peatón al ayudante, Juanete le responde es una forma de decir que agarres la onda, que es mejor ser pobre pues no tienen ni de dónde cobrarte, y como no te pueden hacer nada esos cabrones cuando se dan cuenta que de veras no tienes ni quinto, te ofrecen arreglar todo el rollo de tu deuda pagándoles nomás la mitad, o hasta menos!, Peatón abre la boca y suspira hacia adentro sin decir nada cuando el otro continúa, en primera porque ellos saben muy bien que ese chingo de intereses es exagerado, injusto y ni procede, y en segunda porque para esos cabrones de las tarjetas de crédito siempre va a ser mejor recuperar aunque sea un poquito de lo que les debes, que no ver ni un centavo nunca más, Peatón ni parpadea, y eso de que te ponen tu tache en el dizque buró de crédito, vale para pura madre, porque siempre vas a encontrar otra tarjeta y otra tienda que sí te quieran prestar y venderte a crédito porque imagínate, ni modo que la pinche rueda se detenga, si nos niegan el crédito a todos los pinches deudores que somos bien pinche mala paga..., nomás no iban a vender nada nunca más! m'entiendes güey?, Peatón ni siquiera acusa el efecto de ser ninguneado por el subalterno, ¡Deudores del mundo!, dice Juanete, ¡Morosos del mundo, uníos!, Peatón sonríe, está encantado, así que cuando llegues al pinche punto de la hojita donde diga que nomás les pagues la mitad y con eso quedan a mano, te acuerdas de mí, que yo te dije te vas a ir de espaldas, vas a decir ese Juanete sí que se las sabe, vas a salir corriendo a felicitarme, a darme un abrazo, a subirme el sueldo, vas a decir qué bueno que no pagué mis tarjetas cuando ya andaba yo muerto de miedo, y mejor usé el dinero, como me dijiste, para recuperar la *king size*, las camas de los hijos, los pocos muebles servibles, la licuadora, el televisor de pantalla plana y la tele chiquita y hasta la computadora al fin que los güeyes de las tarjetas van a esperar y mejor con el dinero que me presten vuelvo a poner la cueva ahorita mismo como estaba y hasta voy y me compro ropa y algo para las niñas que están de acuerdo también en que es mejor que los de las tarjetas se esperen y me aguanten y yo les pago a ellos su mitad después porque el Juanete tenía razón, es un chingón en las finanzas, mira qué buena onda! nomás me piden que les pague la mitad de todo lo que debo! mejor que esperen ellos porque voy a comprar calcetines finos y un traje para Peatoncillo que está de acuerdo también en que es mejor que los de las tarjetas se esperen y me aguanten y yo les pago a ellos su mitad después porque el Juanete tenía razón, es un superchingonsísimo en las finanzas, mira qué buena onda! nomás me piden que les pague la mitad de todo lo que debo!, mejor que esperen ellos porque yo voy corriendo en este mismo pinche instante voy a solicitar otra tarjeta de las nuevas que anuncian con cero punto cero uno de interés mensual que estoy seguro me la dan se mueren por dármela están mande y mándeme promociones y cartitas y hasta mensajes por la computadora a la dirección de Peatoncilla y me jalan del brazo en los centros comerciales y por eso voy corriendo en este mismo pinche instante porque ya me la dieron y con ésa me compro el asador de carne que quiero poner afuera de la cueva, el horno de microondas que quiere el Peatoncillo para las palomas, y a la Peatoncita su Barbie que anda pide y pide papá compramelá, compramelá, compramelá!

La vida vuelve a ser lo que era. Y eso, ¿es bueno?

Lo que para los otros pasa desapercibido, deja de tener importancia, se da por sentado, para Peatón se vuelve clave en el ejercicio de su felicidad. Cuando el agua fluye con el "diablito" puesto por él funcionando a la perfección y el inspector no llega; cuando cenan todos en casa una sopa caliente, milanesa, algún helado..., tal vez un pollo rostizado..., quizá una pizza aunque sea chica de jamón barato traída de Pizza Gómez en el centro de La Rosarito; cuando el vecino con la línea telefónica decide reinstalarles el servicio compartido; cuando están las camas, la mesa de la cocina, los pocos muebles dentro del hogar; cuando hay luz y se pueden ver la cara cuando cenan, y hay televisión aunque nadie la vea, sólo la madre enajenada..., cuando el mundo está así, todo está en orden, todo bien, la mar en calma, no hay problema posible; no importa lo que pase afuera.

Con la fuerza de la desesperación y la rabia del castigo, y los consejos financieros de Juanete, Peatón se crece y acopia motivos, intenciones, fuerza. Echa mano de todo, sólo hace a un lado las reservas. Cuando hasta a Peatonación le pide dinero prestado, prefiere recordar que ha sido un buen hijo y el único que la visita con regularidad, a pesar de aquel día en que azotó la puerta al salir y le gritó a la madre que nunca más le pediría nada, que ya no volvería.

Para salir del bache, más bien agujero, pozo, precipicio, abismo, Peatón llega al extremo de aceptarle regalos a La Enelda, pierde la prudencia; de pedirle prestado a El Comején, pierde el orgullo; de sacar unos billetes del saco de su hermano, pierde la vergüenza.

Trabaja más horas en el taller, no con sus clientes que no llegan, pero con los del patrón del taller de al lado, que por temporadas sobran. Compra tres tortas de jamón en el puesto de lámina a tres cuadras del taller. El exceso de viandas se justifica y no representa sangrado a la economía: Peatón casi nunca vuelve ya a comer a la cueva después del medio día, en veces ni siquiera a cenar, ha dejado de transportarse como parásito en los intestinos de los toros, permanece en el taller, lava carros, barre la acera de los colegas, revende refacciones, teje chambritas.

Un día lo ve Peatonurio subir con una vaca. Imagen deslumbrante.

Peatoncillo, en el balcón de la cueva, se frota los ojos: ahí viene el papá, subiendo la cuesta, tropezándose, sudando, azuzando al animal, jalando con un mecate muy grueso, como de barco, una vaca lechera.

La pasa por el hueco de la entrada, la atraviesa por el salón multiusos por el lado donde está el sillón, la vaca se tropieza con las piernas de Peatona, ella lo único que hace es empujarla, quitársela de enfrente para que no le tape la pantalla, Peatón la lleva hasta el cuarto de los hijos.¿De dónde sacaste eso?!, me la llevó al taller un cliente que no tenía para pagar, me pagó con eso, ¿Qué vamos a hacer con una vaca aquí?!, le grita Peatoncillo, pues qué hemos de hacer...: cuidarla, mantenerla, ordeñarla!, pero si no tenemos dinero, apenas acabas de recuperar los muebles, y debemos todo el dinero del mundo! ¿con qué la vamos a alimentar?, con zacate, con hierbas, con sábanas de la cama, con lo que sea, la vaca se queda, ¿y dónde chingados va a pastar?, esto es una montaña!, más bien un cerro Peatoncillo, y ya veremos, tiene sus partes planas, niveladas..., ¿"Niveladas"??¿Qué onda, papá? ¿qué te pasa? ¡esto es una locura! ¿quién la va a cuidar?, pues yo, nosotros, tú!, no dices que te gustaría trabajar en la granja de tu tío?, la Peatoncilla, todos..., ¡Di algo mamá! ¡no te quedes callada! ¿cómo va a estar esa vaca aquí en mi cuarto? ¿Por qué en *mi* cuarto papá?, no es sólo tuyo, es de los tres, Peatoncilla y Peatoncita también duermen ahí, ¿Pero por qué ahí? ¡no manches! ¿por qué no afuera, en el cerro?, qué quieres hijo, que se la roben?, ¡Si ya de por sí se me cae la cara de vergüenza y no me gusta que venga Carmen Apié a esta casa!, a esta *cueva*!, a esta pinche cueva!!, cálmate Peatoncillo, no seas majadero, no seas impetuoso ni irrespetuoso con tu madre que está aquí presente, le dice el padre muy formal, ¡Ella ni escucha, nunca escucha!, claro que escucha hijo, nomás se hace pendeja, y ya cálmate que no va a ser tanto lío, ahí nos la iremos arreglando, hasta nos va a ayudar con lo del gasto, va a haber leche fresca, y en Navidad a lo mejor hasta la cocinamos, la vaca se queda.

Peatoncillo vuelve a observar desde la entrada de la cueva, sentado en el balcón con los pies colgando, la ciudad a lo lejos; San Pablo Laguna es enorme, un prado gigante de luces florecientes parpadeantes. Hasta donde la vista le alcanza, hacia abajo, por todos lados, a lo lejos, hasta el fondo, ve luces y más luces, colocadas en series como de árbol de Navidad, esparcidas por el suelo como estrellas de una galaxia terrestre. Es la mayor ciudad del mundo. Un conglomerado de ciudades menores, pueblos pequeños y aldeas primitivas que se han ido sumando, agregando, apelmazando durante siglos hasta formar un monstruo de millones y millones de almas. Es un tapete cósmico, un lago electrónico, una pradera eléctrica de dimensiones absurdas. Peatoncillo teme que en una de sus locuras al padre se le ocurra llevar también un buey para hacer la parejita, y pedirle que los unza con una coyunda al yugo, y hacer que los saque a arar. Dice por lo bajo: Nomás nos falta que empecemos ahora con el pastoreo y la agricultura.

Peatón decide desenterrar el auto abandonado que no pudo componer y nadie recogió. Lo mueven la misma pasión de recuperarse de la crisis, y el deseo de dar a su hijo lo que es el sueño de todo peatón adolescente en cualquier lugar del mundo: un auto. Lo desempolva, lo lava, le engrasa los huesos, el motor, los intestinos, le aprieta los tornillos, las tuercas, los engranes, le corrige las bielas, lo afina, lo pone a tiempo, lo hace andar. Lo pule y lo encera. Aquí tienes, le dice a Peatoncillo, puedes abrir los ojos, es tu regalo del día del hijo, no hay día del hijo papá, le dice Peatoncillo, claro que hay, güey, es hoy!

Peatón mueve la cabeza negativamente, esta vez divertido, nostálgico, al ver desde el portón que Peatoncillo se aleja feliz del taller, ya no envidia a Peato, va alegre, reconciliado con la vida, por la calle que lleva a la nueva área de los centros comerciales modernos de la ciudad, con el mismo manejar rápido y atropellado que él tenía cuando era joven, cuando tenía su edad; el mismo mover la cabeza como muñeco de ventrílocuo al llegar a cada cruce de avenidas; el mismo empujar los brazos toscos, las manos grandes de dedos gruesos con fuerza y pesadez hacia el volante conforme las piernas y los pies van haciendo entrar y salir del piso del auto los pedales de *clutch*, freno y acelerador, como los de un organista los del órgano gigantesco barroco en catedral, los de un armonio, va haciendo vibrar el pavimento con energía, velocidad y aceleración: es *él*, tanto en su testarudez como en sus cuentos y mentiras, tanto en su rebeldía como en su protesta callada de la situación de su familia, tanto en su deseo de tomar un atajo como en su manejar atrabancado y furibundo, como los avances mañaneros de los toros. Al ver a su hijo ahora se está viendo a sí mismo hace unos años. Sólo la ropa cambia, y las calles que se han modernizado un poco y ahora hasta están pavimentadas y con uno que otro café Internet y tiendas de video. Por lo demás, la vida se repite y los peatones se clonan.

Peatoncillo acelera, por el espejo retrovisor ve la figura pequeñita del padre en la entrada del taller; no sabe si ir directo a recoger a Carmen, mostrarle el auto flamante y llevarla para festejar a dar la vuelta y a comer unos tacos al pastor con Doña Sussy, o irse hasta Red América por Giovanna Veiculano; o hacer un poco de tiempo para pasar después por la esquina de la Punta del Este donde trabaja Bibi.

Como todo Peatón, no puede vivir sin música sonando a todo lo alto, envolviéndolo en una manta de fantasía estruendosa a la hora de trabajar, de ver la tele, de cagar, de bañarse, protegiéndolo de sus propios complejos como una cortina de cualidades ultrasónicas. Escandalosa. Y en este momento le falta porque no hay música, no hay estéreo en el auto, no suena la *Banda del Recodo*, un pasito duranguense, un encadenado de oro gritando que le gusta la gasolina, unos *Tigres del Norte*, una Shakira, un Pedro Infante con su amorcito corazón para los ratos tristes, todo a todo volumen, como más chingue a los conductores de los autos de los lados, como más sirva para decirle al mundo que el Peatón ahí está, en potencia pero ya en absoluta realidad, y las puede, como cualquier otro, *y cuenta*; como más sirva, también, para que lo de afuera no le llegue y no le hiera...

Era ya mucho pedirle al padre que le pusiera estéreo, bastante hizo. Mañana o pasado saldrá para uno bueno. Peatón desaparece ya en el espejo retrovisor de tan pequeño, los lujos de su magnanimidad que han construido la opulencia de Peatoncillo se disuelven ya también en la memoria del joven, se extingue casi su recuerdo cuando al ir llegando al cruce de la José Martí con Revolución Cubana Peatoncillo necesita, como todo buen Peatón, comenzar a pitarle a todo mundo, mentar madres y hacer el mayor escándalo posible; por primera vez toca el claxon de su auto y al hacerlo sonar casi se alza y se estrella contra el techo de lo ensordecedor y potente que resulta, y porque es idéntico al pinche sonido que últimamente lo despierta y le quita el sueño a cualquier hora de las putas madrugadas: su padre Peatón, ocurrente como siempre, ha puesto como sonido del claxon un sonoro, gigantesco, digital, monstruoso y aturdidor *mugido de vaca*!

Como en el cuento de los árabes donde cada cosa buena que

81

va ocurriendo, al final es mala, y cada cosa mala que les pasa, termina por ser buena, el auto nuevo, realización máxima en la vida de Peatoncillo hasta el momento, comienza a provocar cambios de comportamiento en el muchacho. Ya ni siquiera ordeña la poca leche de la vaca, no quita las boñigas. Vive zombi, sonámbulo, hipnotizado, autómata. Ahora sólo piensa en el auto, en arreglar su auto, acondicionar su auto, está enamorado de su auto, le pregunta cómo está, cómo se siente, le pide su opinión, lo acaricia a cada rato, le pasa la mano encima como si fuera muslo de chamaca, le quita en todo momento las más mínimas partículas de polvo que lo hayan mancillado, le acerca la boca, le echa vahos, con la mancha que queda de la condensación de su aliento le pule el pedazo de carrocería con movimientos rápidos de la manga estirada de su suéter, después le da de besos, lo abraza; sólo le falta dormirse en él y hacer el amor con los asientos.

No se lo lleva a su cuarto para dormirlo al lado, porque está la vaca.

La idea de Peatón era que el joven gastase menos en camiones, peseras, taxis y metros hasta su trabajo, que ahorrase tiempo, que pudiera incluso tomar otro trabajo, que tuviera tres, cuatro empleos y ahorrase. A Peatoncillo se le va ahora en la transformación de su auto todo el dinero que gana, que no es tan poco, le ha empezado a ir mejor, está por cumplir todo un record de tres semanas en un mismo trabajo, tubos de escape ultrasonoros aerodinámicos de cromo, luces estroboscópicas hacia el frente y en serie intermitentes a los lados que hacen del avance del vehículo una combinación de discotheque con desfile de carro alegórico carioca por la Marqués de Sapucaí, rines minúsculos de magnesio con aditamentos giratorios ópticos y luminosos, turbo adicional en el motor para los arrancones, estéreo digital con CD, caja para treinta discos y bafles delanteros, medios y traseros con salida de tres mil quinientos *watts cada uno!*, ...y *sun roof*, no puede faltar un agujero en el techo, una ventana hacia el cielo, hacia las alturas, en el toldo del auto de un Peatoncillo que se respete; hasta para el abuelo de Peatoncillo, desde sus tiempos de joven, lo máximo era tener un coche descubierto. Peatoncillo va ahora, además, tras los elevadores de aire comprimido para subir, bajar y zarandear el auto como en las películas y videos de los homies méxicochicanoamericanos.

Cuando Peatoncillo se acerca al taller en su automóvil, es posible escucharlo a seis cuadras de distancia. Los autos a su lado ni siquiera alcanzan a oír bien el escándalo pues la onda sónica de choque que generan las vibraciones los va desplazando y aventándolos tres, cinco, diez metros más allá. Peatón deja a medio camino la siguiente mordida a su torta de rigor, frunce la boca y mueve la cabeza negativamente. Lo recibe molesto. Hace ademanes con media torta en la mano. De veras que de haber sabido..., le dice, nomás andas con tu escandalera y tirando el dinero en ese pinche carro. No lo ando tirando, discute Peatoncillo, levanta el dedo, señala al vehículo, es una inversión, el auto, hoy, vale más. Pero estaría mejor si se lo invirtieras a un taxi, o que gastaras en otra cosa, que ahorraras, te iba a ir mejor. Así me va a ir mejor, me reciben mejor en todos lados, me abren la puerta, como te ven te tratan.

Pareces narco, le dice Peatón tocándole con la torta el pecho.

Ya no son muchos, ahora son más: toda una colección de anuncios y volantes promocionales diferentes del Monte de Piedad, casas de empeños y de préstamos *express* la que tiene Peatón sobre la mesa del taller junto con los requerimientos de pago de medio mundo, sobre las cajas de herramientas, sobre un motor desmontado, regados por el piso. Presume ante Juanete y la Rana de que los va a colocar en carpetas dentro de fundas de plástico transparentes para llamar después al *Guiness*, los novios se ríen, El Comején grita desde el taller aledaño ya deja de echar relajo con el pinche Peatón, Rana, y vente a trabajar!, Peatón se carcajea, toma un montón de sobres de la correspondencia y los avienta al aire, otro, de los anuncios que están tirados y los echa más alto, se pone en cuclillas y extiende los brazos para hacer acopio de los más que pueda para aventarlos más alto aun y que bajen como confetis gigantes, ahí van...cartas de abogados, de cobros de Liverpool, Sam's, Wal-Mart, de avisos y amenazas de las tarjetas de crédito, multas de Hacienda, notificaciones, soy rico Comején!, grita, mucho más rico que tú!, yo puedo vivir sin trabajar, eso es riqueza!, toma otro montón, hasta de los que aun no han acabado de caer y se los avienta a La Rana que va saliendo del taller, como para cuando te cases Rana!, para cuando te cases con Juanete!, soy rico, óyeme Comején!, soy el padrino rico, yo puedo ser padrino de confetis!

Peatoncillo, inexpresivo, sin mover siquiera la cabeza, sigue con los ojos las piruetas de su padre.

Peatón es un desmadre.

Peatón mueve la cabeza negativamente, esta vez deprimido, melancólico, cuando Peatoncillo se aleja del taller en el auto, desperdiciando la vida, en busca de ese par de vagos buenos para nada con los que cada día pasas más tiempo, no voy con ellos hoy no voy con ellos, cómo no! vas derechito a buscar a Lepeáton y Pepe Atón, por la avenida que lleva a la zona de las cafeterías y restaurantes más elegantes de la ciudad, ellos están ahí para aparentar lo que no son, para mezclarse con el tipo de gente que quisieran ser, para pretender que ya alcanzaron su meta, y él, manejando a la velocidad de los avorazados y dejando atrás todo consejo: es *él mismo* hace veintiséis años, tanto en su testarudez como en sus cuentos y mentiras, tanto en su rebeldía como en su protesta callada de la situación de su vida y del mundo, tanto en su deseo de tomar un atajo como en su descaso a las asesorías. Al ver partir a su hijo ahora, Peatón sólo espera que no sea para siempre; al escuchar la música estruendosa que va perdiéndose con la distancia, está escuchando, porque casi se le confunden los sonidos que le llegan de lejos con los que su recuerdo reconstruye, la misma música, los acordes iguales, la batería marcante, los teclados imitando a las cuerdas, el bajo bailable y aquel sonido *disco* que parece Andy Gibb, es Andy Gibb, que en la imaginación lo lleva una vez más a dejar tirados los trabajos, a ponerse muy guapo, pedirle el auto prestado a algún amigo e invitar a Peatona jovencita a salir, a ir al cine, a bailar en la noche en una discoteque; sólo la ropa cambia, y las calles que no tienen semáforos, no están pavimentadas ni hay cafés Internet ni tiendas de video. Por lo demás, la vida se repite y los peatones se clonan.

Como en el cuento de los árabes donde cada cosa buena que va ocurriendo, al final es mala, y cada cosa mala que les pasa, termina por ser buena, así, justo así, no le pasó esta vez a Peatoncillo. Choca el auto, lo despedaza una noche de borrachera continuada; ni a él ni a Lepeáton les pasa nada. Pepe Atón estaba enfermo y no iba. Peatón le explica a Peatoncillo que lo bueno del asunto está en que él salió ileso. No manches, así no es como se analiza, le dice a Peatón, las cosas que se generan a partir de lo malo aparecen después y como consecuencia, ¿pues qué mejor consecuencia quieres que estar vivo y haber conseguido un buen trabajo?, se exalta Peatón, eso no tiene nada que ver, replica Peatoncillo. Un año después le dirá que lo malo generó esta vez algo peor, le explicará en detalle.

Y Peatón, a la vista de lo que habrá sucedido y como pocas

veces, le dará la razón.

Peatoncilla hace el amor cada tres días con Peato. No le importa que la siga bajando del cerro a claxonazos, que no la respete; para ella el respeto es otra cosa. ¿Quién sabe qué es? Lo único que le importa es que Peato no llegue a enterarse de la vaca. Peatona ve televisión, come botanas, en veces desde el sillón de la sala, en otras desde la picada del tomate sobre la mesa chueca de la cocina, no oye el claxon, ni a la hija gritando hacia abajo ahí voy! espérame tantito.

Peatoncita, la hermana menor, inmersa en raptos de arrobamiento cada vez mayores dentro de sus videojuegos apastillados, cuando no completamente ausente, vive en el limbo.

Peatoncillo, por quedar bien, hace el intento de salir de la cueva hasta haber ordeñado por lo menos medio litro de leche de la vaca y dejado limpio el cuarto suyo y de sus hermanas. Pero no lo consigue.

La vaca tampoco.

El Comején devora lo que encuentra a su paso, pero ni aun así consigue salir de la lata de los cangrejos. Enelda Zapata organiza un fiestón con todas las Zapata, flores, macetas, barbacoa, hasta mariachi y trío; lo mejor: ni un sólo cliente en la reunión, sólo familia. La Rana sigue jugando con Juanete y lo pica en todos los sentidos. Mínimo ofendido. Bibi, a raíz de que lee un artículo sobre el prostíbulo de la *Madame Heidi Fleiss*, que hasta es legal y cotiza en bolsa allá lejos, *down under*, sueña con ser la más chingona de Laguna y tan poderosa que pueda conseguir incluso que legalicen la putería.

Peatonación tiene sus ahorros. Nadie sabe si el esposo le dejó un dinero, pero ella se las arregla para sobrevivir y comer bien, bueno, lo que ella llama *comer bien*: pide cada tercer día servicio a domicilio de *Pizza Hut*, pollo frito Kentucky, *Burger King*, *Dunkin Donuts* y *Mc Donalds*. Peatonurio come de los mismos lugares, y diariamente, pero lo que va y saca de los tambos de basura que tienen afuera.

Los muchachos de entrega a domicilio perciben la pestilencia que sale del departamento de Peatonación y de su cuerpo mismo. Alguno, calculándole la edad, supone que se está descomponiendo en vida; otro, que ya está muerta y por eso apesta. Peatonación los recibe sonriente, los invita a pasar con gestos repetidos de sus manos artríticas, con aspavientos. Ninguno acepta. Come sola. Recuerda que en su época de juventud no había esas comidas; habría sido feliz.

Entre los olores de los aderezos de hamburguesas alcanza a percibir los de las incontinencias de su propio cuerpo; va a su recámara, lenta, al baño, se cambia con dificultad los pañales, se limpia los orines, el excremento, lenta, piensa en bañarse, decide dejarlo para el sábado en la tarde, algunas horas antes de la visita dominical de Peatón con su familia.

Llama a los hijos desapegados con cualquier pretexto para que la pasen a ver, venme a prender el calentador, se tapó la coladera, estoy nerviosa, me siento muy mal ya no les duro siento que ahora sí me voy me les voy a morir a ver qué sienten de haberme dejado morir sola como un perro.

Pero los hijos no van, salvo Peatón.

Y ella no se muere.

Ven por lo menos a ver lo que te voy a dejar, de una vez vengan a ver con cuáles de mis cosas se van a quedar. Los voy a heredar en vida.

Usted no tiene nada que dejar mamá, dicen las hijas, el hijo lejano.

Y no van, salvo Peatón, que va al siguiente domingo, se mete con ella al dormitorio y le acepta sólo unos aretes que piensa regalar en su oportunidad a Piedad, la amiga de su hija, quién quita es chicle y pega.

Si fuera yo millonaria aquí estarían todos tus hermanos sombrereándome. No te apures, es mejor así, mamá, le dice a Peatonación, mejor que ni se asomen para no andar como andan otros, peleándose por los despojos del muerto.

Así mero, Peatón, yo les voy a dejar las puras telarañas, ni siquiera las que las tejieron; a ésas me las voy a llevar conmigo, ja!, vámonos a comer, se consuela la abuela con reservas, los niños han de tener hambre. Pedí pizzas de *Domino's* .

Peatonación, bajita la mano, está más fuerte que los otros.

Peatón tiene un problema; como si los otros cinco mil fueran poco: Peatoncillo ha cometido un delito y no fue cosa de broma y está en la cárcel. Ahora mismo el muchacho habla en la sala de abogados del Reclusorio con el licenciado barato y marrullero que fue el único que Peatón le pudo conseguir, y le cuenta muy serio, casi llorando, porque así como Peatón jamás se imaginó que el hijo anduviera en esas ondas,

Peatoncillo jamás pensó que el andar en ellas lo pusiera en esta situación, que él qué iba a saber que mientras aguardaba en el auto de Lepeáton junto con el Ryan comiéndose las papas y esperando a que terminaran de cargar gasolina, el amigo conflictivo deja el volante y se baja del vehículo junto con Pepe Atón y se meten al *OZZO* de al ladito de la gasolinería, la grande ésa de la esquina de Progreso y Congreso de la Unión, y para colmo de males el *OZZO* ése es de los importantes, tiene cámaras de video y toda la cosa y seguro Lepeáton y Pepe no sabían eso y ni se dieron cuenta o se les olvidó por la borrachera que llevaban y mire usted, yo no tuve nada que ver, yo sí había tomado nueve coronas ya esa noche y andaba bien alegre pero con ganas de acabarme mis papas y no de andarme metiendo en líos, usted sabe que yo no soy así licenciado, usted conoce a mi papá ya de hace tiempo, yo qué necesidad tengo?, pero Lepeáton es así, a veces hace las cosas nomás por chingar, por llevar la contra, por hacerse el chistoso, el rebelde, el dizque revolucionario, por moler, por moler pues, por llamar la atención, y el Pepe Atón que le sigue siempre la corriente y ahí va tras dél y se mete enseguidita después dél al *OZZO* y tampoco se da cuenta de las camarotas en las esquinas que están grabando todo lo que estos pendejos ni se dan cuenta pero que doce minutos después los de seguridad junto con los de la patrulla van a ver en la pantalla detalle por detalle y van a ver que Lepeáton llega a los refrigeradores y saca una coca de las grandes y vacila con Pepe Atón y ya desde ese momento se reacomoda el arma en la parte de atrás a la altura de la cintura del pantalón sobre las nalgas sin alzarse la camisa y para que le quede más a modo de avanzar a paso firme, bien seguro, sin que se le caiga y llegar hasta la caja para decirle con su voz de las arengas en los mítines, sonora, autoritaria, convincente al chavo que cobra cáete con la lana cabrón, no estoy jugando hazlo así tranquilo antes de que me encabrone y te saque este cañón, y ahí saca la pistola, licenciado, en ese preciso momento, como si estuviera jugando y divirtiéndose con lo que dice y la forma en que lo dice y hace lo que hace como lo hace, como ensayado, y Pepe Atón da un golpe en el mostrador, que hace saltar hasta lo huevitos de chocolate de *Kinder* y los encendedores y todo el puto desmadre, y ven los policías por el video que grita qué esperas pinche ojete, qué no oyes? que te muevas!, y los policías lo ven clarito en la pantalla licenciado, porque este cabrón es tan pendejo que lo vocifera a grito pelado y abriendo mucho la boca y haciendo gestos exagerados exactamente frente a la otra cámara de televisión, la que está precisamente atrás del cajero cuidando la seguridad del dinero, y eso hace que los tiras le lean en los labios a la perfección lo que dice, como eso de "*vámonos a dondel Ryan, pícale*", después que Lepeáton le da

87

tres cachazos cabrones con la pistola en plena nariz al chavo de la caja, le arrebata los billetes de la mano, agarra otro montón de los de la caja abierta y comienza a correr rumbo a la salida con el Pepe.

Peatón está perdido. Parado en la esquina de su taller a las diez de la noche, después de cerrar, mira hacia todos lados sin decidirse a caminar hacia ninguno pues no sabe si avanzar, retroceder, o hacerse a un lado. Ir a la casa de Peatonación significa oír regaños, peticiones, exigencias, cobros y recriminaciones. Ir a la casa del primo, ¡para qué? Aún no habrá llegado. Ir a su propia casa y enfrentar a Peatona y decirle tu hijo está en la cárcel lo detuvieron anoche, por eso no sabíamos nada de él, hoy me avisaron del Reclusorio en la tarde, no se me ocurrió más que enviarle al licenciado Pat Anaya…, lo presiente más cuesta arriba y dificultoso que la propia subida del cerro hasta la cueva. Además, está aquello de que Peatona no lo escuchará o primero le contestará al galán de la telenovela de la noche o al jefe de investigadores de *CSI Miami*, el pelirrojito mono ése, antes que a él.

Peatón está perdido.

A los policías no les cuesta ningún trabajo, después de que llegan al súper asaltado y le toman la declaración al chavo de la caja histérico que los llamó llorando unos minutos antes y ven los videos y las gesticulaciones grabadas de Pepe Atón, llegar rapidísimo a la casa del Ryan y detenernos a todos, licenciado. Estábamos acabaditos de llegar, yo estoy abriendo otra chela, Lepeáton la coca de tres litros que se sacó del *OZZO*, y sonríe porque le hace gracia lo que Pepe Atón nos está contando a carcajadas al Ryan y a mí, haciéndonos la relación exacta de lo que esos cabrones habían hecho en el momento del asalto; la verdad, licenciado, que ni el Ryan ni yo lo disfrutamos, usted sabe que a mí no me gustan esos jales, una cosa es que no quiera ser mecánico como mi papá y ande queriendo hallar otras chambitas, y otra muy diferente, que sea un hijo de la chingada o un pinche raterillo o un asaltabancos, y menos un pinche *OZZO* hágame ustél favor licenciado!, ni gracia me hace que el Pepe Atón con pelos y señales y moviendo los brazos y los puños nos diga cómo Lepeáton le rompió el tabique de la nariz al chavo de la caja, le repito que el Ryan y yo estamos nerviosos en ese momento pues la verdad somos más calmados que los otros dos y ni estamos disfrutando ni nos hace gracia lo que esos dos cabrones hicieron mientras nosotros suponíamos que estaban comprando ahí en el súper una soda y algo para botanear en lo que nosotros checábamos que le pusieran bien la gasolina al auto. Salen ellos corriendo, se suben, Lepeáton arranca el auto y hasta la manguera de gasolina que aún estaba ensartada en la boca del tanque y maneja como loco viendo para todos lados y dándole de manotazos al volante y diciéndole no se qué cosas a Pepe Atón que en el asiento de atrás le da de palmadas en las piernas al Ryan y le dice que ahora sí vamos a tener para irnos al Paso a cogernos a las gringuitas y a comprarnos ropa. Yo miro en el asiento delantero junto a mí el montón de billetes que aventó Lepeáton y les noto a algunos un poco de sangre y voy armando la historia completa de lo que pasó conforme Lepeáton y Pepe Atón lo cuentan a cachos y en desorden, como lo de que el chavo después de los tres cachazos se va pal suelo y se desmaya o hace como si se desmayara para desconectarse del pinche lío, muerto de miedo, no quiero saber nada de este rollo dice, no me maten dice orinándose, y ni el Ryan ni yo nos reímos tanto como Pepe Atón a la hora de contar una y otra vez cómo asaltaron un *OZZO*, ¿Te das cuenta cabrón? qué chingonería!, me dice Pepe Atón emocionado acercando mucho su cara con el tufo alcohólico a la mía, el *OZZO* más grande de la ciudad güey, el más lleno de gente, me dice, aunque en ese momento sólo estaba el cajero, quién sabe dónde andaba el mundo, ¿verdad, Lepeáton?, le dice al otro, que ya está sentado en el sofá de la casa del Ryan y toma la *Coca-cola* directamente de la botella, pero a mí nada me hace gracia porque estoy nervioso y siento que de un momento a otro llegan los tiras a la casa y rompen la puerta con un trabuco de hierro y nos sorprenden a todos hasta con el dinero del asalto junto a nosotros como si faltara alguna prueba y no tuvieran la declaración del cajero, del empleado de la gasolinería y todas nuestras imágenes grabadas en las cámaras, las de adentro del súper y las de la gasolinería y las de afuera del súper que ya ve usted, según me dicen, licenciado, tomaron requete bien el desmadre que esos güeyes hicieron y me tienen bien grabadito a mí también por todos lados y al Ryan mientras esperábamos dentro del auto según usted mismo me dice y entran con lujo de violencia y nos tiran al suelo y nos madrean y nos patean y la verdad sea dicha, licenciado, ni que hubiéramos matado al güey ése o secuestrado a alguien y nos ponen las esposas y aquí me tiene usted esa es la neta licenciado, écheme la mano, yo no soy mala onda, no tuve nada que ver.

Peatón está perdido. Parado en la esquina de su taller a las diez de la noche, después de cerrar, mira hacia todos lados esperando la llegada del primo que pasará a recogerlo junto con el licenciado que conoce al Juez que conocerá el caso. Hace frío, las heladas de invierno comienzan, pero Peatón no lo siente pues se equilibra su termómetro corporal con los escalofríos que siente por dentro del vientre al recordar cómo ha llegado a su casa la noche anterior con el Jesús en la boca y la preocupación de ahora qué le voy a decir a mi vieja, cómo le voy a decir que Peatoncillo está en la cárcel y a hacerle para que Peatoncita ni se entere, pobrecita, nomás eso nos faltaba.

Se vuelve al escuchar el ruido de un auto que se aproxima desde el otro lado del taller y trata de vislumbrar algo más que los faroles cegadores alumbrando la noche neblinosa y congelada. Observa, desencantado, después de comprobar que no era el primo, hacia otro lado,

Durante las últimas veinticuatro horas ha tenido que sufrir lo que no imaginaba: la total indiferencia de Peatona ante lo que él le cuenta sobre el encarcelamiento de Peatoncillo, la mujer lo escucha sin quitar los ojos de la pantalla del televisor y cuando suelta el llanto es porque ha visto llorar a la heroína de la telenovela y no por el drama familiar que comienzan a vivir en carne propia; la visión que Peatón tiene de Peatoncilla y Peatoncita, dormidas, al abrir la recámara de los hijos después de haber fallado en conseguir la atención y simpatía de Peatona; la ausencia del hijo sobre la cama de piedra junto a la litera de las que duermen; el imaginar en dónde y cómo estará durmiendo exactamente a esas horas Peatoncillo, ya encerrado en el Reclusorio, la cama de la cárcel puede hasta ser mejor, las paredes de cemento hasta más parejas que éstas irregulares de la cueva, pero ésta es su casa, carajo, y aquí dormiría libre; el llamar al primo por teléfono en la mañana para contarle lo que pasó y decirle ayúdame cabrón, yo nunca te he fallado, préstame una lana, recomiéndame alguno de tus abogados, dime qué hago; el saber, como se lo hace notar con buena fe el primo, que no le va a salir barato, que esas cosas cuestan, que no va a ser rápido.

Promete pasar a recogerlo en la noche y llevarlo con alguien que le resolverá el problema.

Cuando Peatón mira en su reloj que pasan de las diez y media, presiente que el primo lo dejará plantado, piensa una vez más en su irremediable mala suerte y vuelve a tomar conciencia de lo que entendió al colgar después de la llamada.

No tiene dinero desde hace meses, debe a las siete tarjetas de crédito, hasta la camisa, el taller mecánico va de mal en peor, menos clientes cada mes, el tendajón de tabiques al fondo del taller, y el taller mismo, sus únicos patrimonios, ni escrituras legales tienen; si el primo lo ayuda acabará aun más endeudado. Comienza un largo calvario.

Peatón está arruinado.

El licenciado que lo visita el primer día, Osuna, le ha sido recomendado por otro preso. Llega *antes* incluso que Pat Anaya, el primer tinterillo que le mandará el papá, quien para esas horas aún no sabe. Peatoncillo está desesperado, dolido de las manos, la espalda, el pecho y las muñecas. Sabe que la situación está muy mal y no hay dinero. Le han dicho los otros quince que duermen en la celda de dos por cuatro metros con él, Eufemismo con mayúscula eso de "Duermen" si son quince los que tienen que pasar la noche en ocho metros cuadrados, que los primeros momentos son muy importantes, que tiene que moverse rápido y conseguir buen abogado que sepa cómo arreglar las cosas rápido con el Juez, en qué juzgado caíste?, le dice uno, quién es el juez?, pregunta otro, ése güey es bien corrupto, comenta el que está cagando a la vista de todos. Peatoncillo está confundido, mueve la cabeza, se aferra a los barrotes, nunca me imaginé, nunca se imagina uno, le dice el que comentó que el Juez era un corrupto. Lepeáton, Pepe Atón y el Ryan han sido colocados, por separado, en otro módulo para evitar que se comuniquen entre sí y con Peatoncillo. Peatoncillo Peatones!, a la sala de abogados!, grita el custodio.

El licenciado que lo visita el segundo día es el que le pusieron de oficio; Peatoncillo no pudo contratar al tal Osuna el día anterior, pues cobraba carísimo, y Pat Anaya es de "las parteras": van un día y regresan nueve meses después. Peatoncillo solo, confundido, en ayunas, se enteró de que tenía derecho, como todo acusado, a que lo defendiera un licenciado de oficio, si no tuviera dinero para pagarse uno.

El licenciado que lo visita el tercer día es otro de oficio, pero dicen que es muy bueno y Peatoncillo le da al Secretario del Juzgado, por abajo del agua, al acabar la primera audiencia, el poco dinero que ha juntado, de visitas, familiares, apuestas, trabajos y uno que otro negocio que ha comenzado a aprender a hacer adentro de la cárcel desde que lo metieron, para que el ayudante del Juez, su mano derecha, le cambie al que le habían puesto y le ponga como nuevo defensor de oficio a ese licenciado del que tres presos le hablaron maravillas. Peatoncillo no sabe ni para dónde hacerse, piensa que no va a salir nunca de allí. Da palos de ciego. No sabe, realmente, qué hacer. Sólo tiene noción de que necesita conseguir al mejor de los abogados. No sabe que Peatón, a pesar de su precaria situación, ya le anda consiguiendo uno chingón.

Peatoncillo acabó quedándose con el segundo abogado que le mandó su padre; el que era conocido del primo de Peatón, de su tío. Llegó a visitarlo a la cárcel con ostentación, confianza excesiva y prepotencia, y alardeando de que lo sacaría antes de que se diera cuenta; no llegas al domingo aquí adentro, quiero evitarle a tu papá que te tenga que venir a visitar el fin de semana, el día de visitas, pobrecillo, el pobre está muy mal, quería venirse conmigo hoy a visitarte pero yo lo desanimé, le dije que venga pasado mañana que hay visitas breves autorizadas para familiares aquí mismo, en esta Sala de Abogados, aunque sea con esta malla de seguridad de por medio. Consuélalo, está muy mal, él será lo que sea pero nunca se imaginó esto de ti, Peatoncillo lo alcanza a ver esperándolo tras el cristal grueso y la tela de alambre de seguridad de la ventana del cubículo de visitas cuando el custodio lo introduce jalándolo de las muñecas esposadas a la Sala de Abogados, cómo le vine a hacer esto, a darle esta pena a estas alturas, carajo! El muchacho se acerca al cristal; Peatón, del otro lado, no se mueve. Ni un gesto en su cara. ¿Podría quitarme las esposas, Señor Custodio?, no me gustaría que mi papá me viera así, Señor Custodio. Eso debiste haberlo pensado antes, cómo te vine a dar esta preocupación papá?, perdóname, pero te juro que yo no hice nada yo ni sabía que esos locos iban a cometer ese desmadre, yo estaba afuera en el auto, sí m'ijito, rompe el silencio Peatón, pero dime con quién andas y te diré quién eres, yo ya te había dicho muchas veces que ese pinche par de vagos no te convenía, que te iban a meter en problemas, pues sí padre, pero uno qué va a saber, como dicen: nadie escarmienta en cabeza ajena, me tenía que pasar esto, le juro que saliendo no los vuelvo a ver, están locos, eso que hicieron es de pinches batos locos, pero si se pone usted a ver, y no es que los defienda, eh?, para nada, pero viéndolo bien tampoco hicieron nada del otro mundo, no mataron a nadie, no secuestraron a nadie, cierto? Pues no, Peatoncillo, pero dice el abogado de tu tío que va a estar muy cabrón sacarte en seguida, porque ya sabes de quién son esos *OZZO* y los tienen súper protegidos legalmente, los tratan con pinzas, que ni se metan con ellos, mira que venir a asaltar una de las pinches tiendas del hombre más rico del mundo…!, pero el abogado viene y me dice hace dos días, papá, que ni me apure, que me va a sacar rapidísimo! me dice tú no pasas el domingo en este pocilga, vas a ver cómo te saco antes de que te des cuenta, cálmate, ni te apures, te digo que no llegas al domingo aquí dentro, quiero evitarle a tu papá que te tenga que venir a visitar el fin de semana, el día de visitas generales, pobrecillo, el pobre está muy mal,

92

cálmate, no llores, no va a pasar del domingo m'ijo, de eso me encargo yo que para eso soy tu padre, deja de llorar que me vas a hacer llorar a mí también y yo soy macho, y chingón, y aguanto, pero no viéndote llorar así, el domingo vas a estar fuera vas a ver, y nos vamos juntos en la tarde ese día, como el día que la Peatoncilla no aparecía, te acuerdas?, y caminamos después tranquilos platicando y nos comemos un helado, papá, yo pago, y el lunes te levantas temprano y te bañas bien mira qué mugroso estás, y te arreglas muy guapo para irte a donde quiera que sea que vayas a conseguir trabajo.

   Así me dice mi padre ese día, licenciado Osuna, y así me dijo el pinche abogado que nos recomendó mi tío. Y yo sigo aquí. Y hemos gastado tanto dinero que ahora tengo menos para pagarle, ya le dije desde aquella vez que no me alcanza, usted es de ligas mayores.
   Nyaguip Osuna Uto, cruce de hindú de Calcuta con japonesa de Yokohama, graduado como Doctor en Leyes en la UCLA y radicado por conveniencias económicas en Laguna, tiene buenas razones para estar de nuevo ahí, con ese pobre tipo que no ve la suya desde hace semanas. Ha hecho bien su investigación, jalando un hilo aquí, soltando otra pregunta allá, escuchando con atención los chismes que sus otros cinco clientes dentro del Reclusorio le comunican cuando los va a visitar; y ha visto la televisión. Comenzó preguntándose por qué un caso tan común, de tan poca monta y de consecuencias tan nimias ha venido recibiendo cobertura cada vez mayor en los medios, principalmente en los canales de Red América, eso no es normal, yo que ya tengo tiempo litigando en este país lo puedo asegurar, y luego esa conductora…Giovanna…Veicul…Veicul…algo, la rubia, la güera ésa altísima elegante guapérrima buenérrima de piernas suculentas que ya se las quisiera yo abrir para llegarle hasta el fondo y perdérmele adentro, ésa mera, haciendo reportajes tan apasionados y corrosivos, tú me dijiste el otro día, Vochito, que Peatoncillo te contó una vez que había andado de novio con la güera ésa buenota de la televisión, la que hace reportajes, qué te contó? qué más te dijo Peatoncillo de ella? cuéntame, yo por fuera ya me enteré de que el muchacho, por lo guapo que está y cómo las trata, tiene un resto de novias y amantes, pero un resto!, sí licenciado, yo sé inclusive que hubo un episodio cabrón entre él, una novia pobretona que tiene allá por su colonia La Rosarito, Carmen Apié, así se llama, Vochito, y también está riquísima, para comérsela, lo que no tiene en dinero lo tiene en ricura, deberías verle el cuadril, los pechos, la cinturita, la cara..., y esa conductora rubia de televisión

93

licenciado, con la que se anduvo acostando el Peatoncillo, un episodio entre los tres tipo *Cheaters*, pero a lo cabrón!, sí Vochito, yo ya me enteré bien cómo estuvo la cosa: llega un día la Giovanna ésa al Motel *Vail Palace* para acostarse con uno más de los ejecutivos de Red América, porque es bien puta la cabrona, se acuesta con todos los artistas, los *office boys*, los mensajeros, los porteros y los de mantenimiento, agarra parejo, con todos!, y como se la pasa yéndose a acostar a ese Motel que ya casi es su casa, vive ahí, una recamarera con la que se lleva mucho le dice cuando va a dejarle una botella de Champagne ay! señorita, qué hace usted aquí? pensé que estaba usted en la habitación de siempre, en la veintiocho, estoy aquí, Pietricia, porque ésa está ocupada, al menos eso me dijeron, sí está ocupada, no?, pues...sí señorita pero como el que está ahí dentro en la veintiocho es el joven ése tan guapo, bellísimo, con el que viene usted muchas veces y hasta pidió Champagne hace rato, deste mismito del que le gusta a usted, pues yo pensé..., ahí la mucama se da cuenta de todo y ya no sabe cómo terminar ni qué decir y se da cuenta que metió la pata y se queda negando con la cabeza, pero Giovanna ya no la ve porque se dio vuelta rápido para arrancarle una sábana a la cama y echársela encima y corre hasta la habitación veintiocho, donde tú estás cogiéndote a la hermosura ésa de la Carmen Apié, digo, dicho sea de paso y con todo respeto, y para qué te cuento lo que sigue muchacho si eso te lo sabes tú mucho mejor que yo!, tú fuiste el que sintió la vara, pero a que lo que no sabías, Peatoncillo, es lo que investigué y saqué en claro sobre cómo empezó todo el desmadre, verdad?, lo que te acabo de decir, y el punto importante no es ése, sino el hecho de que tú no tienes por qué sentirte tan culpable por todo lo que pasó y porque te haya agarrado la Giovanna ésa *in fraganti,* puesto que ella misma tiene muchísima cola que le pisen; si no hubiese andado de puta también ese día ahí en el Motel con otro chavo, no se habría enterado de que tú le estabas poniendo los cuernos con la Carmen, me entiendes, no?

Peatona sigue sin hablarle a Peatón. Sus frases de aprobación, de protesta, de acuerdo, sus reclamos y toda su energía lingüística los dirige al televisor, a los galanes y a las damas jóvenes, a los malvados villanos intrigantes, a los héroes y heroínas de las novelas televisivas, a las conductoras y conductores de los programas matutinos para la mujer, a los reporteros y conductores de noticieros. Son ellos los que, sin saberlo, tienen una mujer al tanto de cada cosa que ejecutan, oyendo cada sueño que planean, soñando cada cosa que dicen, pendiente de sus risas y sus llantos, de su más mínimo gesto, recriminándoles las fallas, aplaudiendo sus aciertos, hablándoles, queriéndolos, mimándolos, hasta rozando con sus dedos sus rostros, sus cuerpos en pantalla, escuchándolos como no escucha a nadie en esa cueva, preocupada por ellos, por sus astros brillantes, sus hijos, sus amantes, sus padres, sus abuelos, sus dioses particulares de la tele, dirigiéndoles la palabra como hace años no dirige ni un asentimiento ni una negación a ninguno en casa, a nadie en la familia, ni a Peatoncita, ni a Peatoncillo, ni a Peatoncilla ni a Peatón.

Peatona no siempre fue de esa manera.

Era limpia, clara, luminosa. Hubo días en el pasado de Peatona en que todo cuadraba: la silla en su lugar, jabón en el lavabo, maquillaje en los labios, los ojos, fuerza en la mirada, coraje al escuchar, lucha a brazo partido, como fiera en celo, como esposa amorosa, por mantener viva la risa en la familia, los empeños útiles. Vale todo la pena. Escribe en un papel perdóname Peatón soy una tonta te adoro; recalienta la sopa ocho veces, le quita los zapatos, le pregunta qué ha habido, vas a querer cenar? estás cansado?; administra las compras: esto para Peatón, voy a llevarle aquello, le gustan los colores brillantes, ya viene su cumpleaños, mira lo que te traje.

A pesar de la discreción y el sigilo, la noticia trasciende. Juanete se ha enterado de la prisión de Peatoncillo y, sabiéndolo él, lo saben El Comején, el patrón de El Comején, La Rana, novio de Juanete, los cuates de la cuadra, los colegas de los talleres cercanos que le dicen Juanete, no traes nada nuevo, vas de mal en peor, esa noticia es vieja yo ya la vi en un noticiero, lo saben Enelda Zapata y Rosa Zapata, que es con quien la mayor de las hermanas más platica; lo saben todos, hasta las plantas. Hasta la Bibi, la pecadora sin arrepentimientos, Santa Bibiana de las Esquinas, reina y mártir en las reconsideraciones del muchacho, pero sin resultados. No importa lo que Enelda le diga, la ex más importante, la favorita de Peatoncillo no se toca el corazón y no va a verlo.

Para más La Enelda aumenta sus visitas al taller de Peatón y le ofrece llevarlo en su coche cuando vaya a visitar al hijo. Pone flores a su disposición, le regala un bonsái. Pasa a ver si se necesita algo aunque no esté Peatón, ofrece pagar el teléfono cortado del taller para poder estar al tanto de lo que ocurra y hasta compra bandejas de bocadillos en *El Globo* y se las lleva a Peatón porque de seguro no ha comido por andar yendo a ver a Peatoncillo entre semana a la Sala de Abogados; se convierte en una sombra solícita aunque eso es lo que Peatón más trata de evitar. Le explica a la mujer que le afecta mucho, se siente apenado, embarazado, completamente avergonzado, no puede estar tranquilo nada más de pensar en que ella lo acompañe, esté cerca de su drama, de cuerpo presente en la mayor tragedia de su vida, en los despachos de los abogados, en la prisión y en lugares que nunca se imaginó que tendría que pisar, menos con los amigos, Enelda piensa que ha pisado peores; Peatón le explica que no le va a gustar que la desvistan y esculquen y revisen al entrar de visita, Enelda piensa que depende de qué tan bueno esté el guardia; Peatón le repite que prefiere que no se mezcle en nada que tenga que ver con el problema de Peatoncillo, incluso para que después, al verla, cuando el lío acabe, no se anden acordando de momentos malos, le pide que lo espere.

Aunque ha venido excitándose gradualmente más con los tallones y arrimadas de la mujerona, Peatón quiere mantenerla a distancia. Es el ejemplar típico de la mujer celosa, obsesiva. Comienzan lamiéndome los huevos, y acaban estrangulándomelos, sabe Peatón. También sabe que dejar que lo amarre sería el verdadero, profundo y más drástico sentido de la expresión *perder la libertad*.

Pasan meses. Aunque el abogado con el que lo presentó el primo aquella noche en que comenzaron las heladas le advirtió que tendría que ser paciente porque esas cosas no son fáciles y no sólo es cuestión de dinero, no crea usted, hay que saber cómo hacer las cosas, *to know how*, señor Peatón, tener tacto, porque al final todo sale bien, ya va usted a ver, yo por ejemplo ahorita me entretuve mucho precisamente platicando con el señor Juez del que ya le habrá contado su primo, por eso se nos hizo tarde para pasar por usted, usted disculpe, me da hasta pena, tenerlo ahí parado esperándonos en una noche como éstas, pero uno no es dueño del tiempo y depende uno de ellos, yo le soy sincero, no es que hayamos estado hablando del caso de su hijo, la verdad no, estábamos el señor Juez, el Secretario de Acuerdos y su servidor tomándonos un cafecito en la oficina del señor Juez ahí en el juzgado, pero es importante convivir con ellos no sólo cuando se les unta la mano o cuando se les pide un favor, hay que saber muy bien cómo llegarles, Peatón se da cuenta que ya son demasiadas las semanas en que ha tenido que ir los domingos a visitar a su hijo preso, demasiados los pretextos que el licenciado del primo ha puesto para explicar los retrasos en la liberación, lo del señor Juez se ha complicado porque lo traen bajo la mira desde hace días, luego ni me toma la llamada señor Peatón, ha habido una cobertura muy grande de los medios y luego la rubia ésa de la televisión hace y hace reportajes atacando a su hijo, ni que lo que pasó con ella fuese para tanto!, pobre Peatoncillo, yo lo entiendo, ha sido demasiado lío, demasiada cárcel, demasiado tiempo el que Peatón ha pasado escuchando pretextos del abogado, demasiado el dinero que le ha ido entregando y que ahora Peatón le debe a un sinnúmero de personas comenzando por el primo, los amigos y hasta Peatonación, a la que tuvo que acabar por informarle para poder pedirle también ayuda económica. Peatón piensa, con justa razón, que han sido burlados tanto su primo como él, y debajo del carro al que ahora en su taller le da servicio, uno de los únicos dos que han llegado descompuestos en las tres últimas semanas, se queda inmóvil, recostado, sucio, grasiento, pensativo mirando al negro chasis del auto casi sin ver nada como la noche de la primera helada tras los cristales empañados del asiento trasero del vehículo en que lo pasaron a recoger el primo y su abogado y le da muy mala espina, como entonces, oír que casi al llegar al despacho del abogado en el centro de la ciudad, éste le dice al primo aguántame un ratito, nomás subo a la oficina por los papeles, déjame que me baje el portafolio, ciérrale bien a la puerta por dentro si gustas, ya ves que está medio peligroso por aquí, yo subo de volada y enseguida bajo, mientras explícale aquí al señor Peatón lo que te comenté de cómo va a estar el jale ése y cuánto habrá que darle al empleado de la gasolinería y cuánto al Secretario de Acuerdos y cuánto al señor Juez, y cada cuándo y de qué manera para que queden contentos todos y nos ayuden a sacar rápido a Peatoncillo de la cárcel.

Era transparente, esperanzada, soñadora. Hubo días en que agachaba la cabeza, escondía la mano, lo morado en el ojo, en el pómulo, lo rojo en la sangre de los labios, el dolor de sentir que hubo un error al escoger marido, al decir "sí" en la iglesia, "quiero seguir contigo", al conversar, puedo aguantarte esto, saber que andas con otras, puedo aguantarte todo, la vida que me das, la que me estás quitando, humillación, ofensas, castigos, borracheras seguidas, golpes frente a los hijos, dramas en Navidad, vergüenza en la familia, pena en público, llora en privado, se siente mártir, grita en el baño en medio de la ducha, se desgarra el alma por Peatón.

Peatoncilla y Peatoncita saben ya, también, por supuesto, que el hermano está preso, y por qué y de a cómo. Comen incluso menos de lo que ya comían y gorrean más pedazos de torta en la escuela, y papas fritas y refrescos en la cuadra a los cuates, para que en la cueva y en el taller se ahorre lo más posible. Desde muy niñas han querido mucho al hermano mayor. Ahora han empezado a ir a visitarlo, junto con Peatonación, Peatón, el tío y algunas tías que se rolan en las visitas cada domingo y, en varias ocasiones, uno o dos días entre semana inclusive. La abuela Peatonación aprovecha las visitas para saludar a los hijos que nunca van a verla, se siente sola, enferma, fatigada, les da un beso, les dice que los quiere, los extraña, no saben lo que es decir siento nostalgia, me hacen mucha falta, siempre pienso en ustedes, a ver cuándo se dan una vuelta por la casa...

Peatoncita permanece callada, se fija en todo.

Peatoncillo toma conciencia por primera vez de lo mucho que lo quieren. De la familia, de la vida, de la libertad. Hasta come encantado el pastel crudo de fresas pasadas que Peatoncilla presume como su máxima creación gastronómica y que antes Peatoncillo vomitaba. Se ríe cuando la hermana le dice mira si no te querré que yo estoy limpiando por ti las cacas de la vaca, ahí después me pagas; al salir limpias tú hasta que se muera.

Ahora, también, se da cuenta cuánto la quiere a ella,

Peatoncillo llora tras las rejas.

Peatonación no siempre fue de esa manera.

No había arañas en su casa. Estaba hecha un espejo. Sólida, confiada. Era autosuficiente. No necesito otro hombre en mi vida. Con Peatón, el padre de Peatón, es suficiente. Si no quieren venirme a ver, no vengan. Yo no fui mala hija. Siempre vi por mi madre. Con amigos y amigas me basta y sobra. En balde los cinco hijos que Dios me dio; sólo Peatón, el hijo de Peatón, se porta a la altura. Mal haya las dizque hijas y el hijo menor, ni para qué. La mujer nació sola y sola ha de morir; ahora sí, como dicen: el güey solo bien se lame. Era fuerte, era grande, era independiente.

Era lidia, lucha, pilar, mantenía la casa, trabajaba en maquila, en oficina, en tienda, hacía limpieza de una casa en martes, de otra en viernes, cobraba por día, por hora, por minuto, cosía la ropa de los niños, achicaba vestidos de la grande para que le vinieran a la chica, vendía Jafra en las puertas, sacaba un comal hasta la acera y vendía sopes, chalupas, huaraches, quesadillas, hacía mole los domingos, y adobes, en ese tiempo en que el esposo no hallaba ni un trabajo y si lo hallaba le pagaban miserias, se fue haciendo dejado, dejando el peso en ella, la compra, la renta, la menosprecia, la ningunea, la regala, la olvida.

Era curiosa, arrasadora, mágica. Hubo hasta días en que gritó ya basta!, pegó de frente, aprendió a decir no, a ponerse sus moños, a gritar a los gritos del esposo, hasta agarrarlo a golpes, defender sus derechos, negarse a caminar, a acostarse con él, a poner de su parte, a abrir la puerta, cerrar los ojos, callar la boca, estar en paz con la vida que lleva, la fuga que pospone, los empeños inútiles, el peso que no es justo, la caza , doma de una hembra, toma de posturas, de posesiones, de armas, la que más le acomoda, la que usa mejor, la más mortífera, con la que muera rápido Peatón.

En uno de los salones de la escuela de Peatoncita hay un libro viejo, el tomo nueve, de *renacuajo* a *trucha*, de la Enciclopedia Argos del Mundo Animal, de la Editorial Argos-Barcelona, Elsevier Sequoia SA, Lausanne, y L. Editorial Argos, S.A., Barcelona, 1972. Peatoncita queda fascinada cuando lo hojea, especialmente cuando llega a la página 2056: la foto del tamarino emperador, *Saguinus imperator*, un tití de bigotes muy largos de cara atenta, escrutadora, sorprendida, indescriptiblemente consternada, la llena de ternura pues se le figura exactamente a su papá, Peatón.

Peatoncillo llora tras las rejas, pero es tarde para las autorrecriminaciones. Y, bien visto, él no es malo. Un joven común y corriente con ganas de disfrutar la vida, ambicioso y relajiento; inocentón, ingenuo. Su belleza y atractivos le abren puertas, pero acaban cerrándoselas; y no se halla, pero aun así, las diversiones de su vagancia no pasaban de juegos de niños: llevarse a La Enelda en el asiento de atrás de un auto que Peatón está arreglando, sacar la unidad el sábado, a escondidas, del taller, con Lepeáton y Pepe Atón, Lepeáton maneja, pasan a la casa de La Enelda, Peatoncillo le dice vente con nosotros te vamos a llevar, mi papá te está esperando en el taller, hasta nos prestó un auto, no se va a ir a cenar ni a descansar hasta que tú llegues, vente súbete acá atrás conmigo, le dice Peatoncillo; luego de algunas vueltas

Lepeáton enfila hacia la parte trasera de la pantalla gigante del único Autocinema que queda todavía en Laguna, por allá por Las Torres, al llegar apaga el auto y junto con Pepe Atón se pone a ver la película por atrás, invertida; Peatoncillo le dice a La Enelda no te preocupes hombre, no te va a pasar nada, sólo relájate, vamos a pasarla padre, nomás un rato güey, Peatoncillo le rodea los hombros con el brazo izquierdo musculoso y con la mano derecha le acaricia los muslos y se la empieza a empujar por abajo del vestidito no te hagas rejega hombre no seas pesada, quita las manos, déjate hacer, Peatoncillo empuja más la suya hasta llegar a los calzones de Enelda, ahí ella dice estate quieto Peatoncillo, ¿qué no ves que eres el hijo del hombre que amo? ¿qué no sabes que adoro a tu papá? como si no te dieras cuenta!; y eso qué tiene güey?, le dice Peatoncillo y empieza a tocarle los pelos y a acariciarle la vagina desde el otro lado del calzón, ahí La Enelda siente los dedos gruesos de Peatoncillo y se le derrumban las barreras cuando tiene la cara bella del joven a tres centímetros de la suya y el pelo negro le brilla y su mirada la penetra y su olor la derrite y sus modos de macho seguro de sí mismo la desarman. Acaba por abrirse del todo, jalarlo hacia sí, dejarse caer en el asiento, quitarse las pantaletas sobre la marcha, ayudarlo con su propia mano a metérsela, y decirle más! más! más!, más adentro!, no pares hijo!, Peatoncillo no entiende si lo de "hijo" se lo dice por la edad, o porque se siente ya su madrastra, flamante futura esposa de Peatón. Al acabar la mujer lo pasa para abajo en el mismo asiento trasero, se le monta y lo cabalga como en terreno accidentado; el auto brinca convulsionándose, parece carro arreglado de chicanos nacos en Los Ángeles, de negros hip-hoperos visitando a su negra en Glendale; los amigos de Peatoncillo en el asiento delantero los observan, se ríen, ven de reojo la película gratuita, se miran entre sí, se ríen más, se masturban viendo disimuladamente cómo la gorda sensualísima infiel indecisa, infiel cachonda insaciable ahora vacía a Peatoncillo. Éste está feliz. Todo es familia. Piensa en Bibi.

Peatoncillo planea llegarle la noche siguiente con todo el valor que al tenerla enfrente se le escapa usualmente, pasarle al lado en la esquina donde talonea, frenar el auto raptado, a unos centímetros de su cadera, verle la cara y mentirle: vente, súbete, me prometiste que te casarías conmigo cuando mi padre, Peatón, anduviera con tu hermana La Enelda; ayer hicieron el amor en un coche, pregúntale después, no me dejará mentir...

Al acabar se van los tres inseparables a devolver a La Enelda a su casa. Se me antojan unos tacos, dice Pepe Atón, a mí lo mismo, dice Peatoncillo, pos órale, dice Lepeáton. Van a Los Parados de El Riachuelo. Piden desde el auto; se atascan: veinte tacos al pastor cada uno, y tres aguas grandes de horchata. Están limpiándose las bocas y eructando, Pepe Atón agachándose para ver por la ventanilla y empezando a decir cuánto es, cuando Lepeáton acelera a todo lo que da y hasta los platos de plástico se le caen al mesero del auto, y para cuando éste grita párenlos! deténganlos! se pelan sin pagar esos hijos de la chingada...!, ya Lepeáton alcanzó los cien kilómetros por hora en ocho segundos y Pepe Atón se ríe nervioso sin dar crédito a haberlo hecho una vez más y Peatoncillo se caga de las carcajadas en el asiento trasero y se aprieta el abdomen que casi se le sale la mezcla y ríe y ríe que casi llora y grita cada dos cuadras como loco tres más con poco cilantro! tres más con poco cilantro! y al llegar al entronque con la Independencia saca la cabeza, saca medio cuerpo, se sienta en la puerta trasera y le grita a la noche Bibi! Bibi! ya ni la chingas, vuélvete a acostar conmigoooo!

El licenciado Nyaguip Osuna Uto continúa visitándolo cuando va a entrevistarse con el Vochito y con sus otros clientes presos, pero no por amistad, como ha logrado hacérselo creer, sino porque sabe que sacará un beneficio económico a largo plazo y está haciéndose de más relaciones importantes; hasta podría conseguir revolcarse con alguna de las beldades ex novias de Peatoncillo. Nyaguip Osuna Uto es un mujeriego inveterado. Peatoncillo, pobre, no tiene ahora ninguna que lo visite en la cárcel. Cuando uno está preso y jodido las mujeres se van. Si fueras uno de los narcos a quienes defiendo te sobrarían, hasta aquí, refundido; yo conozco algunos que tienen hasta tres o cuatro y ellas se pelean por ver a cuál le tocará la visita del siguiente domingo. Nyaguip es muy inteligente, hábil, aprende idiomas con facilidad, con todo y sus giros y expresiones; y sabe cómo echarle anzuelos a la gente. Carmen Apié te manda saludos, le dice, que no viene a verte porque no sabe si la tal Giovanna está viniendo a visitarte, y Carmen no quiere otra escena sangrienta y humillante como la del motel, que ahí cuando salgas, si sales, y si quieres volver a verla, la vayas a ver, que ahí platican un rato y a ver qué pasa, ella te quiere bien, según esto te va a estar esperando, pero venir acá, ni madres.

Peatoncillo se pregunta cuántas veces habrá visto el licenciado Osuna Uto a Carmen Apié, bajo qué circunstancias, en qué condiciones; pero decide no atormentarse ni mostrar su lado flaco, sus debilidades.

101

Solamente pregunta:¿Qué más le dijo? El licenciado Osuna se queda un rato pensativo, evaluando…, sólo me platicó algunos detalles de ti, de cuando anduvieron, el tiempo del verbo no le agrada a Peatoncillo, y, claro, me refirió con detalles, con pelos…, bueno, perdón Peatoncillo, tengo entendido que así suele decirse por aquí, no es alusión a nada, eh?, me contó *con pelos y señales* el episodio del motel, da la impresión de haber quedado traumadísima, y cómo no!, si dice que aquélla, la Giovanna, entró como tromba a la habitación justo cuando tú la estabas penetrando por detrás, bueno, penetrándola por la parte de adelante pero con ella boca abajo en la cama, enfrente de ti, o sea que la estabas penetrando por la parte de adelante pero llegándole desde atrás, ¿todo eso le dijo, licenciado? ¿todo eso le contó?, Peatoncillo no da crédito, bueno, le dice nervioso el licenciado Osuna, yo le expliqué a Carmen…, bueno, pues…que me tenía que hacer una relación justa y bien pormenorizada de los hechos para que yo pueda ayudarte, si no, pues, cómo? pero mejor si quieres pues ya ni te sigo diciendo, debe ser muy incómodo para ti…, si la misma Giovanna, que con perdón tuyo es una puta hecha y derecha, se ruborizaba cuando me estaba dando su versión de los he…, ¿con ella también habló usted? ¿usted la conoce?, Peatoncillo comienza a descubrir el camino tortuoso de los encarcelados a los que otros hombres van y les cuentan que se encontraron con su mujer afuera del presidio y estuvieron platicando un buen rato, de los problemas, claro, de cómo ayudar para sacar más rápido al preso, claro, de cómo estructurar mejor la defensa, claro, la conozco y he hablado con ella varias veces, le pedí a su jefe, el licenciado Roberto Carrón, amigo mío desde hace algunos años y uno de los personajes más influyentes de este país, que me la presentase, yo pensando en la mejor manera de ayudarte, en hablar con ella para ver el por qué de tantos ataques contra ti, tanto odio que yo veía que te tenía, se transparentaba ese odio, se percibía a leguas en los reportajes que hacía sobre ti, sobre el caso de ustedes, el asalto, y me dije: hay que hablar con ella, a ver cuál es la onda que trae y si yo puedo hacer algo para cambiarla, para ayudarte, que es lo que quiero, Peatoncillo, pero déjame decirte que no hay forma con ella, te odia a muerte, ¿para qué le hiciste lo que le hiciste?, de haber sabido que ibas a necesitar de ella tan rápido…!, y si no para que te ayude por lo menos para que no te ataque, mira que a pesar de lo promiscua que es le pegó duro tu traición, tu infidelidad, y lo que me contó me dejó pasmado, estuvo grueso, como dicen ustedes, y difiere bastante de como me lo contó Carmen Apié, que lo que me dijo es mucho más creíble, pero mejor ahí le paro, se ve que te incomoda estarme oyendo, yo voy a seguir allá afuera tratando de ayudarte en lo que se pueda, haciéndole la lucha, aunque no me pagues.

Peatón ha abordado una empresa gigante. Decide pavimentar el sendero entre piedras de subida a la cueva. Ponerle, por lo menos, escalones de piedra untada con cemento, nivelados y emparejados a su modo de albañil retirado de las obras desde antes de casarse. Les quita a sus ratos de ocio frente a los juegos de fútbol en el televisor, minutos y hasta a veces horas, para salir y robarse un poco de cemento aquí, un poco de arena allá, otro poco de grava en la construcción cercana a la pollería, y regresa después abastecido en medio de la noche para robarse piedras y más piedras de los contornos del cerro que no es suyo pero como si lo fuera. Nomás eso faltaba, piensa, que ni las piedras fuesen nuestras; escupe, se mesa el cabello con la mano terregosa y continúa buscando, cargando, llevando, acarreando, colocando piedras y rocas por montones a ambos lados de la brecha en intervalos de cuatro, cinco pasos, para tenerlas listas para la terminación de la tarea.

Le habla a la escalera creciente, la escucha, la atiende, le echa porras, la considera, la reconsidera, la admira, la consiente. Ve que se mueve, está viva. Conversa con los escalones, les da la bienvenida a los que van surgiendo de su empeño; platica con ellos como la Enelda con sus plantas, Peatoncillo con su antiguo auto, Peatona, cuando no con sus actores, con su televisor, Pietra con sus zapatos firmes en los aparadores, Peatoncita por las noches con sus toros borroneados de la pared, Peatoncilla con la blusa soñada que se le insinúa a Piedad..., y con su compu.

Al final del día, de la noche, se sienta fatigado en uno de los escalones para comerse, junto con la vista panorámica de la Rosarito y de San Pablo Laguna al fondo y hacia uno de los lados, la torta de pan seco que se prepara sobre la mesa temblequeante. Doméstica.

Peatón es tenaz. Hasta en sus equivocaciones.

Evalúa la pendiente, redirige los ángulos.

Parece que tenga prisa por terminar, por facilitarle al hijo la subida de regreso al hogar cuando salga de la cárcel.

No es que piense que Peatoncillo esté por salir; es una especie de pensamiento mágico donde la terminación de la escalera hará que el hijo salga de prisión para reconocerla.

A pesar del sufrimiento, las preocupaciones y las

103

incomodidades, Peatoncillo duerme mejor ahora. Va acostumbrándose a las durezas de la cárcel, a sobrellevar la idea de estar encerrado, a las penurias, a la comida puerca y a la soledad. Ayuda un poco también el que varios presos han ido saliendo de su celda, unos hacia la calle, otros hacia otros módulos. Peatoncillo duerme ahora sobre la parte de cemento de la celda proyectada para cama, se imponen las comparaciones: y yo que tanto me quejaba de las pestilencias de la mierda de la vaca..., aquí con todos cagando al lado de mi oreja salió peor; y yo que tanto me avergonzaba de mi casa en la cueva..., allá por lo menos tengo cama, ésta, aunque le pongan mil cobijas de colchón está durísima, punza las costillas, la espalda, mi pecho, mi alma, para vergüenzas, ésta…, mi alma, mi vida, mi Carmen, dónde dónde estás con quién me engañas? Peatoncillo se va quedando dormido poco a poco, los días son agobiantes; le da tiempo para masturbarse pensando en su novia de La Rosarito, Carmen Apié dónde dónde estás qué estás haciendo? se la imagina como estaba ella, desnuda y fogosa en el motel la tarde del desmadre, por debajo de la sábana se toca el miembro, se frota el sexo con toda la mano, se lo frota a ella, la besa por todos lados, le abre las piernas, se toma él el pene con las dos manos, lo apunta al sexo de la muchacha, lo dirige hacia él, la abre de piernas, se sube y baja rápidamente varias veces el glande para endurecerse más el miembro, para ponerlo más duro mientras se lo va deslizando a Carmen por favor date vuelta, ándale mi reina, le murmura al oído, se lo lame, le mete la lengua, te lo voy a hacer como te gusta, voltéate, ¿de veras? ¿de veras me lo vas a hacer como me gusta?, le dice ella cachondeándolo más y sin dejar de besarlo al voltearse y ponerse boca abajo enfrente de él, de veras Carmelita, se suelta el miembro, la toma de la cintura, se agacha sobre ella por atrás y la empieza a besar por toda la columna desde la nuca hasta las nalgas, luego se las abre y la lame toda por detrás y por ahí mismo llegándole por delante, los otros presos oyen que Peatoncillo no deja de moverse bajo la sábana pero entienden, él está en el cielo introduciéndole a Carmen la puntita de la lengua en el ano húmedo palpitante caliente, con la mano derecha se sacude a cada momento el miembro con más fuerza más rápidamente, saca la lengua del culo de Carmen y retira un poco la cabeza para admirarle el trasero en todo su esplendor otra vez con las dos manos sacudiéndose el pene, se le figura que es el cuerpo de Giovanna, que son las nalgas de Giovanna, por un momento está con las dos muchachas, gime, ronronea de placer, de puro gusto, ya mero, Carmen, Carmen, se me perdió la cadenita, Carmen, tantos días sin verte mujer, se me perdió la cadenita que tú me regalaste, levántate un poquito de aquí atrás, la toma de la cadera y la levanta para que ella quede en cuatro, a gatas, frente a él, ahí va, Carmen, se lo

104

empieza a meter sosteniéndoselo con sus dos manos, masturbándose mientras se lo mete, te gusta así, reinita?, me gusta así, me gusta…sí, sí, sí, cada *sí* es un embate de él, un empujón hacia atrás de ella que por debajo y entre sus propias piernas le toma con su mano izquierda los testículos, se los acaricia, los frota, ¿te gusta así, Peatoncillo?, me gusta así, sigue así, no pares, más rápido, los dos dicen sí, sí, síííí, Peatoncillo disfruta como nunca la entrada en la vagina de Carmen, el rozamiento de su pene con los labios inferiores de ella, disfruta como nunca las caricias en sus huevos, disfruta él mismo acariciándose con sus propias manos, rápido, rápido, no pares, Carmen…, así…, Carmen!, dice el nombre más alto, casi gritando, se talla con la punta de los dedos de las dos manos la base del pene, la única porción que deja libre la abertura de Carmen en sus movimientos hacia delante y hacia atrás, el muchacho grita Caaarmen!, dos de los cinco presos que duermen con él en la celda se despiertan. Peatoncillo se viene.

Simultáneamente con la expulsión de las últimas gotas de su líquido Peatoncillo se duerme. Lo que sigue después en el espacio sin tiempo real de sus sueños, en los episodios intemporales, lejanos a la medición y a los cálculos previstos en la vida diaria, de su inconsciencia posterior, es una pesadilla, sin exageraciones, sin asociaciones surrealistas, la pesadilla precisa de lo que sucede el día del mitote cuando se viene dentro de Carmen en el cuarto del motel, la puerta se abre como si estuviese irrumpiendo un grupo de asalto de la policía, tal vez hasta con más estrépito, ay! güey!, es Giovanna!, ¿qué hace aquí?, ¿qué estás haciendo, puto degenerado?, Giovanna ya está al lado de la cama, dio sólo dos pasos largos rapidísimos, Peatoncillo se queda frío, está como alelado, no hace nada, no dice nada, el pingulín se le contrae súbitamente como jalado hacia atrás por un resorte, sale del cuerpo de Carmen chorreando de semen las sábanas, Carmen es hora que no reacciona, inconscientemente piensa que hay un error, que esa loca está confundida y se metió en el cuarto equivocado, al arrancar de la conexión la lámpara del buró a Giovanna se le cae la sábana en la que iba envuelta, con el mismo impulso con el que la arranca Giovanna impulsa la lámpara con todo y su pantalla hacia la cara de Peatoncillo, él se hace a un lado en el último momento, baja la cabeza, apoya las manos en la cama, gira sosteniéndose sobre sus manos y asienta los pies en el suelo, Giovanna se va de boca, cae en la cama aplastando las piernas de Carmen Apié, Carmen patea con los dos pies a la mujer en el costado izquierdo, entre la última costilla y el bazo, para ella Giovanna es una desquiciada peligrosa que nada tiene que ver con ellos pero que por alguna razón se metió ahí a atacarlos, al sentir la patada de Carmen, Giovanna desvía su furia hacia ella, le asesta un lamparazo en la espalda, levantándose, otro en la nuca, la persigue por el cuarto, le da a la pobre otros dos lamparazos en la cabeza, Giovanna tras Carmen, Peatoncillo tras Giovanna, dan vueltas por la habitación uno tras otro, corren en círculo..., los tres desnudos, con sus cuerpos excitados enrojecidos saltando y pasando incluso en su carrera por encima de la cama, el grupo de enajenados parece una versión reducida de *La Danza* de Matisse, hasta que Peatoncillo consigue por fin alcanzar a Giovanna y taclearla sobre el piso de la habitación.

Pietricia, la recamarera, observa todo desde debajo del dintel de la puerta, no lo sobrepasa. Peatoncillo sí, el suyo, ya no se excita manoseando el cuerpo de Giovanna, le duelen la mano y el alma de estarla ahora golpeando con el puño cerrado en los pómulos, el cuello, los pechos, la boca, la nariz, le duelen los ojos y el pene flácido cada vez que Giovanna, al defenderse, le suelta un puñetazo en la cara o le atina con la rodilla en los genitales. El quinto rodillazo es el bueno, Peatoncillo no se sostiene ya más sobre la muchacha, se derrumba de lado, Giovanna se levanta con la cara sangrando y casi inmediatamente recibe un derechazo de Carmen, cae al piso pero se levanta embravecida embistiéndola con la cabeza en el vientre, las dos sobre la cama se golpean hasta quedar exhaustas. En el vano de la puerta ya no hay nadie. La ambulancia los retira discretamente a los tres del lugar de los hechos. Peatoncillo se convulsiona. La pesadilla no termina.

Los toros se ven lejanos. O casi no se ven. El ruido de sus resoplidos, músculos, ventosidades, y pesuñas rebotando sobre los pavimentos apenas se percibe.

No siempre es mejor ver los toros desde la barrera.

Peatoncilla pasa por su Preparatoria y decide entrar. En tres meses, es la primera vez que va. Llega al salón, se sienta. Edith y Vanessa se pitorrean en silencio, con la pura mirada, de su imagen, sus actitudes, su celular viejo. Otras compañeras comentan que la recién llegada se parece mucho a una chava que iba a principios de año en el mismo grupo.

El Comején detiene a Peatón a la entrada de su taller. Peatón, dame chance, le dice, quería hablar contigo, tú sabes que te chingo mucho, que no nos llevamos bien, que a veces ni me pagas, se sonríe triste al decirle eso a Peatón para darle a entender que está bien, que no tiene importancia, quería decirte que siento mucho lo de tu hijo, lo de Peatoncillo, está claro que él no fue, todos sabemos que es buen chico, Peatón abre la puerta y mira hacia el fondo del taller sin entrar, inexpresivo, ausente, se que a veces te friego la existencia pero quería decirte que todos lo sentimos, que si me das chance…si me das permiso…me gustaría ir a visitar este domingo a Peatoncillo en el Reclusorio, cómo ves? te puedo hasta llevar a ti, irme contigo para entrar temprano.

Peatón zafa su brazo de la mano de El Comején, ave de mal agüero, piensa, y se mete a su taller persignándose sin hacer contacto. Un sonámbulo en pleno día.

El Comején camina los diez pasos hasta su propio local, los cangrejos son artrópodos crustáceos hipócritas del orden de los decápodos ὑποκριτής que habitan en América Latina, cuando parece que caminan de frente van de lado, cuando parece que caminan de lado van de frente, saluda a su jefe, anda muy triste el Peatón, le comunica, necesita apoyo de todos nosotros, ya le dije que me gustaría ir a visitar a su hijo a la cárcel, haces bien, le contesta, seco, el patrón, y luego se va. El Comején permanece en la entrada de su taller viendo hacia el portón grande de lámina que Peatón está abriendo en el changarro de junto: pinche güey, qué te crees? eres bien crédulo por eso te va como te va, ya mero voy a andar yo yendo de visita a ese pinche Reclusorio, semejante agujero, y luego para ir a ver a tu pinche hijo delincuente…, qué pendejo, ni loco.

Peatón llora a su modo, no sólo por el hijo mas por la vida misma, la existencia entera, de él, de Peatona, de Peatonación, de Peatonurio, del mismo Comején, de Juanete, de Enelda Zapata, de Peatoncillo y la vida que le espera con la Bibi, si acaba convenciéndola…; Peatón llora a su modo por todos. Y eso que no sabe que Peatoncilla no está yendo realmente a la escuela, ni que Peatoncita se droga más o menos constantemente, ni el gusto que está empezando a tomarles a los manoseos y llegues del de los éxtasis.

Peatón coloca una tras otra las piedras obsesivamente; enajenado.

Peatón se apresura.

Peatón se convence de lo evidente. El abogado del primo los tranzó. Según el primo, él mismo incluido porque no se lo esperaba. Nunca me había fallado, le dice a Peatón, ahora ni lo encuentro, no me contesta ni el teléfono; pero no te apures Peatón, yo no soy el pendejo de nadie y conozco mucha gente y ese hijo de su chingada me las va a pagar tarde o temprano, lo voy a encontrar tarde o temprano y lo voy a sacar del pinche agujero en que se encuentre, y te juro que me las va a pagar, y a ti todo el dinero que te sacó, y hasta con intereses. Yo me encargo.

Peatón le cree.

Sobre todo cuando el primo le dice que ahora lo va a llevar a ver directamente a un Magistrado, ése está por encima del Juez, yo sé lo que te digo, y me debe un favor, yo no te lo había propuesto, le dice, porque pensé que con ese abogado bastaría, pero ya ves cómo se ha puesto de difícil el asunto, no es que disculpe a ese pinche abogado ratero hijo de la chingada porque no, porque yo sé muy bien que nos vio la cara y a mí mismo me trajo de su pendejo de aquí para allá creyendo que no me fallaría, y ya ves lo que hizo, pero también es cierto que el asunto de tu hijo Peatoncillo se fue complicando, eso que ni qué; pero mira, le dice, yo quiero que te quede claro que yo no tuve nada que ver con lo del abogado ése, mira, yo voy a hablar con el Magistrado para cobrarle el favor y le voy a decir que no es que no vaya a recibir nada de dinero de tu parte, que tú sí le vas a pagar, pero que él vea cómo le hace ahorita con el Juez, yo un día lo escuché decir que ese Juez que lleva el caso de tu hijo le debe también a él un favor, y le aseguro a mi cuate el Magistrado que tú le vas a pagar, nomás que ahorita andas muy gastado por todo el dinero que te sacó ese ladrón y no tienes cómo darle nada, que me ayude con eso, con no encajarse tanto y cobrarte poco dinero por la ayudada, y ver que el Juez se aguante un poco y tampoco cobre mucho, y él mismo, el Magistrado, te dé oportunidad de darle el primer pago en un par de meses, y lo demás, como quien dice, pues en abonos.

Peatón está feliz.

Peatoncilla ha comenzado a asistir a la cárcel con frecuencia. Además de los domingos ahora visita al hermano por las ventanillas de la Sala de Abogados los lunes, miércoles y viernes. Y no falla un solo domingo. Peatoncillo está feliz, Peatón está feliz, Peatoncita está feliz, Peatonaida está feliz, Peatonación está feliz, todos reconocen la madurez, responsabilidad, y solidaridad para con la situación de su hermano, de la joven Peatoncilla, tan joven y tan madura, tan responsable, presume la abuela Peatonación, deberían todos aprender de Peatoncilla, que, por otra parte, también está feliz, pero no por nada que tenga que ver con las actitudes y gestos que sus familiares creen que tiene para con Peatoncillo, sino porque desde hace cinco semanas aprovecha las visitas al hermano en el presidio para visitar también al narco Beto "El Cacho" (por aquello de *El Cachondo*..., y del *cacho hondo*...) Covarrubias, jefe del Cártel del Golfo, padrino de bautismo y de confirmación de *Los Zetas*, los sicarios estelares. Pero, sobre todo, dueño de dos Ferraris, tres BMW´s, un Mercedes convertible, un Rolls Royce, un Lamborghini, dos aviones, dos yates..., y una Hummer.

Peatoncilla y El Cacho.

Romance vivo.

Ardor en puerta.

Autazo a primera vista.

El licenciado Nyaguip Osuna Uto está capitalizando en especie su ayuda a Peatoncillo; concretamente: en carne. Nyaguip es lujurioso. Entre visitas solidarias, entrevistas informativas, largas pláticas y tomadas progresivas de dedos, manos, muñecas, brazos, rodillas y muslos, logró acostarse ya con Carmen Apié y Giovanna Veiculano. Por separado, pero anda tras la idea de juntarlas. Peatoncillo lo presiente; si tuviera la plena certeza, aunque fuese de una de las dos infidelidades, su encierro sería un infierno mayor. Adentro de la cárcel lo que más pesa no es el aislamiento, la imposibilidad de levantarse y largarse al cine o a comer un helado en ese mismo instante si a uno se le antoja, sino las traiciones, los engaños, la deslealtad, el abandono, la absoluta soledad en que va uno quedando, y tener que tragarse todo sin decir nada, y casi con una sonrisa en la boca. Gracias, licenciado. Por favor, licenciado. Écheme la mano, licenciado, se lo suplico. Gracias.

Y Nyaguip va ahora tras la Peatoncilla, que, independientemente de las naquezas, pereza y desubicación total de la chica en la vida, no está, física, biológicamente...nada mal. Y es del tipo

109

de las que le gustan más al licenciado Osuna Uto: blancas, huesos anchos, piernas gorditas, caderas amplias. A ver qué dice de eso la muchacha..., a ver qué dice de eso "El Cacho" Covarrubias...

Y a ver qué piensa de ello el hermano, Peatoncillo, que ahora se da de vueltas y vueltas en el piso; ha vendido a uno de los recién llegados su derecho de antigüedad a usar la cama de la celda. Las tarjetas para el teléfono cuestan, las prebendas por parte de los custodios cuestan, la buena comida cuesta, la seguridad cuesta, los cigarros cuestan, las drogas cuestan; todo cuesta, y mucho, adentro de la cárcel. El muchacho no quiere quedar incomunicado ni del exterior ni de los pocos momentos de felicidad, sabe que tiene que conservar la calma, mantenerse frío. Lo único importante aquí dentro es no perder la cabeza, sobrevivir, librar el día, mandar todas las angustias y desgarres hasta el momento de quedar dormido, drogado, para sufrir y dar de vueltas sudando frío cuando ya se esté inconsciente, soñando pesadillas en otras dimensiones, inconsciente también en su sueño del hecho de que ahora se toma y aprieta las manos, tirita, se encoge, se hace un ovillo, da de vueltas...sueña que es el día de la sentencia y que lo condenan a doce años de cárcel, ¿por qué?!, ¿por qué doce años?!, le grita desesperado al Juez, vuelve la cabeza para ver a su licenciado, que es Nyaguip Osuna Uto, ¡No se quede ahí parado, licenciado Osuna!, Peatoncillo llora, grita, patalea y se retuerce mientras cinco custodios con uniformes rojo y amarillo del *OZZO* lo arrastran hacia afuera del Juzgado, rumbo al reclusorio, ¡Ayúdeme licenciado!, ¡Écheme la mano, licenciado, se lo suplico, se lo ruego licenciado!

A veces, hasta los peores animales se conduelen. Eufemismo total. El licenciado Osuna Uto decide ayudar, o hacer como que ayuda a Peatoncillo, sólo para tener un buen pretexto para acercársele y llegarle a Peatoncilla; para poder seguir tirándose a Carmen Apié; para ir estrechando cada vez más sus relaciones con el licenciado Roberto Carrón en la cúpula de Red América; para conseguir acercarse al Juez con miras a futuros casos; para seguir cogiéndose a la Veiculano, y para tener una presencia más sólida en los medios, básicamente: aparecer cada tercer día en televisión.

Saluda a Peatoncilla que entra al Reclusorio por el portón que queda junto a la salida del Juzgado, vengo de ver a tu hermano,

Peatoncilla, déjame que te salude bien, le da un beso y un abrazo apretados, se quita los anteojos oscuros, ¿vienes a visitarlo?, sí licenciado, le traigo unas tortas de tinga poblana que le preparé que le gustan mucho, y usted, vino a verlo?, claro Peatoncilla, estoy viniendo a verlo cada tercer día, no hemos hablado de nada formal, no hemos hecho contrato ni me ha dado dinero, pero eso es lo que menos me importa, yo no soy como otros licenciados, a mí realmente me interesa ayudarlo, ya me pagará después, la toma del brazo, Peatoncilla no lo nota y le parece que aunque "El Cacho" Covarrubias le esté promete y promete que va a ayudar a su hermano con los montones de influencia y poder que tiene, nunca está de más toda la ayuda que se pueda conseguir: no sabe cómo le agradezco licenciado Osuna Uto, dime *Nyaguip* no seas tan formalita, soy apenas un poco mayor que tu hermano, ayúdelo licenciado se lo voy a agradecer, mira Peatoncilla, es necesario que entiendas que para poder ayudarlo como Dios manda yo necesito la mayor cantidad de información posible y declaraciones, comentarios y testimonios de todos, así que dime cuándo nos podemos ver, pero calmados, tranquilos, sin interrupciones, para que me cuentes bien cómo estuvo la cosa desde el principio, tú que has visto todo con mayor imparcialidad, así como quien dice un poco desde afuera...

Peatoncilla se queda inmóvil, ilusionada al lado del gran portón metálico negro de acceso al reclusorio, viendo cómo Nyaguip Osuna Uto camina hasta su automóvil Peugeot 307 gris convertible, avienta su saco y su portafolio al asiento de atrás, abre la puerta, se quita de nuevo los lentes para el sol, se voltea a verla a lo lejos y le dice adiós con el brazo en alto sacudiendo los lentes con la mano antes de subirse al auto y arrancarlo.

Peatón habla con San Judas Tadeo; hace una de las peregrinaciones anuales a la capilla del santo en el otro extremo de Laguna, a unos cuantos kilómetros del Aeropuerto en las afueras de la megalópolis, por la salida rumbo a Santa María de las Congregaciones, cuarta ciudad en importancia del país. Ahí Peatón se arrodilla, con los muslos, las pantorrillas, los tobillos, las rodillas, las articulaciones y los músculos adoloridos por los kilómetros y kilómetros de marcha devota; en las plantas de los pies ampollas reventadas, en los dedos inicios de callos. Creyente esperanzado, Peatón reza dieciséis Padrenuestros y quince Avemarías. Habla con el Santo, le ruega a San Juditas Tadeo por la libertad de su hijo.

Peatoncillo no habla con nadie, se cubre la cabeza arrinconado en la esquina norte del patio principal del reclusorio y trata de protegerse primero de los golpes, patadas, botellazos y macanazos del inicio de la rebelión; luego, de las pedradas, los gases lacrimógenos y los disparos del enfrentamiento entre las fuerzas federales y los reos; después, de los disparos y las cuchilladas a mansalva y la selección de los sacrificados que van muriendo destazados, desmembrados y quemados en la hoguera de colchones del motín que empezó como bronca de dos pandillas criminales y acabó en un olímpico desmadre con *Los Aztecas*, *La MM*, *Los Tuzos*, *Los Zetas* y hasta *La Mara Salvatrucha* involucrados en la reivindicación de derechos y la lucha general contra miembros del ejército.

Peatón habla con el Santo.

El Magistrado habla con el Juez que lleva el caso de Peatoncillo y le dice como cuates, como amigos, hoy por mí mañana por ti, es hora que me pagues el favor que me estás debiendo, ya no es un asunto ni de dinero, aunque sí va a haber, no te me desesperes, lo que pasa es que el primo de mi amigo, el mecánico ése del que te platiqué que no tiene un centavo y trabaja en su tallercito, y hasta vive en una cueva, imagínate nada más: en una cueva!, es un pobre diablo y está gastadísimo porque el hijo ya lleva meses en la cárcel, y para colmo, con el afán de sacarlo, le dieron dinero a un abogado que se suponía que te lo estaba dando a ti, el Juez frunce las cejas pero permanece en silencio, y resulta que ese abogado no sólo no hizo nada sino que ya el señor Peatón ni lo puede localizar; se fue, se peló con su dinero! ésos son los que desprestigian a nuestra profesión!

Peatón se levanta muy lentamente del reclinatorio frente al altar, avanza tieso: casi no puede caminar. Los kilómetros pisados empiezan a pesarle más que nunca. Afuera de la capilla compra una veladora, regresa al devocionario, permanece quieto.

Nyaguip Osuna Uto habla dentro de su convertible, el capó ya

112

levantado, con Carmen Apié. Ella se niega a ir de nuevo a acostarse con él a la suite del Hotel Colonial. Aquello fue por confusión, por soledad, por angustia, por miedo...por error, le dice la joven, me comprende, verdad licenciado?, usted es el de la experiencia, ha vivido, no en balde es usted el licenciado Nyaguip Osuna Uto le responde que de haber sido así no se habría acostado con él más que una vez y ya han sido *cinco*, le dice sonriente, ninguna muchacha se acuesta *cinco veces* con un hombre "*por error*"! Carmen mueve la cabeza, está decepcionada de Osuna Uto, de Peatoncillo, de su propia madre y de ella misma, levanta la mirada, voltea a ver a Nyaguip, le toma entre las manos la mano que el otro le ha puesto sobre la pierna, se la detiene sostenida así, no con mucha fuerza pero con autoridad, no insista usted licenciado, yo quiero mucho a Peatoncillo, yo lo amo y mucho, yo no soy como esas chavas a las que les gusta serle infiel al novio y andar hoy con uno y mañana con otro, no! yo no soy desas, yo quiero mucho a ese muchacho y lo quiero con todos sus errores y hasta con sus mentiras y traiciones ojalá logre usted sacarlo de ese infierno.

Peatón enciende la veladora, habla consigo mismo.

El Juez habla con el Magistrado; le comenta que no va a ser fácil ayudar a Peatoncillo. Traigo los ojos de los medios y de la opinión pública encima, habla con alguien de Red América, diles que dejen de hablar mal de Peatoncillo, que dejen de atacar a ese muchacho, de estar sacando reportajes todos los días, que ya le bajen. Diles que le paren.

Peatoncillo habla con el comandante Juárez. Está siendo interrogado, sin duda otro de los Eufemismos acostumbrados, por su presunta participación en el levantamiento de los presos. Su expediente dice que "asaltó con lujo de violencia" un "centro social de servicio comunitario", un súper de veinticuatro horas, un *OZZO*.

Nyaguip Osuna Uto habla con Giovanna Veiculano en la cama. Supone que el momento relajado, el cigarro suave, la atmósfera tibia, el buen humor de la muchacha después del orgasmo retrasado, y su destreza más que masculina en las artes amatorias harán que la reportera acepte lo que él le pide: deja ya en paz a ese muchacho, la vida da vueltas, ya olvídate de lo que según tú te hizo, tú no eres Santa Eduviges, tienes que verte bien tú no eres mala eres figura pública, le da un beso en la garganta, otro en la curva del seno izquierdo, otro en el pezón, otro en el *piercing* del ombligo, otro en el del labio vaginal, nadie sabe lo que pueda pasar en el futuro...

Giovanna no habla con Nyaguip, sólo aprieta los labios, jala la sábana para cubrirse el cuerpo, cierra ligeramente los párpados al intensificar la mirada que sigue fija en el ventilador del techo.

Cuando se baña, Peatoncita habla con sus piojos; después, frente al pedazo de espejo detenido con papel del baño entre dos piedras del muro, con sus forúnculos; ahora, subida en la cama donde junto a Peatón solía ver televisión, con sus dos mejores amigas de la cuadra. A pesar de que también habla y se toca con el de las pastillas, sigue siendo una niña.

Peatona, en el salón de la cueva, llora frente al televisor al ver en la pantalla que un joven con la cara morada y deforme por los golpes, al que se le sigue juicio por asalto a mano armada, tentativa de homicidio, daño en propiedad ajena, daño a instalaciones y acervos energéticos de la nación, secuestro, ataque a los depósitos de materiales estratégicos para la seguridad nacional y robo a un centro comercial *OZZO*, apenas puede hablar con voz distorsionada por la boca tumefacta y la mandíbula desviada para decir que él no hizo nada, que él desde un principio no había hecho nada, que él nunca hizo nada, que los del ejército llegaron hasta con helicópteros y lanzagranadas, que él quiere mucho a su familia, que por favor lo ayuden, llora, que ya no aguanta, llora, cierra los ojos, hace gestos de dolor, gime, corte, éste fue el reportaje con Patricio Goicochea desde el penal del Reclusorio Sur de San Pablo Laguna, dice el conductor del noticiero, no se vayan porque volvemos con más noticias en un momento!, corte a comerciales, *Tequila Cuervo, Chiles La Costeña y Tiendas Chedraui presentaron...*

Peatona llora por la terrible suerte, la dramática situación de ese joven bellísimo deformado por los golpes de la vida, mártir sufridor de la televisión; no sabe que es su hijo, no lo habría reconocido aunque estuviese con la cara rasurada y sin las cortadas e hinchazones de la golpiza y los resabios de la tortura; para ella es sólo otro de los héroes sacrificados, más reales que la vida, penitentes sufridores del mundo de sus telenovelas.

Peatoncilla habla con la secretaria de Osuna Uto; le explica que no podrá asistir a la cita con Nyaguip porque tiene que ir a comprar unas cosas para el hermano preso. El licenciado menea la cabeza y piensa en la cadera de Peatoncilla, como si la tuviera enfrente. Porque lo intuya, o sólo porque sí; por haches o por erres, pero Peatoncilla se le resiste, se le sale de las manos como agua entre los dedos.

Peatonación piensa sentada a oscuras en su cama
piensa sentada en su cama Peatonación a oscuras
sentada Peatonación en su cama a oscuras piensa
a oscuras en su cama Peatonación piensa sentada
en su cama a oscuras sentada piensa Peatonación

todas mis amigas, mis hermanas, mis primas se han ido muriendo. Ahora sí ya. Y ésos que no vienen. A ver qué van a decir cuando me vean a estas alturas de mi vida, toda una anciana trabajando de cerilla en una caja del supermercado metiendo las compras en las bolsas. Yo para qué quiero ver televisión, lo que quiero es salir. Sabe que pasará el siguiente domingo contando arañas, sin matar ni una, las arañas no se matan. Otro domingo más. Las reuniones no volverán a repetirse hasta que el nieto salga libre. Domingo es día de visitas en la cárcel y unos u otros, siempre, van a verlo. Es más fácil que ella los acompañe, vaya y lo visite, a que Peatón, Peatona y cualquiera de sus hijas tengan el ánimo y la disposición para ir a la casa de la abuela y sentarse frente a ella a masticar distracciones, a no saber ni qué decir.

El licenciado Nyaguip Osuna Uto salta de la cama; casi se le olvida vestirse antes de salir corriendo de la habitación del *Motel Vail Palace*. Habitación veintiocho; una cierta inclinación morbosa los ha llevado a él y a su amante la reportera a hacerlo en el cuarto del sorprendimiento y del pleito. Giovanna Veiculano duerme desde un rato después de que, aun sin decirle nada, le negó al licenciado Nyaguip la ayuda para Peatoncillo. Nyaguip no quiso insistir, decidió que era mejor dejarla descansar. Se reacomodó en la cama, estiró el brazo para tomar del buró junto a la lámpara, misma lámpara ya medio arreglada con la que Giovanna había atacado a los amantes de La Rosarito, el control remoto de la televisión, prende la tele, le baja el volumen para no incomodar a la neurótica insaciable inconmovible, y zappea hasta que ve la imagen tranqueada de Peatoncillo y el cerebro se le ilumina. Sabe que es el momento *justo* para visitar al licenciado Roberto Carrón.

Sale a las prisas mal fajado sube en el Peugeot baja del Peugeot llega a la recepción de Red América se anuncia entra al elevador sube veinte pisos sale del elevador habla con la secretaria ejecutiva Carmelita discúlpeme ahora sí que ni la salude ni me espere a que Don Roberto me reciba estoy entrando Don Roberto disculpe usted puedo pasar? ya estoy adentro usted perdone perdón señores sigan sentados no le quito ni un minuto Don Roberto esto es muy delicado yo sé lo que le digo venga conmigo un momentito por favor a su privado tómense un *break* señores 'orita se los devuelvo.

Peatonación, la abuela, habla por teléfono al taller con el ayudante de Peatón. No está, señora, no ha vuelto de la peregrinación.

Nadie sabe si Peatonación fastidia más cuando se enferma, o cuando sana.

Peatoncilla habla con "El Cacho" Covarrubias, habla con alguien, Cacho, tú tienes gente, lo estoy haciendo Peatoncilla, ten paciencia, yo sé cómo hago las cosas, es que ya mero viene la sentencia Cacho, tú podrías ayudarlo un chingo, y yo no voy a ser malagradecida, yo te lo voy a saber agradecer, vas a ver..., ah!, o sea que sólo por eso estás viniendo a visitarme los domingos?, no! cómo crees, güey!, es porque me gustas, ya te lo dije, cómo eres inseguro!

"El Cacho" Covarrubias, a pesar de lo acostumbrado que está a que se le resbalen las viejas, no entiende, quizá por la confusión de haber sido aprehendido y estar preso, que Peatoncilla lo iría a ver aunque su hermano no estuviese detenido ni ella esperara la ayuda del narco para liberarlo. Sus autos la atraen más que Peato, más que los chavos de la Prepa, más que todos los hombres que ha conocido. Y quiere ganárselo, como si fuera la Lotería.

Peatón no habla con nadie. Duerme con los pies crucificados al fondo del camión en que vuelve a La Rosarito.

Peatoncillo habla con su tío, el primo de Peatón; le pide que acelere las cosas, ya no aguanto tío, ya vio la que se armó ayer aquí, la chinga que nos pusieron.

Para decirlo de una sola vez, sin extenderse demasiado y dando a entender bien las cosas, el señor licenciado Don Roberto Carrón del Valle vive en un mundo diferente. No se trata de ser dogmáticos, maniqueístas, tendenciosos tipo nosotros los pobres ustedes los ricos son malos, los pobres son buenos, ni de creer que es sólo una cuestión cuantitativa, yo tengo más tú tienes menos; es un asunto simple, totalmente *cualitativo*: el mundo de Don Roberto es *otro mundo* y en él los pobres son los malos y los pendejos de la historia; y los apestosos. El mundo de éstos y el suyo son dos mundos distintos de diferentes épocas en los que existen plantas, objetos, cosas y animales diferentes, medios de tracción distintos, se hablan idiomas diferentes, se visten los cuerpos con otras ropas, existen otros alimentos, se ven cosas diferentes y, *a las cosas*, diferente; en suma, hasta se muere diferente. Para resumir: con lo que el licenciado Roberto Carrón se gasta en una noche en una sola cena, Peatón y su familia podrían vivir tranquilamente un año y medio.
Dos.

Nyaguip Osuna Uto habla con el licenciado Carrón en privado y le explica que tiene intereses particulares y personales en la liberación de ese muchacho llamado Peatoncillo, el del asalto al *OZZO*, al que su empleada la conductora Giovanna Veiculano se ha encargado de denigrar para refundirlo tras las rejas, sé quién es, le dice secamente Roberto Carrón; a usted le puede convenir, Don Roberto, yo sé que el esposo de su hermana, su cuñado Ibrahim, es el dueño de la constructora *Estructuras y Bases Epsilóm*, la que precisamente lleva años queriendo echar del Cerro de las Elecciones a todos los paracaidistas pero no ha podido, y sé que usted tiene muchas acciones en esa empresa, yo lo sé mejor que usted, le dice aun más secamente Roberto Carrón a Nyaguip; pues precisamente Don Roberto, precisamente uno de los dos únicos invasores que quedan en ese Cerro de las Elecciones y que han entorpecido tanto el desarrollo inmobiliario que su cuñado Ibrahim ha querido desde hace años levantar ahí comenzando por acabar de echar abajo el cerro, es...Peatón! el padre del muchacho llamado Peatoncillo que es al que Giovanna ha estado atacando hasta el cansancio y al que

117

yo, si usted me lo permite y con todo respeto porque usted sabe más que yo de muchas cosas, vengo a sugerirle que ayude, porque de esa forma podemos pedirle a Peatón, su padre, que a cambio de que deje de hacerla de tos y de pedir apoyo a partido tras partido políticos, incluido el pinche Verde Cologista que le entró a todo ese argüende desde hace un mes, vamos nosotros a modificar la opinión pública para conseguir apoyo social y moral con el objeto de obtener la libertad de su hijo, siempre y cuando acaben de bajarse de ahí de una buena vez; ¿usted es pendejo, joven Nyaguip, o se hace?, qué?, ¿cree usted que esos ataques de Giovanna Veiculano son nada más porque sí, porque a ella se le da la gana empezar a atacar a alguien sólo porque le cae mal o le puso cara fea? Yo!, yo! Roberto Carrón en persona la llamé un día a este despacho después de ver algunos reportajes que había ella realizado hablando sobre los delitos que ese muchacho había cometido y sobre todo lo malo que había hecho, y le di la orden terminante de seguirle con eso hasta acabarlo, hasta destruirlo, hasta despedazarlo, hasta que el Juez le eche treinta años!, pues quién chingados se ha creído que es ese Peatón para salir con que esa parte del cerro ya es *de ellos*, con la payasada ésa de que tienen derecho a tener un lugar donde vivir! Ay! Nyaguipcito, tienes todavía mucho que aprender! Nada de que con caricias y palabras bonitas y consideraciones se consigue hacer buenos negocios y tratos convenientes en este mundo empresarial, es con la fuerza! con la simple, llana, concreta, cabrona y poderosa fuerza! ¡La fuerza es el lenguaje universal!, ése todos lo entienden, yo no voy a descansar hasta que esos dos muertos de hambre que quedan en el cerro no vengan aquí arrastrándose a pedirme perdón, y luego vayan con mi cuñado Ibrahim a decirle que ya puede volver a meter las excavadoras y que si le pueden servir en algo y hasta que si les da trabajo en su constructora, sin goce de sueldo, sólo para lavar la ofensa, ayudando ellos mismos a acabar de desmoronar la montaña! Yo no me detengo hasta que no vengan a pararse aquí afuera de la salida del estacionamiento de este edificio y se me tiren con sus harapos al piso enfrentito del paso de mi Jaguar, para que no se me ensucien las llantas, que cada una vale más que todo lo que ganan ellos en cinco años, con el charco ése grandote que está ahí a la salida. Vas a ver que no tardan!

      Peatón llega a la cueva. Ha subido por la brecha de las piedras sin saber cómo, arrastrándose, incapaz de asentar los pies en el suelo.
      Peatón habla con su esposa, le dice ya llegué, ya estoy aquí, Peatona.

Peatona llora y llora mirando la televisión.
Peatona no responde.

El licenciado Nyaguip Osuna Uto habla sin parar, le insiste al licenciado Roberto Carrón que tiene más ventajas ayudar al muchacho que acabar de hundirlo; trata de no dejar un resquicio entre las frases para evitar que el magnate de la televisión vuelva a gritar reiterándole sus razones a favor de la violencia ideológica: entiéndame por favor Don Roberto si las cosas siguen como van los partidos de izquierda y de ultra izquierda van a meterse aun más y van a convertir a Peatoncillo en mártir en este momento tiene usted todo a su favor para dar un giro completo al caso empieza usted por decirle a la Veiculano que en vez de seguir atacando al chico aproveche lo que le pasó ahora en la rebelión para empezar a matizar sus notas y a reconocer que es un muchacho como todos y que lo que sucedió en el *OZZO* fue una imprudencia de adolescentes ahí comienza usted a cambiar la opinión pública en lo cual usted es un maestro y cuando ya toda la gente ande comentando en las calles que Peatoncillo no tuvo nada que ver en realidad con el asalto yo visito a Peatón y le digo de qué se trata y por qué las cosas están cambiando a su favor y cómo queda ya tan cerca la liberación de su hijo y le saco a huevo yo se lo aseguro que hasta con gusto de parte de él su palabra de que saliendo el hijo de la cárcel se salen ellos de las cuevas del cerro y ahí usted habla con el Juez que claro que le va a hacer caso imagínese quién no le va a hacer caso a usted y le dice que lo absuelva o que le ponga unos siete meses de cárcel nada más que con los que ya lleva va a salir enseguida este es el momento Don Roberto no podemos tardarnos se nos puede poner peor la cosa con la madriza que le pusieron a Peatoncillo algunos de los soldados los partidos políticos de oposición van a volver el asunto una cuestión de Derechos Humanos esa madriza a fin de cuentas si la sabemos aprovechar nos vino bien y le va a convenir mucho a usted! Claro que nos vino bien pendejo Nyaguip!, discúlpeme que le hable así, pero es que de veras a usted le cae encima un elefante y no lo nota!, claro que nos vino bien si yo mismo hablé con el comandante Juárez para que le pusieran la calentada de su vida al hijo de ese hijo de la chingada de Peatón!

Peatoncillo no consigue dormirse. Las pesadillas de la vida real no lo dejan salir para meterse a las otras, menos drásticas, del inconsciente. Quisiera perderse en el dolor, olvidarse de todo. Piensa en

119

Carmen Apié, en los golpes y patadas de la rebelión, en Giovanna Veiculano, en Peatona, en Peatoncilla y la relación que ya se comenta de ella con el capo Covarrubias, en las torturas del interrogatorio, en el asalto, en Lepeáton y Pepe Atón a quienes no ha visto más que a treinta metros de distancia y con dos telas de alambre de por medio, en el Ryan, de quien supo está en una celda de castigo; en Peatón...a quien se imagina en ese momento durmiendo en la cueva, cansado de haber trabajado mucho en el taller en el intento de conseguir más dinero para pagarle al Magistrado que logrará sacarlo de la cárcel. Peatoncillo no sabe que Peatón comparte con él los diferentes insomnios de un mismo infierno.

El sexo es bálsamo, ungüento, consuelo. Peatón despierta sudando a media madrugada. Excitado. El televisor de la recámara está encendido; Peatona, recostada a su lado con la cabeza apoyada en la cabecera de la cama, observa las imágenes con los ojos rojos. Lo que durante los últimos diez años, desde que Peatona estaba embarazada de Peatoncita, no pudo conseguir más que una sola vez en el cuerpo de Peatón el recuerdo de la gorda Enelda tallándosele entre las piernas y arrimándole el pecho a la nariz, lo consigue ahora, en los cuerpos de los dos, la pena enorme.

A pesar de tener adolorido casi cada músculo de sus piernas y su espalda, Peatón comienza a toquetear a Peatona, ella se sorprende pero lo deja hacer pues también se le antoja, no para desfogar ningún instinto, no para procrear otro hijo, sino, como a él, sólo para olvidarse de cuánto se han perdido, para distraer la angustia, para recordar el tiempo en que sus líquidos que se juntaban no eran nada más sudor de peregrinación y llanto de telenovelas.

Aun así no hay pasión: Peatón repite sus embates como siguiendo las instrucciones de un *Manual de Intimidad Sexual para Venirse Rápido*; Peatona, aunque le pone las manos en la espalda y se la aprieta un poco, se limita a abrir mucho las piernas flácidas y el único momento en el que se emociona, es cuando ve en la pantalla, por encima del hombro de Peatón, al muchacho que le mete todo entre las piernas a la esposa de Richard Gere y luego la besa en el busto, en el vientre, por las piernas y por todos lados... Peatona dice bajito, susurrante: así, así, así; está hablando con *él*.

Nyaguip habla con el licenciado Roberto Carrón de tú a tú por primera vez desde que inició la conversación. Sólo ha conseguido la atención del millonario al recordarle de qué manera el Procurador de Justicia le ha venido faltando al respeto durante los últimos seis meses con relación al caso del periodista muerto; y en qué forma el presidente del Tribunal lo ha visto, menospreciándolo, en lo que se refiere a la nueva Ley de Televisión, algunos de cuyos artículos no han sido plenamente aprobados; y cuántas veces el Secretario de Gobernación ha hecho caso omiso de sus indicaciones. El licenciado Roberto Carrón consigue al fin entender que con menos fuerza y más astucia puede acabar chingando a más personas: Red América denuncia atropellos y violaciones de derechos humanos, chinga al Procurador y al Secretario de Gobernación, los dos de su mismo partido, el PON, Partido Ofuscado Nacional, pero de la facción más conservadora, ultraderechista, fanática, chingaquedito y traicionera, ya les trae ganas; el Juez absuelve a Peatoncillo, Peatón libera el cerro y se chingan, a fin de cuentas, Peatón y Peatonurio; Peatoncillo sale libre, Carrón se chingó una vez más al Procurador de Justicia, malhaya para lo que sirve ese güey, y de paso al dueño del establecimiento, sólo por joder; Giovanna Veiculano enarbola un movimiento a favor de Peatoncillo y los golpeados, se chingan las intenciones reivindicatorias y protestantes de los partidos de izquierda, y el pretendido liderazgo carismático del PRT, el Partido de la Revolución Teocrática, pura raza de bronce descendiente de Cuauhtémoc; el Magistrado presiona al Juez para liberar a Peatoncillo, acabará chingándose el Magistrado cuando la televisora competencia de Red América filtre la información de la corrupción existente en el sistema judicial de la entidad; y chingándose el Magistrado se chinga el presidente del Tribunal.

Red América y el licenciado Roberto Carrón quedan, como siempre, como la crema: por encimita.

Así como las intenciones, los hechos y circunstancias confluyen para poner a alguien bajo tierra, desgraciarle la vida a una persona, o meter a alguien a la cárcel, un entrelazamiento de intereses opera las salvedades de las condenaciones, la clemencia en las condenas, la amnistía de los delitos, el perdón de las ejecuciones. Para Peatoncillo, sufriendo lo indecible en el punto más bajo de su purgatorio, que aunque lo descalifiquen y digan que no existe, Peatoncillo puede dar fe de ahora en adelante de que sí existe y opera a la perfección aquí en la tierra, de repente todo encaja bien, sincrónicamente, como mandado a hacer, a partir de ese momento, para su liberación; como *todo* en la vida encaja a partir de cierto momento.

El licenciado Roberto Carrón, Director de Red América habla con el Magistrado; luego, para amarrarlo todo de la mejor manera, con el Juez. El Juez les responde al Magistrado y a Carrón que con mucho gusto, pero que él trae encima mucha presión de la gente como consecuencia de la forma en que la misma televisión ha manejado el caso, que no hay forma de ayudar al muchacho porque a la opinión pública se le va a hacer raro que Peatoncillo acabe saliendo inocente cuando todos esperan que se le crucifique por la serie de "milagros", delitos, antecedentes y monstruosidades que Giovanna Veiculano le adjudicó, tiene usted que hablar con ella licenciado Carrón, le dice el Juez, tiene usted que hablar con ella licenciado Carrón, le dice el Magistrado, tiene usted que hablar con ella, licenciado Carrón, le dice el licenciado Nyaguip Osuna Uto, ya, tengo que hablar con ella ahora, dice el licenciado Carrón.

El licenciado Roberto Carrón habla con Giovanna Veiculano en la cama gigante de agua que le mandó instalar al departamento de lujo que como regalo de cumpleaños le compró a la joven en lo más alto del edificio *El Caravaggio*, Sección *Carlos I del Buen Destino*, en Lomas de los Emperadores, el barrio residencial más lujoso de América Latina, en el extremo occidental de Laguna, exactamente al pie del límite natural entre San Pablo Laguna y La Rosarito: el Cerro de las Elecciones, pero del otro lado de donde están el rótulo gigante electoral y la cueva de Peatón. La muchacha ya le hizo al magnate el servicio completo que suele brindarle los viernes por la noche: lo bañó personalmente en el jacuzzi gigante, se metió a nadar desnuda con él en la alberca de fondo transparente con vista panorámica, le bailó vestida nada más con unos shortcitos una canción de Britney Spears, lo lamió por todos lados, se la chupó, se le sentó en ella, le dejó reluciente de limpio el ano con la lengua, lo secó, lo talqueó y le dio de comer en la boca. Luego de hacérselo tres veces, se acostó con él para descansar.

Giovanna, le dice el licenciado Carrón, ¿recuerdas lo que te dije hace dos días de que tal vez tendríamos que darle vuelta al asunto de Peatoncillo?, la muchacha le responde que sí moviendo simplemente la cabeza, intenta sonreír, lo que sabe que seguirá no le hace gracia. Carrón da la orden, terminante e inmediata; ni te preocupes en vestirte, le dice a Giovanna, vete así a la oficina que tengo del otro lado de la alberca y mandas el mail a Producción desde ahí!, ah!, y mándale uno antes al Jefe de Información de Noticieros, qué Vaticano ni qué Vaticano!, a los santos los canonizamos y los fabricamos aquí!, vete así ya!, te digo, para qué te vistes?, no te pongas ni la tanguita, eso urge!

Roberto Carrón siente cómo el miembro se le levanta una vez más entre las piernas. Le gusta ver correr a las muchachas sólidas, turgentes, urgidas de obediencia para con él, sin nada sobre el cuerpo, a la luz de las luces de la ciudad bajo sus miras, por la orilla de azulejos griegos y cenefas mediterráneas de su piscina gigante transparente.

Peatoncillo tiene un pie fuera de la cárcel.

Peatoncilla extraña los pleitos y las discusiones con el hermano. Ahora que han pasado meses desde su encarcelamiento, siente nostalgia de los gritos, los empujones y los trancazos inclusive,

Ha dejado definitivamente de salir con Peato, no por lo que Peatoncillo le decía de él, no por el remordimiento de conciencia por el hermano preso; simplemente porque la calentura se le ha ido pasando y va dejando de quererlo. La muchacha se ha hecho tatuar sobre las nalgas un diseño de llanta vulcanizada, otro más de los que Peatón no conoce, de los que ni siquiera está enterado, se los arrancaría delicadamente a navajazos; éste le ha quedado cerca del cóccix, ahí donde los calzones que usa bajo los jeans dejan siempre al descubierto lo elemental. En el costado visible de la llanta dice: *Un cacho grande de amor.*

Peatoncilla sueña ahora cada noche con que un Ferrari blanco, un BMW gris, o un vehículo Hummer negro con un narco pesado y *libre* en su interior la invite a salir, la lleve a dar vueltas por las lagunas de Ipacaracucho, a cuarenta kilómetros de Laguna, se la lleve a Europa en jet particular, y se enamore real y perdidamente de ella.

Aquél que haya estado en presidio sabe que es mucho más fácil entrar que salir, y que tener un pie afuera equivale, en las cárceles, a no tener ninguno. Miles y miles de presos tienen hasta su maleta hecha, su ropa de salida seleccionada, regalaron ya sus zapatos deportivos a los malillas drogadictos de la prisión y avisaron en su casa llego a cenar a las nueve tenme la cena lista hoy sí dormimos juntos cariño...y nueve años después, ahí dentro todavía, siguen lamentándose de haber sido tan crédulos, tan ingenuos.

Sólo es posible decir ya mero salgo de la cárcel, cuando *ya* se está afuera y a cien kilómetros de allí.

Con la cercanía de su liberación, las cosas comienzan a complicársele más a Peatoncillo.

Peatón habla con San Judas Tadeo.

Peatonación habla con San Pedro Nolasco
Peatonaida habla con San José de Copertino
Peatona habla en su silencio lejano con San Roque
Carmen Apié habla con Santa Lucía y Santa Afra
Peatoncilla habla con San Antonio y San Nicolás
El Juez habla con Santa Catalina
El Magistrado habla con San Ivo
Lepeáton y Pepe Atón hablan con San Geroldo
El Ryan igualmente
Peatoncillo habla con San Patricio
Peatoncita habla con San Ignacio de Loyola
Peatón habla también con San Ludano Peregrino.

Enelda habla sólo con Juanete.

Red TV Laguna, la principal competidora de Red América, ve el cambio de dirección en el tratamiento al asunto de Peatoncillo y, sospechando algo turbio, sabiendo muy bien cómo ellos mismos suelen manipular las noticias en Red TV Laguna, decide recrudecer los ataques al muchacho. Sólo por moler. Y porque se han creído toda la basura que Giovanna Veiculano y Red América vertieron sobre Peatoncillo durante los meses pasados. Ya habrá tiempo de corregir, dice su Director General, si después de lo que andamos investigando resultare que las razones que da Red América para haber cambiado de rumbo fuesen honestas. Lo dudo.

Entre que son peras o manzanas, el público comienza a asistir por la televisión a una santificación de Peatoncillo en Red América por las mañanas, y una satanización del mismo en Red TV Laguna por las noches. O viceversa. Lo de los horarios.

Pepe Atón y Lepeáton, cada uno por su lado en su módulo penitenciario, hablan con sus abogados, no es posible que Peatoncillo, que a raíz de los reportajes de la Veiculano era el más jodido, el líder de la banda, el que iba a recibir más años y hasta con el plus de que ellos tal vez saldrían absueltos, ahora se esté convirtiendo en el santo patrón de los injusticiados. Hay que hacer algo, y algo en serio, tiene usted que hablar con el Juez, tiene usted que decirle al Juez que Peatoncillo nos obligó a asaltar ese supermercado, que el que le da el golpe al dependiente de la tienda en el video es él, no yo, nomás porque nos parecemos, o de plano vaya usted y desaparezca la evidencia, dígale al Juez que estoy en la mejor disposición de cooperar que declaro lo que sea, lo que al señor Juez le convenga los cangrejos son artrópodos crustáceos del orden de los decápodos que habitan en América Latina, puestos en un contenedor persiguen a sus compañeros que intentan salir y los jalan para abajo, acaban todos en la lata o adornando con su caparazón los platones de los banquetes de los americanos y los europeos y los chinos y los coreanos, tiene usted que hablar con los medios, hable con la señora ésa la Giovanna Veiculano, dígale que venga, que quiero hablar con ella, que le tengo una exclusiva para que haga un súper reportaje con algo que nadie sabe sobre el Peatoncillo, es algo que nadie se imagina, tiene usted que hablar con los medios que vengan a hablar conmigo los cangrejos son artrópodos crustáceos del orden de los decápodos que habitan en América Latina, puestos en un contenedor persiguen a sus compañeros que intentan salir y los jalan para abajo, acaban todos en la lata o adornando con su caparazón los platones de los banquetes de los americanos y los europeos y los chinos y los coreanos y los senegaleses y los thailandeses, hable con el Juez con los medios con todos, écheme la mano licenciado, sáqueme de aquí licenciado ya no aguanto, se lo ruego écheme la mano licenciado!

Los partidos de oposición, de izquierda, ultra izquierda y ultra ultra izquierda también tienen algo que decir. Ya tenían la mesa servida con lo de la rebelión en el Presidio, las golpizas y tortura, entre otros, a Peatoncillo. Nadie les va a quitar el gusto de enarbolar banderas, abrazar causas, gritar consignas, cerrar calles, hacer como que llenan plazas, plantarse afuera de Secretarías, gritar, marchar hasta el Monumento a la Madre, hasta el Obelisco de la Independencia, tirar basura, levantar campamentos, echar relajo y hacer desmadre poniendo en evidencia y llevándose de corbata a todos, desde al presidente corrupto hasta al procurador corrupto, pasando por la corte corrupta, los tribunales corruptos, el secretario de gobernación corrupto, el juez corrupto, el sistema judicial corrupto, y hasta la iglesia, pues salió a la luz que la mayoría de ellos son catolicísimos, y algo ha de tener eso que ver con tanta corrupción. Así que hay que apurarse, hay que desvirtuar las exoneraciones que Red América hace de Peatoncillo, los reportajes enaltecedores, nomás eso faltaba, algo huele muy mal en todo eso, además de Peatón y Peatoncillo que, aniquilados moralmente, llevan días sin bañarse; algo muy sucio se huele en los entretelones cuando antes todo era crucifixión y hoy nomás falta que se le empiecen a levantar templos a Peatoncillo. Ya no hay tiempo, no se puede dejar enfriar la cosa ni que les cambien la jugada, hay que moverse y descubrir lo que hay debajo y, mientras, contratan a un guardia, un custodio y tres reos, y mandan golpear una vez más a Peatoncillo, ahora, esos mismos que no admiten de ninguna manera que les quiten la oportunidad de luchar por los Derechos Humanos del muchacho. Nomás eso faltaba.

La liberación se detiene, la sentencia se pospone, el pánico se apodera de todos. Hasta el licenciado Don Roberto Carrón deja de hacer llamadas y permanece a la expectativa. Nadie da un paso, nadie se decide. Parece que la bola aventada al aire en beneficio de Peatoncillo ha dejado de subir, está en el punto justo en que se detuvo, no tardará, al siguiente instante, en comenzar a bajar...

Peatona no deja de llorar.

Peatón llama y llama al Magistrado.

Peatoncillo...bien, gracias.

Sólo a uno de ellos le tienen sin cuidado los vaivenes y pugnas de la televisión, los buenos modos, las formalidades, las apariencias y todo aquello que no sea la sonrisa angelical aparentemente ingenua suplicante prometedora de Peatoncilla. Y su cuadril, claro. Beto "El Cacho" Covarrubias cierra los ojos tres veces seguidas a su abogado defensor tras la ventana con vidrio de seguridad y tela de alambres de hierro de la Sala de Abogados; al acabar el tercer parpadeo inclina lentamente la cabeza hacia adelante y permanece así para que no haya dudas; el lenguaje no verbal preacordado y ensayado pretende evitar cualquier posterior prueba en su contra, y disimular ante las cámaras de seguridad del circuito cerrado de televisión de la cárcel. Su abogado recoge los documentos, los guarda en el portafolio, sale del presidio, llega hasta la esquina de la carretera de Santa María con la Vía Vehicular Norte, se le empareja a la Hummer con seis tipos dentro, baja la ventanilla del copiloto y espera a que el conductor de la Hummer baje la suya, el abogado simplemente le muestra desde su lugar, sin separarse del volante, la foto del Juez que salió en primera plana del periódico de la mañana, quien lleva la causa de Peatoncillo. El conductor de la Hummer, sin asentir, se vuelve a ver al compañero que va enfrente junto a él y presiona el control electrónico para subir el cristal. Arranca rápidamente.

Seis horas después, en medio de la madrugada y los llanos que rodean los tiraderos de basura cercanos a una de las salidas al sur de la Autopista Vehicular Exterior, de bruces en el suelo, encapuchado con una bolsa negra de basura de las grandes, a la que el aire casi se le ha agotado, esposado con esposas chinas, los metatarsos del pie derecho rotos con marro y cincel, el Juez agoniza. En el último momento, uno de los de la Hummer abre un agujero en la bolsa cerca de la boca amordazada; le dice al oído, tranquilamente, sin expresión: ya estuvo, ya, no se preocupe, ya va usted a poder respirar señor Juez, y voy a zafarle las esposas de los pulgares, ahí después usted ya solo va desatándose los pies, las rodillas y la mordaza, tranquilo, hágalo con calma para que no se despelleje mucho, su auto está allá a treinta metros, tiene las llaves puestas, en el asiento delantero le dejó mi compa un botiquín de primeros auxilios y un maletín con lo prometido, no había necesidad de ponerse pesado señor Juez, tranquilícese, ojala que no se le olvide: sentencia antes de una semana y el muchacho afuera, buenas noches señor Juez.

El día de visitas íntimas es especialmente alegre esa semana para Beto "El Cacho" Covarrubias. En el lugar del *Nombre de la Esposa* en el Registro aparece "Peatoncilla Peatones de Covarrubias"; en realidad no es la esposa, pero eso lo arregló fácilmente "El Cacho", como acabó arreglando de un plumazo, no plomazo, las demoras para la sentencia, las indecisiones del Juez, los retrasos en el proceso, y la liberación de Peatoncillo. Lo del *Estado Civil* y el *Nombre de Soltera* de Peatoncilla, no importan; ella, para el régimen penitenciario, nació mujer de Covarrubias. Tampoco "Alberto Covarrubias" es el verdadero nombre del capo. Lo único que importa es que esta semana duermen juntos los dos por primera vez. "El Cacho" con su jovencita, Peatoncilla con su capo. Gracias Cacho, le dice ella desnuda sobre su pecho, entre beso y beso; te debo una.

A pesar de lo que dijeron después todos sobre su participación y los méritos en la liberación de Peatoncillo, Peatoncilla se muere de la risa, feliz de la vida por el nuevo novio poderoso, salta y baila a la salida del Presidio como cuando Peatón le llevó la computadora de regalo a la cueva, y les dice: pues dirán misa, pero de hacer una, la tendríamos que hacer en honor de *San Alberto*, ése fue el más chingón, ahí todos ustedes de ñangos dejando pasar el tiempo, todos los dizque chingones sin saber qué hacer y arrugándose, fue mi San Alberto el que hizo el milagro y los puso en orden a todos ja ja ja!

Peatón, en su inocente ingenuidad, supone que entre la hija y el capo no hay más que una amistad creciente, una buena simpatía; a pesar de que sea evidente que Peatoncilla va por más.

Caminan todos abrazándose entre ellos, Peatón, Peatoncilla, Carmen Apié, el ayudante de Peatón, el licenciado Osuna Uto...y Peatoncillo. Mañana se abrazarán otros tantos en los despachos de Red América, en el Juzgado, en el Tribunal, en la Magistratura y en la constructora *Estructuras y Bases Epsilóm*; quizá sólo dejen de abrazarse los de los partidos políticos de izquierda, ya sin su hueso, los de Derechos Humanos, que ya están empezando a ver cómo le harán para reivindicar a partir de ahora los de Lepeáton y Pepe Atón, y los del Ryan con más razón pues sigue castigado, para usarlos de estandarte para sus propios fines, y de rebote, sólo si se puede, sacarlos después, también, de la cárcel. Por supuesto: *ellos*, tampoco sentirán abrazarse, los antiguos cómplices de Peatoncillo. Los cangrejos son artrópodos crustáceos que viven igualmente en las cárceles latinoamericanas.

Se van todos apelotonados, los novios, los hermanos, el pretendiente, el ayudante que ya le empieza a echar ojos al pretendiente, y el suegro, como buenos Peatones a la hora del rebane, de la juerga, del festejo, en el convertible cerrado del licenciado Osuna Uto, tampoco se trata de que él se exhiba con tanto naco, hasta el Cerro de las Elecciones para festejar en la cueva. Ya hablé con un amigo de la Ruta Nueve de peseras para que te dé trabajo, le dice Osuna Uto a Peatoncillo, de aquí para adelante todo va a estar bien, borrón y cuenta nueva; Nyaguip Osuna Uto mira de reojo a Peatoncilla tratando de descubrir en su rostro una expresión de admiración o de agradecimiento. Mujer de las cavernas o no, novia de capo temible o no, Nyaguip aún tiene en la mira tirarse a Peatoncilla.

Suben carcajeándose hasta la cueva. Peatoncillo bromea fingiendo que está a punto de caerse porque le cuesta más trabajo subir por los escalones nuevos. Entran. Aroma fresco, limpio. Peatoncita corre a abrazar al hermano, lo toma de la mano para ser ella quien lo jale hasta la mesa multiusos con un pastel grande amerengado en el centro.

128

En el muro del fondo del salón de la cueva, con letras recortadas de un papel aluminio rojo muy brillante: *"¡Bienvenido a tu cueva, Peatoncillo!"* Al lado de ése, *graffiti* de Peatoncita completamente autorizados, un corazón y un *"te quiero mucho"*. La niña no puede decírselo a nadie, pero cree sinceramente que ella tuvo que ver con la liberación del hermano, había pedido consejo al de *las pastas*; el tipo, para pararse el cuello, le dijo déjame ver con un amigo, yo conozco mucha gente pesada, tú nomás sigue así, comprándome, calladita, y portándote bien.

Peatoncillo, con la emoción, ni siente que chapotea en un excremento fresquísimo cuando tan exultante que se sigue hasta su cuarto y abraza y besa a la vaca. Peatoncilla ha limpiado temprano para la ocasión, pero algunas bestias no saben de acontecimientos.

Todos ríen, aplauden, festejan.

Peatona hasta deja de llorar y de ver televisión para volverse a ver la razón del escándalo. Ahí le ocurre una epifanía, una especie de anunciación pues el muchacho bello, alto, fornido de la televisión, al que vio tumefacto, golpeado, sangrante y lloroso a la mitad de uno de los programas, ha vuelto a ser el mismo, sano, repuesto, garboso, hermoso, curado, bellísimo, reivindicado, luminoso, iluminado, está libre y oh!, maravilla de maravillas portento de portentos prodigio de prodigios milagro de milagros: no está en la televisión, está en carne y hueso, en vivo, ahí, en la casa! Peatona habla por primera vez en años a un ser humano real, que no actor ni comentarista ni conductor de televisión, *real*, habla en voz alta y dirigiendo su voz a alguien de verdad, de esa otra verdad de la que se había olvidado y que ahora se le presenta más real que la de la pantalla, aunque sólo gracias a que salió de aquélla; Peatona dice: ¡Adelante!¡Gracias, Dios mío, miren nomás quién llegó, quién está aquí! ¡Que se siente, que se siente por favor! ¡Sírvanle algo, no lo tengan así, apúrense, vamos!

Peatoncillo no cabe en sí de la alegría. Llora. Abraza a la mamá, Peatona lo abraza. Por fin.

Peatoncillo tiene los dos pies fuera de la cárcel.

Peatoncillo está libre.

Peatona se separa un poco del muchacho después de darle en la mejilla un beso tronado, pegajoso, emocionadísimo; sin apartar sus manos de los bíceps musculosos del joven le dice viéndolo fijamente a los ojos: ¡Es un honor tenerlo aquí! ¡No se va usté a ir sin darme su autógrafo!

III

La mujer es agua y toma la forma de aquello que la contiene; si se la calienta, crece; si se presiona su continente, ella se sale o lo hace estallar; si le echas cosas de más, se desborda; si le bloqueas el paso o le cierras el camino, ella encuentra otros cauces; si la abandonas y la dejas desprotegida y a la intemperie, eventualmente se evapora...

Sin importarle la libertad del hijo, la comunicación retomada con la familia incluso en conversaciones largas, tertulias y reuniones riendo franca y sonoramente y comentando, discutiendo y platicando con todos, ni el reencuentro marital, el tercero en diez años, éste sin penetración, no era para tanto, con un Peatón excitado más por la esperanza de la nueva vida que por las sinuosidades maceradas de una esposa cada día más disminuida ante la Enelda Zapata, ay! Dios!, escogió a la que se veía más bonita y que creyó más buena onda, y ahora piensa que era al revés, cree que la buena era la gorda, aunque quién sabe?, tal vez ya junto a él habría salido peor..., Peatona, sin importarle ya absolutamente nada, como si sólo hubiese estado esperando que su mundo se arreglara, sale del agujero entre las rocas y comienza a descender del cerro una mañana a las diez y media, después de haber despedido con sendos besos a Peatón rumbo al taller a las cinco en punto de la mañana, a Peatoncillo rumbo a su nuevo trabajo a las seis treinta, a Peatoncita rumbo a la escuela Primaria a las siete cuarenta y cinco, y a Peatoncilla rumbo a la Prepa a las diez y quince; la mujer baja por última vez los setenta y tres escalones de cemento desde la entrada de la cueva hasta la base, como lo hace todos los días, natural, calmada, como yendo al mercado. Sólo se vuelve para despedirse de Peatonurio, allá en las alturas mirando el mundo como siempre después de haber amontonado su basura. Peatona le sonríe con la mano en alto.

Es el día del aniversario número veinticuatro de su matrimonio.

Ni Peatón ni los hijos la volverán a ver.

131

El hombre es piedra y sólo toma otra forma, o se ajusta a la de aquello que lo contiene, si lo perfilas a trancazos, a golpes violentos de cincel y de marro; si se lo presiona, hiere al que lo hace o se quiebra; si se lo calienta, quema; si le echas peso de más, se desmorona; es probable que te bloquee el paso o te cierre el camino para evitar que encuentres otros cauces; si lo abandonas y lo dejas desprotegido y a la intemperie, eventualmente ni le importa...

A la edad en que la mayoría de los hombres comienzan a pensar con qué dedo rascarse el ombligo, qué hacer con sus mañanas libres, qué deporte ligero empezar a practicar, qué plan vacacional de invierno adquirir para los nietos, cómo agenciarse sin tanto costo una querida joven, o qué tipo de traje se pondrán para la fiesta de sus bodas de plata, Peatón descubrió que no tenía ni petate en qué caerse muerto y que no sabía ni de dónde sacaría dinero para comer al día siguiente.

Tenía que empezar a armarlo todo de nuevo pero ya sin los beneficios de la ingenuidad.

Decidió, mejor, arreglarse lo mejor posible, ponerse su chamarra de lujo, limpiarles el polvo con un poco de *thinner* a sus zapatos viejos de vestir, y hasta lo que nunca, ponerse una corbata roja, para salir derecho a procurarse la muerte.

La reunión en casa de la abuela Peatonación, el domingo siguiente a la salida de Peatoncillo de la cárcel, aun con la presencia del licenciado Nyaguip Osuna Uto, Carmen Apié, las albóndigas en caldillo, los frijoles negros, las empanadas de atún, el brindis de los mayores con cerveza, y el agua de jamaica, no resulta el festejo esperado, Peatona lleva perdida cuarenta y ocho horas, la han buscado por todas partes, y nada; y aunque a las setenta y dos comenzará la búsqueda oficial por parte de la policía, todos intuyen que no aparecerá.

Peatón está increíble con su chamarra, sus zapatos lustrosos y una corbata llamativa, flamígera sobre la camisa blanca. Es otro, ninguno de ellos lo había visto nunca de corbata. Si supieran que se quiere morir, que ha llegado a comer vestido así porque quiere matarse en la noche, le dirían no papá, no Peatón, no hijo eso no se hace, ni de chiste se dice, Peatona va a aparecer ya verás, no es por Peatona que me quiero morir..., sorprende a todos y se sorprende él mismo diciéndolo en voz alta. Silencio total.

Peatón se sirve agua.

Sube la cuesta solo. Deja a Peatoncita en casa de la abuela. Peatoncillo y Carmen Apié van al cine del barrio, doble función de reestrenos. El licenciado Osuna Uto lleva a Peatoncilla al Presidio a visitar al narco; tarde o temprano, piensa el licenciado, vamos a ser cuñados Peatoncillo, vas a ver..., y quién quita y "El Cacho" Covarrubias lo contrata para formar parte de su legión de abogados. Osuna va por todas. Peatona sigue perdida; pensándolo bien, siempre lo estuvo. Enelda aún no se entera. Sube la cuesta solo.

Los peldaños no ayudan. Peatón quisiera pensar que Peatona no ha huido, que él va a subir y a encontrarla esperando en la sala, aunque sea viendo tele; no puede quitarse de la cabeza que la escalinata que sirvió para tapizar el camino del hijo hacia la recepción feliz en las alturas el día en que salió libre, es la misma que ha servido para facilitar la fuga de la esposa.

No es una fuga en realidad, dice en voz alta Peatón al entrar en la cueva, ¿verdad, Peatona?, para fugarse de un sitio hay que estar ahí presente, no puede uno fugarse de donde no se ha estado, va recorriendo lentamente las habitaciones deseoso de encontrarla pero sólo está la vaca, y tú no estás aquí desde hace un chingo Peatona; pienso que te empezaste a ir no desde que nos subimos a esta cueva, Peatón se sienta en el sofá de piedra y observa alternadamente la estufita, el techo de la cueva, el alambre grueso del que cuelga la ropa secándose en el baño..., sino desde que nos cambiamos acá, para La Rosarito, tú querías volar alto, le tirabas a otras cosas, Peatón sigue buscando qué llave abrir, de donde colgarse..., ya mero te ibas a conformar con un güey jodido como yo que no tiene ni para una pinche pistola para metérsela en la boca y matarse como se debe!

La vaca muge.

133

Peatón está desesperado, hay que acabar ya, como se pueda; se le ocurre una idea absurda y loca pero que puede funcionar, se levanta rápidamente, entra a la habitación de los hijos cuidando de no pisar las boñigas de vaca, siente la peste, este Peatoncillo que no está al tanto de sacar el excremento, en balde que Peatoncilla ha estado limpiando, y a mí qué me importa? mira que estar pensando en la limpieza cuando está a punto de suicidarse uno!, llega hasta el cuello del animal, lo jala de la cuerda y lo empieza a llevar hasta el agujero de salida de la cueva, al balcón. Se le ha ocurrido a Peatón que si desanuda la cuerda del cuello de la vaca para atársela mejor a una pata trasera, se amarra bien él el otro extremo de la cuerda a su propio cuello y consigue colocar a la vaca exactamente en la pequeña esquina del final del balcón donde comienza el primero de los setenta y tres escalones, y empujarla y despeñarla, no por los escalones sino por la caída más pronunciada de esa parte del cerro, casi en vertical hasta la base, la vaca lo jalará a él en su caída y conseguirá su objetivo, será fatal. Si eso no es una muerte segura, piensa, entonces quién sabe qué chingada cosa lo pueda ser!; muy dentro de sí espera también que para evitar eventualidades babosas como las que muchas veces les ocurren a los que son tan incompetentes para vivir cuanto para procurarse una muerte efectiva, se le adelante él un par de metros a la vaca en su caída compartida y al estrellarse los dos contra la carretera que pasa junto al cerro, la vaca le caiga encima.

Lucha con la vaca para llevarla hasta el ángulo del balcón donde será más fácil empujarla y hacerla caer, y se esfuerza por ir acomodándose él mismo atrás de ella para que la caída del animal no lo agarre por sorpresa y pueda estar en el lugar debido y en la posición debida para caer de la peor manera, y con el tiempo suficiente para por lo menos decir una oración por la Peatona ausente, por sus hijos y por él mismo, aunque está consciente de que lo que hará no tiene perdón de Dios. Consigue por fin que la vaca se coloque al principio del peldaño más alto de la escalinata en el extremo del balcón, se para él muy derecho dos metros atrás de sus cuartos traseros, el animal está incómodo con la pata trasera derecha sujeta con la pesada cuerda, la mueve nerviosa para librarse de ella, Peatón resiente los jalones en su cuello y pone duros el tronco y la cabeza para evitar irse de boca hacia adelante antes del momento preciso.

Peatonurio, asomado como siempre por las tardes y noches a la ventana de su cueva *pent-house* en las alturas del cerro le dice: hay que vivir para ver, no cabe duda, yo que creía haber visto todo...!, vi hasta lo que jamás pensé llegar a ver en este cerro, te vi a *ti* subiendo una vaca desde la carretera hasta tu cueva, y ahora veo que una vaca quiere llevarte a ti jalado del pescuezo...!, ¡Has de ser buey!

134

Un instante, sólo un instante brevísimo de toma de consciencia autocrítica de la situación aparta a Peatón de la muerte inminente. Consigue verse en ese instante como seguramente está viéndolo el amigo desde arriba, y comienza a reírse, a reírse a carcajadas, le da a Peatón un ataque histérico de risa, Peatonurio estalla también, los dos se carcajean.

Peatón se ríe tanto que acaba por poner aun más nervioso al animal; es la vaca ahora quien resiente en la pata trasera los jalones que le provoca Peatón con su risa convulsionada, es la vaca ahora quien decide acabar con el jaloneo y da entre mugidos dos pasos inquietos hacia adelante y un tirón definitivo que hace que pise en falso en donde no debe y la tierra se rompa y la vaca tambalee y se vaya de hocico comenzando a despeñarse ya desde esa altura fatal, definitiva, con Peatón remolcado del pescuezo tratando de asirse sin conseguirlo bien de alguno de los balaústres del balcón.

Peatonurio se deja simplemente caer desde su cueva para alcanzar al amigo y tratar de salvarlo. Cuando llega hasta el balcón de Peatón éste ha empezado a derrumbarse ya estrepitosamente junto al animal por la ladera pronunciada de la montaña, va dando tumbos golpeándose con pierna y cuello enredados en la cuerda. Peatonurio vuelve a aventarse para llegar a Peatón, ahora son tres los cuerpos que se precipitan resbalándose por el cerro. Peatón grita, Peatonurio grita, la vaca muge. Peatonurio logra en un momento tocar la mano de Peatón, cierra la suya con fuerza para agarrar la mano del amigo. Inútil. Una roca grande divide las caídas de Peatón y la vaca por un lado, y Peatonurio por el otro.

Peatonurio se prende de una zarza, consigue detener su caída y trata de ver entre las nubes de polvo y piedras la suerte de Peatón, la muerte de Peatón.

Peatón y la vaca se enfrentan a una segunda roca, enorme. Ahora son las caídas de Peatón y de la vaca las que se bifurcan quedando detenidos cada uno a un lado de la gran piedra, mantenidos en vilo, pendientes al vacío, por los extremos de la cuerda anclada en la roca.

Así, en la misma forma, con miedo de moverse, los vienen a encontrar los de Bomberos y Emergencias de la Presidencia Municipal de La Rosarito luego de que Peatonurio se dejó ir hasta el centro del barrio para pedir ayuda.

Así, en la misma forma, casi dormidos si no fuera por el miedo pánico que tienen de acabar de despeñarse, aún sin poder ser bajados por el equipo de rescate, los vienen a encontrar a la una de la mañana Peatoncilla y el chofer de "El Cacho" Covarrubias, y Peatoncillo y Peatoncita, todos maravillados por el espectáculo.

El agua, cuando se evapora, a veces se condensa y se derrama después sobre otras rocas, otros desiertos, otros sitios..., en ocasiones, lamentablemente, sobre el mismo. Giovanna Veiculano ha empezado a sentir remordimientos de conciencia, a creerse, como se llegó ella misma a creer todo lo malo que decía de él, todo lo bueno con lo que a últimas fechas rectificó el enlodamiento a Peatoncillo; pero, más que nada, extraña sus cogidas. Lo busca, le pide disculpas, le dice perdóname te lo ruego fui una estúpida, los celos me cegaron. Le cuenta cómo, una tarde de desconsuelo y masturbaciones, habiendo rentado la misma habitación de sus encuentros y motivada por la rabia de la traición del joven, porque yo para esas fechas ya me había enterado, le dice, que tú rentabas la misma habitación cuando te ibas a acostar con una prieta naca indígena muerta de hambre, me lo contó el portero que lo tengo engrasadito a punta de propinas, fue ella imaginando y construyendo una venganza elaborada y armando anticipadamente la logística, preparando la estrategia para llevarlo un día engatusado como si nada al lugar de los hechos con la promesa implícita de cogérselo y dejarse coger por él como hacían siempre desbordando los sexos, pero con toda la intención esa vez de, acabando, cortarle el pene por la base con un cuchillo andaluz afiladísimo que compró un día en Málaga, te iba a hacer lo que esa gringa, *Hewitt*?, la verdad no me acuerdo, le hizo a su amante inconstante infiel putañero le dice, pero en ésas andaba cuando tú te me adelantaste, Peatoncillo, yo qué me iba a imaginar que ibas a estar a punto de darme el gusto unos días antes de que yo lo tuviera listo todo, la sorpresa que me llevé cuando una tarde, aquélla famosa, te acuerdas?, me doy cuenta de que ni siquiera son tus deslices esporádicos, ni siquiera me pones los cuernos de cuando en cuando, sino que lo andas haciendo a cada rato con la misma, y con todas!, con la que se te para enfrente, *lógico*, le dice sonriendo ligeramente Peatoncillo, quien comienza a relajarse con el modo en que percibe que Giovanna está llevando la conversación, y se permite un comentario sexuado: si no lo hago con *la que se me para enfrente*..., ¡entonces con qué lo voy a hacer?!, no seas alburero, qué poca vergüenza tienes!, le dice, y entonces me digo yo que para qué esperar, y en el instante mismo en que me entero que estás ahí a unos pasos puteando con una de tus novias, faltándome al respeto, me prendo, me decido y me aviento a correr a donde estás a partirles la madre!, di lo que quieras, la reconviene Peatoncillo poniéndose ya de mal humor al acordarse, sólo contéstame: ¿qué estabas haciendo *tú* aquella tarde en el motel, *y con quién?*

Giovanna admite que ella también andaba deslizándose, pero fue sólo esa vez, te lo juro le dice, yo no soy de ésas que se acuestan con un tipo hoy y mañana con otro, a mí no me gusta serles infiel a mis novios, aunque tienes razón de enojarte por eso, de ponerte así, yo ya entendí, perdóname te lo ruego fui una estúpida los celos me cegaron al principio, y pues sí, me vi muy mal atacándote y ensuciándote como lo hice, reconozco mi error lo reconozco, pero ya ves que luego reflexioné y rectifiqué pues me di cuenta que era injusto lo que te estaba haciendo, que estaba yo actuando mal, y empecé a cambiar y a hacer las cosas de otra manera y a ayudarte y a ponerte de otra forma ante los ojos del público y a mostrar tus cualidades y a hablar maravillas de ti, ya ves qué bien hablaba, de santo no te bajé y ya viste cómo conseguí, y qué rápido, lo que me propuse lograr desde que caí en la cuenta que estaba en un error, sacarte libre a la mayor brevedad, y te saqué!, Giovanna Veiculano comienza a besarlo con cautela y cierta reserva, pero cuando ve que Peatoncillo se deja querer, lo empieza a besar y a lengüetear apasionadamente por todos lados y a meterle la mano por aquí y por allá y le dice: entonces qué?, mi rey de la televisión, ¿nos vamos de una vez para el motel?

Peatón se encuentra con Dios, va a la iglesia, no a la pequeña de La Rosarito, sino hasta la grande, la Catedral Metropolitana de San Pablo Laguna, la mayor de América Latina, para pedirle, por intercesión de la Virgen, de San Judas y de todos los que en el Santoral estén bien parados, que le perdone el desatino.

Peatoncilla se encuentra con "El Cacho".

137

El licenciado Nyaguip Osuna Uto se encuentra con el licenciado Roberto Carrón del Valle.

La Rana se encuentra con Juanete.

Mínimo se encuentra celoso.

El Comején se encuentra bajo un *Ford*.

Enelda Zapata no encuentra a Peatón.

El primo de Peatón no encuentra al pinche abogado ladrón que los tranzó.

Bibi Zapata se encuentra en la esquina de siempre.

Las otras Zapata se encuentran con sus clientes.

Peatonurio se encuentra comiendo afuera de un *Mc Donalds*.

Peatonación se encuentra enferma.

Lepeáton y Pepe Atón se encuentran presos, todavía.

Carmen Apié se encuentra bien.

Peatoncita se encuentra con el de las pastillas, varias veces.

Peatonurio se encuentra un peso.

Peatonaida se encuentra sola.

Marchita se encuentra embarazada.

El licenciado Roberto Carrón no se encuentra.

Pietra y Edith no se encuentran.

Piedad y Denisse tampoco se encuentran.

Alejandra no se encuentra ella misma.

Pienia se encuentra el mensaje.

Pietricia se encuentra de vacaciones.

Piero, "El Che", se encuentra trabajando.

La vaca se encuentra mal.

Peatona se encuentra perdida.

Las piedras, especialmente las que no sirven para nada, rodando se encuentran. Tal vez por ello Peatoncillo se encuentra con El Homeópata, un ex compañero de Secundaria que empezó estudiando Medicina, desertó para poner su consultorio naturista de medicina alternativa con hierbas, menjurjes, agüitas y chochitos, y hoy, ante la crisis se dedica a sonorizar bailes y a hacerla de *disk jockey* y de ingeniero de luces en antros, tocadas, galerones, *table dances*, bares, fiestas privadas, recepciones, graduaciones, bodas, fiestas de XV años, bautizos, bailongos y eventos políticos.

¡Qué onda, Peatoncillo!, lo saluda a gritos El Homeópata encantado de verlo. ¿Qué pues, carnal?, le contesta Peatoncillo, que no se acuerda ni del nombre del otro, ¿Sí te acuerdas de mí, verdad?, le pregunta El Homeópata, ¿Pues cómo no me voy a acordar?, se cubre Peatoncillo, a ver entonces pues: ¿quién soy?, insiste El Homeópata, ¡Cómo no me voy a acordar hombre!, le dice Peatoncillo, que ya no sabe qué hacer, estuvimos juntos en la Secundaria, no?, y ahora, ¿qué haces?, intenta Peatoncillo desviar la plática, estudié Medicina un semestre, pero me salí, luego trabajé por mi cuenta y ahora promuevo espectáculos, hago *shows* y organizo eventos, aquí está mi tarjeta, mira, te la dejo por si un día se te ofrece, me llamo Andopor Senderos, pero me dicen El Homeópata por aquello de..., ya sabes, aquí dice mi nombre, mira, y aquí está mi teléfono, te pongo sonido, te hago luces, te muevo a la gente, te hago de todo, a ti te ha ido muy bien, ¿verdad?, ¡te he visto un chingo en la televisión!¡ya eres famoso!

Peatoncillo se marcha después de otros momentos de plática insulsa, pensando cómo es posible que un pendejo como ése hasta tarjetas tenga, y él ande sufriendo siempre por hallar un trabajo, por conservarlo.

Peatoncillo decide visitar al amigo del licenciado Nyaguip Osuna Uto para embarcarse como chofer de pesera de la Ruta Nueve.

Una segunda colonización del cerro ha empezado. Los jodidos de abajo vieron que nadie ha logrado echar de sus cuevas a los jodidos de arriba. Ni con amenazas, edictos y resoluciones judiciales logran desalojarlos. Con todo lo que pasó con Peatoncillo en la cárcel, y el montón de publicidad que recibió aunque fuera por ataques de la reportera celosa madreada vengativa en los reportajes iniciales denigrantes de Red América, el Cerro de las Elecciones se ha vuelto famoso. Además, con Peatoncillo libre, exonerado, hasta agarró *glamour*. La onda es irse al cerro, de día de campo o ya para quedarse a vivir ahí, en una tienda, en una cueva, en un "campechano", como llaman los lugareños a la combinación de las dos. Está de moda.

La basura se acumula en los descansos y niveles de las pendientes y en las faldas del cerro por todo el tiradero que desde los viernes en la tarde van dejando los visitantes que llegan en formidable peregrinación a bordo de autos viejos, camionetas hojalateadas y *pick-ups* con casetas destartaladas, motos económicas, o a pie. Son familias enteras con todos sus aditamentos para el pic-nic, para el día de campo integral extendido hasta la noche con lunada y baile y reggaetón y taquiza y bombones chamuscados, o para reconocer el terreno y hacer sus cálculos con la idea de mudarse próximamente, parejas románticas cachondas, grupitos de muchachos y muchachas, algunos estudiantes y uno que otro riquillo fresa que se deja ir hasta allá por la curiosidad, es buena onda, está padre, ves? la vista está de lujo mira allá al fondo se alcanza a ver el rascacielos de la empresa de papi, y al lado está el de mi tío Roberto, sí lo alcanzas a ver, no?, el de forma de pirámide alargada todo de ventanas de espejos, qué padre vista!, está lindo aquí, qué buena onda, no? está *perrón*, no?, como dicen estos aborígenes. Hasta piensa en construirse una residencia de descanso allí, para aprovechar la vista hermosa; luego se decepciona ante la llegada interminable de autos repletos de nacos y la subida de las hordas de indígenas hacia los altos de la montaña.

Llegan con su bolsa de pan *Wonder*, su lata agotada de *Choco Milk* rellena ahora con huevos cocidos, su canasta de plástico entretejido verde y blanco de mercado repleta de plátanos, naranjas, manzanas, un litro de leche *Chipilo* para la mamila de la bebé gandulona de cuatro años, sus bolsas gigantes de papas *Sabritas*, sus *Mirindas*, *Jarritos* y *Royal Cola*s de tres litros, su queso de puerco, su cuchillo oxidado multiusos, su perro de aguas callejero Perrotón, su pastor alemán de quinta Perrostor, su jaula con Palomita y Canarito, su Periquillo en el hombro del hijo como corsario del *Perla Negra* de Jack Sparrow, la tortuguita de la niña en un *tupperware* pirata blanco lechoso, la grabadora gigante con bocinas superpotentes bien chidas y el radio portátil con audífonos para el papá, Peatoncillo ya bájale a esa chingadera de música qué escándalo es ése, pásame esa grabadora para allá, después de la fruta, al lado de donde está sentada tu abuela comiendo, ponla ahí sobre esa piedra junto a la mata, o de plano apágala ya va a empezar el partido no dejas oír, ni con los audífonos estoy entendiendo nada, pero papá, que ya le bajes te está diciendo!, cómo fastidias!, qué no entiendes?, siempre es lo mismo! lo increpa Peatoncilla en el límite de la niñez, luego se le acurruca prostitutamente al papá, le unta el cuerpo, le soba la panza , le da un beso en el cachete, Peatón, le dice, por eso a mí me vas a comprar mi *áipod*, verdad papá?, se le talla en el regazo con las mejores artes de Enelda Zapata, verdad que sí, Peatón?, que sí me quieres y que un día de estos vas a tirar la chamba en el taller y vas a venirte conmigo a donde yo te lleve?, nomás nos damos una vuelta rápido papuchito, en un fin de semana vamos y venimos, eso se lo dice la gorda acercándole la boca al cuello y con la mano derecha frotándole por fuera muy despacio el pantalón, acuérdate papá que t'estado pide y pide lo de mi computadora, de veras la necesito 'apá, me dejan muchos trabajos y tareas en la escuela, ay! m'ijita, estás viendo cómo andamos, que ya hasta vamos a tener que subirnos mejor a

140

vivir acá en un agujero como ésos, Peatón le señala con el radio en la mano una boca de cueva que se entrevé por los zarzales, con la otra se acomoda los audífonos, de lo mal que nos está yendo allá abajo, ¿cómo quieres, pues, que me alcance para comprarte una computadora?, pues en pagos 'apá, como has ido comprando tu tele..., Peatoncillo regresa de dejar la grabadora, viene sorteando la mano de Peatona acostada en el suelo, las frutas y comida sobre las yerbas y las piedras, la jaula de las aves, la tortuguita de Peatoncita, la bolsa de papas arrugada y vacía, con un sándwich de queso de puerco en la mano, sí, para qué quieres que papá se siga endeudando, Peatoncilla, que siga compre y compre a plazos, como tú no estás ahí en el taller con él recibiendo a los pinches cobradores diciéndoles no está, y hasta con miedo de levantar el teléfono..., Peatoncilla se levanta encaprichada y va a conseguir un poco de simpatía con Peatonación, Peatoncillo espera preocupado, con la mirada perdida en Laguna, en los rumbos de la Rosarito por donde vive Carmen Apié, en los rumbos de la Punta del Este por donde Bibi Zapata talonea, en una parte de la "V" de "VOTA...", blanca gigante a sus espaldas, a que Peatón deje de gritar y saltar y palmotear y se quite los audífonos cuando termine el juego. ¿Es verdad eso de venirnos para acá?, le pregunta a Peatón,   pues sí hijo..., ustedes están que no se aguantan ya allí en la casa de cartón, y la situación cada vez se pone peor, está de la chingada, no nos va a quedar de otra..., aunque me vaya a quedar más lejos el taller, ya el otro día me subí hasta acá sin que se dieran cuenta y me metí en esa cueva, ya la anduve revisando, pienso que sí la vamos a hacer..., el hijo le dice pero qué vergüenza   de venirnos a vivir a una cueva, papá, ¿qué van a decir las gentes? ¿qué va a decir Carmen Apié cuando me tenga que venir a visitar a este agujero?, pues dime *tú* hijo qué dice cuando va a visitarte a la casa de cartón?, ni te apures Peatoncillo, al rato se van a venir otros, yo sé lo que te digo, pues peor, papá, le dice Peatoncillo, entonces, cuando vean que nos estamos viniendo todos vamos a llamar mucho la atención y nos van a echar de aquí las autoridades, ni te apures Peatoncillo, les inventamos algo, nos enraizamos, les echamos montón, vamos a ser ya un chingo, nos amarramos con un partido político, le pedimos ayuda al PRT, acá atrás en el letrero dice PRE papá, y bien grandote, el cerro es de ellos, tú no te apures Peatoncillo, a quienes vengan a querernos bajar les partimos su madre y a ver, que nos quiten...!, pues peor, papá, después va a estar esto atascado de gente como allí abajo, y como allí abajo vamos a estar todos aquí arriba bien apretados y jodidos, como ahora, que después de lo que me pasó y la fama y todas esas chingaderas mira nomás cuánta gente está empezando a venir otra vez, y un chingo de ellos ya vienen otra vez con la idea de vivir aquí, como cuando nos

141

mudamos para acá hace años, y fuimos pioneros y les dimos la idea y les pusimos el ejemplo, tenía usted razón papá, fue buena decisión habernos subido, pero ya comenzó la inmigración de nuevo, el éxodo del valle para venirse esos pinches colonizadores urbanos a poblar por segunda vez nuestra montaña, *por segunda vez*, mira nomás!, todos esos chavos, todas esas chavas, esas familias enteras que vienen con todo y chivas ya, no digas chivas hijo, esa palabra está prohibida en la familia, esas son las maricas del Guadalajara nosotros somos Águilas, perdón papá, *con todo y cachivaches*, hasta con sus muebles papá, mira cómo trae ese güey cargando, y aquí "güey" no es Eufemismo, hasta el sofá, mira esos niños con cubetas llenas de botellas, mira, todo el mundo subiendo con todo su pinche desmadre para acá! no te preocupes Peatoncillo, nosotros llegamos primero, ya ves que nadie nos bajó, yo te lo dije, no pudieron, se chingaron, y nosotros fuimos los primeros, ahora estos güeyes que primero no creyeron, o que se desencantaron y se bajaron, o les dio miedo y no aguantaron como el Peatonurio y nosotros, van a bailar como yo diga, como *nosotros* digamos, al ritmo que les toquemos, nosotros les llevamos la delantera, ya hasta agarramos un buen cacho de montaña, pero tú quedaste con Osuna Uto que si me liberaban te salías, tú y Peatonurio, tú diste tu palabra papá, y esos tratos hay que respetarlos son cosas que hay que cumplir papá, pues sí pero qué quieres que haga Peatoncillo, mira nomás toda esta gente viniéndose para acá, subiendo la cuesta con tantas ilusiones, no te rías papá no te burles tú diste tu palabra, no es risa Peatoncillo, es sonrisa de fe, de gusto, de esperanza en la vida, en Dios, en la Virgencita de Guadalupe y San Juditas Tadeo. porque esta bola de indigentes como nosotros van a necesitar un guía, alguien que vea por sus derechos, que vea que no los chinguen, y quién mejor que yo para dirigirlos, representarlos yo, con todo lo que he aprendido por todo lo que ha pasado desde que nos mudamos a esta montaña, con toda la experiencia ya los veo venir y decirme ayúdenos señor usted que sabe, haga que no nos quiten de aquí, pues sí, pero para eso van a tener que votar por mí, claro que votamos Señor Diputado, y váyanle cambiando a este pinche cerro ese pinche letrero de VOTA POR ERNESTO, pues si estamos aquí tiene que servirnos a nosotros para agarrar fuerza, *a nosotros*, ándenle, váyanmele poniendo VOTA POR PEATÓN PARA DIPUTADO, hasta más grandote y chingón va a quedar, de pelos!, pero papá, yo soy el que las va a venir pagando papá, me van a volver a meter al bote si usted no cumple, Osuna Uto se puso de acuerdo con nosotros *y con los chingones*, los efectivos, los poderosos con ellos no se juega papá, ni te preocupes Peatoncillo, que con la fuerza y las relaciones que vamos a agarrar nos van a pelar la verga, pero aquellos cabrones de la constructora siguen chingando y jodiendo por la parte de atrás papá, no se te olvide papá, nos van a desgajar el cerro desde adentro papá, ni te apures por ellos tampoco Peatoncillo, ni por los que van llegando, vamos a poner aquí cosas que no puedan quitar, que se la piensen, que les cueste trabajo, estos güeyes que van llegando, y los que regresan, están tan amolados que aunque no tengan dinero son los que más gastan porque les encanta sentir que tienen, quieren parecer ricos, vamos a hacer que lo que vayan trayendo de dinero lo dejen todo aquí, vamos a ver cómo le hacemos pero vamos a poner una tienda grande, un centro gigante comercial chingón, un restaurante de mariscos y a ver, que lo quiten los de la delegación, o los pinches políticos, o los dizque muy chingones poderosos empresarios, a ver...!, que lo quiten!, que lo quiten sin son tan chingones..., a ver!... un mirador en la mera cumbre, un mirador perrón, bien perrón, qué digo perrón, chingón, chingonsísimo! y a ver..., que lo quiten...! Sí papá!, y hasta podemos ponerle encima un cristo gigante como el de Corcovado allá en Río de Janeiro, ¿en dónde dices, Peatoncillo? ¿dónde queda ese río...? En Brasil, papá!, ¡Ah!, sí Peatoncillo!, el campeón del mundo de fútbol Braaasil, Braaasil...!, ya te acordaste dónde está, papá?, no..., muy bien así...no.

Peatón aún no sabe Geografía.

El licenciado Roberto Carrón comienza a desesperarse. Se necesita ser pendejo, le recrimina sus blandengueces y torpezas a Osuna Uto, para no haberse asegurado de que ese Peatón y su amigo el basurero se salieran del cerro y dejaran de hacer olas *antes*, me oyó bien?, ANTES! de organizar la salida de su hijo Peatoncillo de la cárcel!, el licenciado Osuna Uto va acostumbrándose a que el viejo magnate no lo baje de *pendejo*, no quiero ponerme desagradable con usted, le dice el empresario, pero ya va siendo hora de que se ponga usted las pilas, sus resultados y comportamiento de las últimas dos semanas dejan mucho que desear, han sido pendejada tras pendejada, lo colocan a usted en una situación muy dudosa frente a nuestras empresas, el licenciado Nyaguip Osuna Uto ni la cabeza mueve, sentado en la sala gigante de auténtico cuero italiano a seis metros del escritorio del licenciado Carrón, sólo se atreve a seguir con los ojos, mirándolo hacia arriba, las idas y venidas del viejo despotricando y pontificando con exacerbación, porque eso que me platicó mi cuñado Ibrahim Nalquila Kosher de hasta haberle usted conseguido un trabajo con un amigo *suyo* a ese pinche muchachillo, de veras no lo entiendo, es otra pendejada,

¿de qué lado la juega usted?

El licenciado Osuna Uto le reconoce al viejo que se dejó ganar por cierta simpatía hacia Peatoncillo, no le dice, lógico, que lo que anda queriendo cada vez más caliente por los descolones de la chica, es tirarse a la hermana, a Peatoncilla, me sacaba de onda verlo todo desprotegido ahí en la cárcel, y la verdad sí licenciado Carrón, me vi muy pendejo, me pasé de ingenuo creyendo que ese muerto de hambre del Peatón nos cumpliría. Pues qué tanta simpatía por ese chamaco?, se pregunta en voz alta el licenciado Carrón, nomás por la cara bonita que dicen que tiene?, no me vaya usted a salir puto aparte de pendejo Nyaguip!, ¿Qué pasó licenciado Carrón?, con todo respeto no se mande, usted sabe bien que soy *straight*!, pues sea usted *streit*, *strit* o *estraik* a mí personalmente me importa un carajo, pero si quiere seguir haciendo trabajos para nuestras empresas, procure que no le vayamos a cantar los tres *strikes* y lo ponchemos. A mí, en última instancia, y a mi cuñado Ibrahim y a mi hermana, nos vale madre qué acuerdo haya hecho usted con Peatón y el otro güey que no se quiere salir del cerro, o cómo se lo haya usted planteado, nosotros no cruzamos ni media palabra con ellos, el que nos tiene que responder es usted, el que tiene que solucionar sus pendejadas es usted, porque además ahora ya vio que no sólo no se salen ese par de bueyes, uy!, piensa Nyaguip, si supiera Carrón que aparte hay una vaca ahí dentro!, sino que han ido llegando otros a visitarlos y a instalarse con eso de la historia cursi de que todo fue una injusticia y el Peatoncillo es un alma de Dios y no sé qué tanta pendejada que yo no sé para qué fui a hacerle caso a usted, debí haber seguido con mi idea, que los del ejército, después de madrear a Peatoncillo, le fueran quitando dedo por dedo de los pies y mandándoselos en un sobre cada veinticuatro horas a Peatón, ya íbamos a ver si no se salía del cerro al primero y de una vez por todas!, no hay más que un lenguaje universal licenciado Nyaguip: es *la fuerza*, la fuerza es el lenguaje que todo el mundo entiende, así que póngase las pilas Nyaguipcito porque si en una semana más usted no ha logrado que esos cabrones se bajen del cerro aunque sea a chingadazos, vamos sobre usted Nyaguipcito, vamos sobre usted...!.

Pasan dos semanas, tres, un mes, y Peatón en, como quien dice, la planta baja, Eufemismo, con sus tres hijos, Eufemismo, y Peatonurio en, es un decir, la planta alta, Eufemismo, con sus tesoros desenterrados de la inmundicia, Eufemismo, lo de "*inmundicia*", los dos más notables vecinos habitantes de la sección superior del cerro, y todos los que en esta nueva época han ido regresándose o llegando para instalarse poniendo palos, mantas, maderas, plásticos con reatas, piedras, láminas, tabiques y una que otra batilla con un poco de cemento, no se bajan. Así nomás, claro y conciso: *no se bajan del cerro.*

El licenciado Nyaguip busca a Peatoncillo y en un viaje accidentado de pesera por la Ruta Nueve le va explique y explique, recuerde y recuerde, mientras el muchacho maneja, saluda y les cobra a los pasajeros que van subiendo, lo bien que se ha portado con él, cómo hasta a la Peatoncilla la lleva en el convertible cada tercer día al Reclusorio, cómo al mismo Peatoncillo le consiguió trabajo para empezar una nueva vida, esta *Combi* en la que andas, no hay que ser así, tan mal agradecido carajo, le dice.

Peatoncillo no le hace mucho caso perdido como está en la contemplación de uno de sus más frecuentes pasajeros: un joven, por las manos y la complexión podría decirse, que sube invariablemente a la pesera con su máscara de luchador bien puesta, orgullosa y desacomplejadamente bien colocada sobre sus facciones. El muchacho procura sentarse al lado de alguna joven estudiante, trabajadora social o doméstica y comienza el cortejo, la seducción. Peatoncillo no atiende ni al licenciado Osuna Uto ni al tráfico desacompasado de Laguna por ir viendo por el espejo retrovisor, y a veces volteando directamente para captarlos de frente, los detalles de la conquista de ésta que ahora es una especie de secretaria que oye las frases románticas del luchador y las inclinaciones de cabeza y las alzadas y llevadas de las manos de él hacia la nuca en un conato de desatarse el cordón de sujeción de la máscara mientras dice las frases que a Peatoncillo se le han mostrado como las mágicas y definitivas, pues siempre, después de decirlas, las muchachas bajan en la siguiente parada junto con el luchador a quien lo único que se le nota no es ya ni el par de ojos sino la inmensa satisfacción y el placer adelantado que de ellos se le desbordan por cuyos agujeros correspondientes de la máscara. Peatoncillo no avanza a pesar de la luz verde que se lo permite y de los claxonazos de los autos de atrás que se lo imponen; él está, tomado del brazo por Osuna Uto quien se lo sacude para que vuelva en sí y avance, sin escuchar lo que éste dice, sin parpadear, vuelta la cabeza hacia la pareja, absorto en su intención de captar las últimas frases, las del convencimiento final, que se le han escapado en otras ocasiones y que el luchador dice por último para derribar la resistencia de las muchachas antes de bajarlas de la pesera para irse, sin duda por la forma en que ya sobre la acera caminan acaramelados y tomados de hombro y cintura, a acariciar y acostar en algún lado: de veras, reina, mira, lo más importante para un luchador, lo que nunca haría ni he hecho por nadie, soy capaz de hacerlo por ti de tanto que me gustaste, siento que ya estoy enamorado, reina, mírame ya lo estoy haciendo, voy a desamarrar las ligas para que veas mi verdadera identidad, desamárramelas tú si quieres, o mejor nos bajamos, pues tampoco se trata de que todo el mundo me vea, es mi don más preciado, lo único que tengo, mi secreto, mi identidad oculta, y estoy dispuesto a revelártela a ti, reina, mira que ni a mi madre...

Peatoncillo arranca por fin. Toma nota del recurso.

Luego, el licenciado Nyaguip Osuna Uto va a ver a Peatón en su taller y con él sí agarra más valor y se anima a decirle que eso que están haciendo, Peatón, está muy mal, con esta gente no se juega usted no sabe los alcances de Don Roberto Carrón, usted no sabe, Peatón, cómo se las gasta ese hombre, tiene mucho poder..., y luego está la fuerza de Red América detrás de él, y también su cuñado Ibrahim Nalquila Kosher, que dicen que es mafioso, usted sabe lo que digo Peatón, no vayamos a tener después que andar visitando a Peatoncillo otra vez en la cárcel, o lo que es peor, en el cementerio...

Nyaguip Osuna Uto mira de reojo a Peatón tratando de ver si sus amenazas trianguladas causaron efecto. Peatón continúa sentado en la silla frente a la mesa-escritorio-comedor-mesa de juegos-mesa de televisión-mesa de ping pong-silla comunitaria de su taller y se pasa las cartas de la correspondencia de mano en mano viéndolas fijamente por todos lados como si no supiera que sólo son cobros y más cobros y amenazas de juicios y más amenazas de juicios por falta de pago a veintitrés tiendas departamentales y treinta y dos instituciones de crédito; ah! y también a Sam's. Peatón no acusa reacción alguna ante las palabras del licenciado Nyaguip, éste insiste un poco más conciliador: y no se está pidiendo nada irrazonable Peatón, sólo aquello en lo que usted y yo quedamos muy formalmente; la verdad Peatón, yo nuuunca me imaginé que usted faltara a su palabra, puedo hasta no estar de acuerdo con los métodos y presiones de Don Roberto Carrón, pero esta vez él tiene razón, Peatón, esta vez el señor tiene razón, el que está quedando mal, y *muy mal*, es usted.

Peatón junta toda la correspondencia y la acomoda haciéndola rebotar varias veces sobre la madera de la mesa, luego le da golpecitos por la parte de arriba y por los lados; después de un silencio eterno deja las cartas en una esquina, junto al teléfono, se lo señala a Nyaguip y le dice ¿Ha oído usted, licenciado Osuna Uto, que suene este aparato durante el tiempo que estamos en la plática? ¿verdad que no? ¿sabe por qué?, ¿será quizá porque le bajo el timbre porque no me gusta que suene fuerte y nos espante? ¿porque lo desconecté de allá de la pared para poder hablar a gusto con usted?, ¡NO!, es simple, llana y pinchurrientamente porque nos lo cortaron, lo tenemos cortado desde hace seis semanas porque no tenemos en este changarro ni un pinche quinto para pagar el recibo!, hablando de recibos licenciado Osuna Uto, Peatón retoma en ese momento la correspondencia y se la sacude a Nyaguip a un centímetro de la nariz, ¿sabe qué es esto?, ¡ciento setenta y ocho cartas de cobro, de citas para llegar a acuerdos con licenciados como usted, de citatorios ante juzgados, ¿sabe por qué?, porque no tengo cómo chingados pagarles lo que les debo, debo hasta los calzones!, me chingan y me chingan, por un lado y por el otro, parezco puta callejera! treinta y cinco requerimientos de pago de impuestos a Hacienda!, yo qué chingados les voy a pagar! si no gano un centavo carajo!!, y aparte de eso mi vida, a raíz del pinche problema de Peatoncillo, quedó deshecha, terminada!, no tengo lana, no tengo cómo conseguirla ¿ve usted clientes en este pinche taller?, mire hacia todos lados, busque hasta por abajo de ese pinche auto que ve ahí que es el único que me han traído a componer en el último mes, ¿verdad que no? ¿verdad que se ve a leguas que estoy jodido?, y me salen con que lo del "cambio climático", me preocupa muuucho lo del pinche *cambio climático*!, ya mero! verdad licenciado?, como si no trajera yo otras cosas!, tengo a mi madre enferma, chingue y chingue que la vaya yo a ver porque no van ni mi hermano ni mis dos pinches hermanas buenas para nada, no sé dónde está mi hija la Peatoncilla hace días que no sabemos de ella, disculpe usted Peatón, le dice extrañado el licenciado Nyaguip, ¿qué la que andaba perdida no era su señora esposa Peatona?, ¡Claro que sí Nyaguip, ésa también!, pero resulta que hace tres días que Peatoncilla no vuelve a la cueva, no sabemos nada, ni dónde pueda estar, Dios quiera, Peatón se persigna tres veces rápidamente y mira hacia el altarcito de San Judas Tadeo en uno de los nichos de la pared grande del taller, que no le haya pasado nada, tal vez tú no sepas papá qué fue de Peatoncilla, piensa en el mismo momento Peatoncillo en su pesera, pero yo sí lo sé, nomás que no te digo para no preocuparte aun más, mejor dejamos las cosas así por un tiempo, al fin que a lo mejor las cosas cambian más rápido de lo que uno se espera y todo vuelve a su cauce y para qué te preocupo?, me preocupa un chingo!, le dice Peatón en su taller al licenciado Osuna Uto, no puedo dejar de pensar y pensar en Peatoncilla, y está lo de mi esposa también, que no la encuentro, aún no encuentro a Peatona no aparece tampoco!, y Peatoncillo anda quebrándose el lomo manejando veinte horas diarias en esas pinches peseras de la chingada sólo porque después de pisar la cárcel quedó como apestado, no hay quien quiera emplearlo!, y ayer me enteré que quieren hablar conmigo de la escuela de Peatoncita porque no se qué, la agarraron haciendo no se qué cosa..., así que no me joda licenciado Nyaguip con eso de que si di mi palabra o que no estoy cumpliendo o qué carajos!, no nos hagamos güeyes, el cerro no es nuestro, tiene usted razón, ni mío ni de Peatonurio ni de mis hijos ni de toda la gente que a últimas fechas ha empezado a subirse de nuevo para quedarse allá, pero si a ésas vamos, tampoco es de Roberto Carrón ni de su hermana ni del puto Ibrahim, ese cerro es del PRE, ¿por qué cree que lo llaman el Cerro de las Elecciones?, porque desde hace siglos el PRE pone ahí con cal sus letrerotes gigantes blancos bien grandotes para pedir que voten por sus pinches candidatos!, y vaya usted a saber!, lo más probable es que ni de ellos sea tampoco, que se lo hayan apoquinado nomás a la brava como acostumbraban!, bájele a sus amenazas Nyaguip, vamos a suponer que sí es del PRE ese cerro, qué!, ¿nomás porque Carrón y Kosher son bien poderosos y bien chingones, ya por eso nomás, tienen derecho a transar con los partidos políticos o a quedarse con los terrenos que les dé la gana? y nosotros los jodidos no?, ahora es Peatón el que ve de soslayo al licenciado Osuna Uto para saber si su discurso está haciéndole efecto, ¡claro que no!, si ellos tienen derecho a meterle mano al cerro como lo han ido haciendo para sacarle el pinche material de construcción y acabar aplanándolo para ampliar su pinche barrio elegante ése de la parte de atrás..., entonces tanto derecho tenemos nosotros como ellos de quedarnos con él, de seguir viviendo ahí porque si el cerro que no es de ellos ya es de ellos, pues también es mío y de mis hijos y de mis amigos y de todos los nuevos vecinos que se están yendo chido para allá.

Peatón sonríe divertido y burlón, retador. Así, con la misma expresión, ve cómo el licenciado Nyaguip Osuna Uto sólo agacha la cabeza, la mueve negativamente y la sigue moviendo así mientras camina rascándose la nuca hacia la salida del taller; antes de cruzarla se voltea y deteniéndose del portón metálico le dice a Peatón: van a acabar chingándoselos Peatón, esos tipos van a acabar partiéndoles la madre, no diga que yo no se lo dije, y esta vez yo no voy a ayudarlo, me va usted a ver del lado de ellos; entre a ustedes o a mí, mejor a ustedes!

Nyaguip se da vuelta y sale. Peatón no deja en ningún momento su expresión socarrona.

Peatón es actor.

Pero Peatón está, esta vez, que se orina de miedo.

Llegan las lluvias. Los grises cargados en el cielo. Los peores embotellamientos. San Pablo Laguna y sus alrededores quedan inundados.

Peatoncillo es corrido del trabajo de chofer en las peseras. Al observar las calles inundadas busca trabajo como conductor de chalupa o cualquier otra especie de embarcación, hasta sueña con iniciar una modalidad de negocio más a la europea, con barcas como ésas de extremos altos curvos redondeados y a bordo un tipo fornido y pretencioso, *él* tiene el tipo, con playera de rayas gruesas estilo uniforme de cárcel pero al revés, cantando y empujándolas con una garrocha; Peatoncillo no ubica ni los nombres de las cosas ni el lugar donde se encuentran, y aunque él sí supo alguna vez que Venecia estaba en Europa, ya no lo recuerda ni lo asocia. Amnesias de peatón estudiantil. Peatoncillo es disuadido de iniciar la empresa por los peros de una burocracia metropolitana cerrada y poco imaginativa. Peatoncillo es decepcionado. Peatoncillo es golpeado un día al volver de buscar un empleo de elemento de seguridad en una escolta de gerente de empresa. Tres tipos lo levantan cuando desciende del camión que lo lleva desde la salida del metro hasta las faldas del Cerro de las Elecciones. Le dan una paseada por toda La Rosarito, lo bajan en el Callejón de los Papas, así le llaman al paso entre las calles Aconcagua y Pico de Orizaba, una callejuela de un metro de ancho y diez de longitud donde a los transportados ahí les dan pá- pás, pá- pás, pá- en el hígado, -pás en la cara, pá- en el estómago, -pás en la cara, pá- en los testículos, -pás en la cara... y papas!; luego se lo llevan otra vez para el cerro y antes de echarlo al pie de la escalinata de Peatón le dicen, aun dentro del auto: dile a tu pinche padre Peatón que se baje del cerro, si no, le va a tocar a él, y peor.

Peatón es madreado. Y peor.

Peatón y Peatoncillo hablan varias veces sobre el problema. Peatoncillo, que ya se imagina en la cárcel otra vez, torturado y hasta ejecutado, le dice papá, ya estuvo bueno, ya vámonos, qué nos

149

quedamos a hacer aquí?, nos conviene hasta un cambio de aires, yo ahí la llevo ya en mi nuevo trabajo, hasta un pinche taxi me dieron para que lo ruletee, está muy pinche pero jala bien, y voy sacando dinero diario, no me está yendo mal, es hora de irse papá, de probar otros lados, ya no tenemos nada que hacer aquí, mamá quién sabe dónde esté, Peatoncilla quién sabe dónde ande y con quién, y mi hermanita la Peatoncita puede acomodarse en cualquier otra escuela de volada, apenas va en cuarto año de primaria, como quiera se ambienta.

Peatón permanece callado.

Peatón es mudo.

Una noticia cimbra de pies a cabeza a Peatón. Sólo porque está acostado viendo la televisión no se derrumba. CNN en español transmite que tres muchachas fueron vistas siendo arrastradas por la corriente salvaje provocada por las lluvias en la crecida del Río Negro, a diez kilómetros del extremo norte de San Pablo Laguna. Testigos presenciales señalaron que las muchachas, en edades entre quince y dieciocho años, gritaban desesperadas e intentaban asirse de troncos y pedazos de madera y diversos objetos que el río llevaba en su corriente. Una trató de agarrarse de las ramas de un árbol, que llegaban hasta las aguas rápidas e incluso se adentraban en ellas por momentos a causa del fuerte viento, pero fue inútil, momentos después desaparecieron de la superficie la cabeza y los brazos de la chica, como los de las otras. Habitantes de San Estero, localidad situada a orillas del río, a doce kilómetros de la ciudad capital, Laguna, comentaron que momentos antes vieron a las muchachas cuando pasaron por el pueblo, iban vestidas normalmente, dos de ellas con uniforme escolar y la tercera con pantalón de mezclilla y blusa azul claro...

Peatón baja volando la escalera a pesar de la noche y la lluvia; corre por las calles oscuras y vacías de La Rosarito hasta llegar al Parque Municipal, al primer teléfono. Marca el número del sitio donde Peatoncillo encierra su taxi.

Marca también los números de las casas de Pietra y Piedad, los lleva desde hace días en el bolsillo, siempre con él, sí señor, sí señora, yo sé que ya les pregunté eso, entiendo señor, entiendo señora, sé que sólo los molesto y los pongo nerviosos, ya entendí que sus hijas están bien y están en casa y no perdidas como mi Peatoncilla, discúlpeme señor, discúlpeme señora, es que mi pobre hija aún está perdida y no sé qué pensar estoy desesperado!, perdida no está papá, qué perdida ni qué ocho cuartos!, cómo decirle a usted para que ya no se preocupe!, chance

150

y lo preocupo más, a usted que lo respeto, papá, te quiero mucho aunque casi nunca te lo digo, es mucha la presión que traemos papá la que traigo yo encima, que si la cuenta del taxi, que si los choques, que si ya nos madrearon los de la constructora, que si van a llegar con un grupo paramilitar de choque de los acostumbrados a partirnos la madre, a bajarnos de ahí, a sacarnos del cerro a como dé lugar con los pies por delante, que si no hay chamba en el taller y no ganas ni un peso, que si ya nos cortaron el cable, que si te presto para que lo reinstalen, que si ya el vecino de La Rosarito nos cortó el teléfono, que si te presto para darle un abono, que si la pinche vaca se caga cada vez más veces, que si yo no limpié, que si ya no da leche, que si el pinche Nyaguip *licenciado Osuna Uto* traidor te ha ido a ver cien veces, que si ya te amenazó, que si yo me paso los días enteros metido en este pinche taxi, que si ya no te veo, que si ya ni platicamos, un chingo de presión la que traemos encima, que si Carmen Apié ya quiere que me case y adónde me la voy a llevar a vivir papá, ni modo que a la pinche cueva con la pinche vaca viéndonos cuando cojamos, qué vergüenza papá!, mugiendo cuando muja la Carmen de placer ahí no hay espacio papá, ni modo que nos vea la Peatoncita, no entiendes que hay que irse de ahí, cómo te lo digo, cómo te convenzo que hay que irnos para otro rumbo, cerca de donde guardo el taxi, tú allá encerrado en la cueva por las noches sin hacer caso papá viendo televisión como hacía mamá, es mucha la presión, ahora hasta que si Peatoncita tampoco quiere que nos cambiemos, quesque ella está muy feliz en esa escuela, que si hasta llora y patalea porque no se quiere ir de ahí, ¿qué le ve a ese pinche cerro papá? ¿para qué chingados quiere andar en esos rumbos bien pinche peligrosos? ¿qué le ves a ese pinche cerro Peatoncita? ¿a qué te quieres quedar? ¿qué tanto le gusta papá? ¿qué tanto te gusta, Peatoncita?, y que si mejor nos quedamos, que si ahí estamos bien, que si yo acá ya no la hago aquí en la manejada por tanta pinche presión, que si esta lluvia de la chingada que no da para donde hacerse ni avanzan los autos, hasta da para quedarse como pendejo viendo las noticias en las lap-tops de algunos pasajeros, que si has de estar pensando papá que Peatoncilla es una de las arrastradas que ya se ahogó, papá, has de estar ahorita en medio de la lluvia bien preocupado llamando a las amigas de mi hermana, preguntando otra vez si no iban con la Peatoncilla el día que se perdió, cómo iba vestida, qué ropa llevaba cuando la vieron por última vez, sí, yo sé señores que los muelo mucho, discúlpenme, así que sus hijas ya están ahí tranquilas durmiendo en su casa, comprendo que no me las pasen, que no pueda hablar con ellas, que es mejor no inquietarlas, que eso es lo mejor, que si no se acordarán de algo, que si ellas sabían de casualidad si tenía en su ropa una blusa azul, que si no dijo nada, que a ti te consta muy bien que eran buenas amigas que hasta te llamaban desde su celular cuando se veían al salir de la escuela, que era siempre, que era todos los días, has de estar con el nervio de saber, con el miedo, apanicado, ¿cómo te digo que yo sé dónde está, que anda de amante de Beto "El Cacho" Covarrubias, de una más de sus mil amantes, se fue con él, papá, a mí sí me lo dijo, me llamó y me avisó ahí a la base, ahora es una más de sus viejas papá, qué le va a usted gustar oír eso!, mejor me espero a ver si reflexiona, si entra en razón mi hermana, si ese pinche cabrón se cansa de ella y le da una patada y nos la devuelve, la tiene como a todas, bailándole desnuda sobre una mesa, sobre la cama, sobre la metralleta, lamiendo el piso por él, diciéndole sí a todo, drogándose con él, va a acabar Peatoncilla como estas pinches putas abajo de la lluvia porque hay que talonear todos los días, como tú no mi Bibi, tu eres aparte, ya métete, qué haces aquí?, está lloviendo un chingo, pásate conmigo, súbete a mi taxi, órale, te llevo a donde vayas, soy tu taxista, tu chofer, tu perro de toda la vida pero no andes así en las esquinas como van a acabar las pinches putas de "El Cacho" Covarrubias, entonces qué? no vienes?, mañana paso, ya lo ves papá, así terminan, así va a terminar mi hermana, yo ya me lo esperaba y ella me lo advirtió unas dos semanas después de que salí de la cárcel, hasta se rió y me dijo a ver si este amante que me conseguí sí llena tus expectativas güey, no como aquel Peato pobretón que le hacías feo, a ver si éste sí te gusta pinche hermano, me trata chido, me respeta, si éste tampoco te gusta quién te va a parecer?, quiere llevarme a Houston cuando salga, ya en unas dos semanas, ya ves que es cabrón, nunca lo agarran y si lo agarran sale rápido, tiene una casa allá, una mansión Peatoncillo, ya me mostró las fotos, quiere que viva allá con él, cómo te digo papá? ,cómo te digo si tú lo tomas todo tan dramáticamente y a ti es tan difícil decirte las cosas porque todo lo agarras como pinche agravio del hijo desobediente, si nomás te digo que matemos ya a la vaca que ya ni leche da y nos la cenemos de día del padre, de día de muertos o la salemos para navidad y te encabronas, imagínate si te cuento lo de mi hermana Peatoncilla!, y yo sabía que eso iba a pasar, para más, con tanta chingadera ya pensé hasta en localizarla y pedirle que nos eche la mano con "El Cacho" Covarrubias porque si ese cabrón nos hace el paro, ahí sí, hasta el licenciado Carrón y su cuñado y todos sus pinches subalternos y matones nos pelan la verga papá, se sientan en nopal, pero es meterse en líos, es lo que pienso, y mira que da para pensar en este pinche taxi aquí metido tantas horas, además es tu pedo, yo sé que así lo ves, ya no es ni por no pedir ayuda a otras gentes, es porque para ti ya se hizo causa, ya te entercaste papá, ése es tu asunto y muy tuyo y ni querrás a un cabrón como "El Cacho" de tu parte, menos sabiendo que se coge a mi hermana papá, que la tiene en su harén, yo por mí le llamaba..., pero cómo te digo?

Ni la ayuda solícita de Enelda Zapata para encontrar a Peatoncilla, ni las tortas especiales de jamón con queso y huevo cocido que amorosamente le prepara y le lleva hasta el taller, ni las restregadas que se le da de cuando en cuando, ni los consejos y préstamos económicos de su madre Peatonación, consiguen mejorar el ánimo cansado y las depresiones físicas y espirituales de Peatón. Hasta a la lluvia le perdió la gracia. Sólo se revigoriza cuando piensa en el cerro, cuando está en las reuniones con jefes de manzana de La Rosarito que han prometido que lo ayudarán, cuando les habla a los nuevos colonizadores y les explica las estrategias a seguir, cuando siente que pelea su lucha.

Peatón es terco y cerrado. No me salgo.

La vaca no se va.

La vaca no muere.

Hasta en eso Peatón demuestra de qué manera es terco. Ni Dios lo quiera, dice, y se persigna tres veces, cada que Peatoncillo le sale con el tema.

Vamos a deshacernos de ella papá, ya no aguanto ese olor; por lo menos deje que la mate, ni quién se entere, todo el asunto queda entre nosotros, y yo me comprometo a darme mi tiempo entre dejadas, y a venir con el taxi hasta acá para hacerte de cenar unos buenos bisteces, ya basta de comer tortas papá, hacemos la fogata aquí afuera, ahí sobre el pasto, entre las piedras, como aquél día de campo, te acuerdas?

Peatonación no muere. Periódicamente se enferma y toda la cosa, gritos, espantos, quejas y melindres, llamadas a los hijos que nunca van y que siguen sin ir, llamadas a Peatón que se descuelga enseguida hasta la casa de la madre grave, ésa es otra pena que traigo muy adentro licenciado Nyaguip y que me afecta mucho, hay conatos de ataques, de infartos, recriminaciones de me tienen olvidada, sin un quinto, a ver qué van a hacer cuando me vean guardando compras en el súper por las puras propinas, amenazas de los va a castigar Dios, yo nunca fui así con mi mamá, no se trata así a una anciana, van a ver, les di mi vida entera, a ver qué van a sentir cuando me muera, a ver si ahí sí me van a ir a visitar allá al panteón, de qué nos va a servir cuando estés enterrada mamá?, de qué me va a servir *a mí* hijos?, cuando esté en el cajón se van a terminar las discusiones con los hijos por teléfono, pero no muere.

Mueren sus arañas de muerte natural, sus oídos, sus ojos, los aparatos eléctricos que ha comprado, los piojos de Peatoncita, todo, menos ella.

Nos va a enterrar a todos, los va a enterrar a todos; la gente va a decir:

Peatonación no muere.

La que muere, por fin, es la vaca. Ya era hora. Estarle buscando la yugular en el cuello con ese cuchillo de comando que Peatoncillo le ha pedido prestado a otro taxista, y picándole aquí y punzándole allá y serrándole aquí y cortándole y enterrándole allá la hoja entre el cráneo y el lomo con la desesperación de que Peatón se aparezca y el asco de ver los borbotones de sangre de la bestia salpicando las camas y el cuarto de la cueva por todos lados..., y nada, nada que se moría. Pero, por fin, muere.

Cuando Peatón llega del taller encuentra el taxi de Peatoncillo estacionado en la base del cerro a la orilla del camino, observa al hijo atareado con alguna faena allá cerca de la entrada de la cueva, después ve, desde la parte de abajo de la escalinata, a la luz que sale por la entrada del agujero de la boca de la caverna, muchas tiras de carne oreándose al relento de la noche. No necesita pensar ni preguntar. Peleado con el mundo y con el hijo, fatigado de todo, cruza por el salón de la cueva sin saludar a Peatoncillo y se va directo al dormitorio a recostarse en su *king size* y a prender la tele. Le lastima el espíritu aun más ver el piso de la cueva lavado, en el baño trozos de toallas enrojecidas, sentir el olor del detergente de ropa alimonado y por abajo, todavía, el olor de la sangre.

Peatoncillo continúa cortando tiras y tiras largas de bistec en la mesa multiusos de la cueva, arrimada a lo que es la cocina. Descansa al pensar que no hubo tormenta; luego recuerda que cuando Peatón no estalla en el momento, sus rabias, imprecaciones y castigos son

154

mayores, mucho peores después. Decide acabar con el proceso de una vez, no dejar nada para los emprendimientos del nuevo día.

Al salir Peatón de la cueva a la mañana siguiente para irse al taller, Peatoncillo aún continúa colgando tiras de carne en lazos y cordones que ha tendido entre el salón y el exterior.

Ve desde lo alto alejarse a Peatón por el camino de la carretera. Siente el fresco de la mañana temprana golpeándole la cara, entumiéndole la nariz. Laguna sigue siendo para él una promesa, sobre todo en los momentos en que, como ahora, logra salirse con la suya: habrá carne de sobra, Peatón no ha dicho nada, la cueva y la recámara están limpias, no más boñigas de vaca que limpiar. Nunca. Sólo se ensombrece su ánimo cuando piensa que nada más falta que su padre Peatón agarre la onda y comience con la locura de traer otro animal cuando la carne de éste se termine, y le tome el gusto y quiera instalar un rastro ahí, o le llegue con botellas de ácidos para preparar y adobar el cuero de la res.

Nomás eso faltaba, dice Peatoncillo de malas como si lo viviera ya, comienza en nuestro pinche mundo la era pecuaria, y del curtido de pieles.

Reunión a puerta cerrada en la gigantesca sala de juntas del piso más alto de la torre II Oriente *Rafael Sanzio*, la mayor de las cuatro torres, del corporativo ROBCAR. Dos puros habanos y un cigarrillo continúan quemándose inmóviles en tres ceniceros de mármol sobre la mesa pulida inmaculada, superados por el calor del asunto urgentísimo que se discute. Ibrahim Nalquila Kosher, el licenciado Don Roberto Carrón y el licenciado Nyaguip Osuna Uto olvidan momentáneamente hasta sus vicios cuando se trata de ganar dinero, de salvar el pellejo.

Ibrahim ha manifestado su posición y expuesto sus puntos, hay que deshacerse, rápida y definitivamente, de Peatón y su amigo el basurero que son, como quien dice, las autoridades morales del cerro, los tipos que han sabido amarrarse, por medio de contactos, con líderes de partidos de la oposición; a los demás indigentes que han ido llegando a últimas fechas será fácil sacarlos una vez que esos dos hayan muerto. La desmoralizada será general, el miedo no anda en burro, dice Ibrahim, la desbandada segura. En eso del lenguaje universal, Ibrahim es maestro.

Su cuñado, el licenciado Roberto Carrón no se cansa de repetir que hay que pensar bien las cosas; si la ejecución no se lleva a cabo con precisión milimétrica y considerando todos los posibles daños colaterales y consecuencias públicas y políticas, explica Carrón, los que podemos salir bailando somos nosotros. Tú sabes Ibrahim que yo soy el primero en querer partirles su madre a ese Peatón y al tal Peatonurio y al Peatoncillo ése, ¿quién, si no yo, le estuvo dice y dice a este pendejo, señala el licenciado Roberto Carrón con el dedo a Nyaguip, el que ya se ha ido acostumbrando a que lo insulten y ni se inmuta cuando Roberto Carrón lo pendejea y su cuñado Ibrahim lo pinchea, repitiéndoselo a todas horas cuando venía a verme aquí a mi despacho, que tenía que ponerles más presión y torcerles ya en serio la mano a esos payasos? ¿quién, si no yo, habla siempre del uso de la fuerza?, pero yo insisto, dice, hay que ser sumamente cautelosos y no apresurarnos sólo porque ya nos tienen hasta la madre con su terquedad de no salirse de ahí.

Tal vez, si usted me lo permite señor Ibrahim, interviene el licenciado Nyaguip Osuna Uto, la solución ideal sería llevar a cabo de una buena vez lo que usted dice, pero combinándolo con una acción que nos permita quedar a salvo de cualquier sospecha y no tener problemas a futuro, como dice tan atinadamente el licenciado Carrón aquí presente, déjese de pendejadas y explique ya qué es lo que quiere proponer, le dice el licenciado Carrón sacudiendo la mano, lo que quiero decir, señores, es que tal vez ni siquiera será necesario que nosotros nos preocupemos por mandarlos matar, yo estoy seguro que si llevamos bien a cabo un plan que se me ha ocurrido, o sucederá que alguien haga el trabajo por nosotros y hasta sin que le digamos, o no hará falta porque Peatón bajará del cerro a toda la gente y se saldrá él también, va a desocupar las cuevas mansito y rápido, eso si no vuelve usted a cometer sus pendejadas típicas, le dispara Roberto Carrón para picarlo, tiene razón usted, licenciado Carrón, yo me pasé de ingenuo, de *pendejo* querrá usted decir, lo vuelve a picar el viejo millonario, sí, licenciado Carrón se lo reconozco y se lo acepto, yo me pasé de *pendejo* al creer que ése Peatón cabrón, cuando saliera su hijo Peatoncillo de la cárcel, nos cumpliría lo prometido; pero ahora vamos a hacer las cosas mucho mejor, y a cambiar el orden: volvemos a meter a Peatoncillo a la cárcel, o al mismo Peatón, y le damos un tratamiento tan cabrón que cuando el papá vea que su hijo está llorando, sudando y orinando sangre, va a venir arrastrándose con nosotros a decir que se sale, que ahí muere, que nos deja el cerro, pero ahí sí, primero se sale y nos deja el cerro limpiecito de invasores, y luego, ya después de ver que nos cumplió, empezamos a considerar la remota posibilidad de que el muchacho salga libre. Con otra, el licenciado Nyaguip Osuna Uto retoma su cigarrillo *Malboro*, le sacude el exceso de ceniza y le da una fumada disfrutando de la atención tensa que le brindan los dos magnates, acaban de descubrir a otra mujer asesinada en la zona metropolitana de Laguna, ésta, bajo unas piedras del Peñón de los Baños, un cerro que queda a unos siete kilómetros del Cerro de las Elecciones, eso fue hace tres días, yo me enteré hace dos, hallaron primero el cráneo y luego fueron sacando lo demás, a ustedes les consta la presión que traen las autoridades desde hace años con este asunto de "las muertas de San Pablo Laguna", en éste, como en todos los otros casos, la policía anda perdida pa'l carajo y completamente a ciegas, los dos empresarios permanecen muy atentos a la explicación de Nyaguip, echados hacia el frente con sus codos muy adentro de la mesa, sus habanos quietos y humeando aún en sus ceniceros, yo me encargo de que el oficial que lleva la investigación, y hasta me lo va a agradecer porque va a poder lucirse, compre la idea de que Peatoncillo fue el que cometió no sólo ese último asesinato sino también muchos de los anteriores, hasta podríamos sembrar el cráneo y el esqueleto entero en el Cerro de las Elecciones cerca de la cueva de Peatón, eso sería absurdo, dice Ibrahim, si ya la gente sabe dónde se encontró, pero podríamos decir, señala Osuna Uto, que se dio en un principio un dato falso para no entorpecer las investigaciones, pero eso es lo de menos, es sólo una idea, yo me encargo de todo, ya veo los titulares, dice el licenciado Nyaguip orgulloso y divertido: "Cae por fin asesino en serie de Laguna", "Atrapan al monstruo de San Pablo Laguna", "Peatoncillo Peatones resultó ser el asesino que violó y mató a ciento quince mujeres", nada mal, eh?, sólo necesito que ustedes me den luz verde y aprueben en este mismo instante lo que les propongo, y que usted, Don Roberto, hable con *su* reportera, esto lo dice Nyaguip con toda la doble intención de su voz en el "*su*" y un guiño significativo y cómplice en el ojo, el licenciado Don Roberto Carrón no sabe si Nyaguip le sabe algo o el gesto se lo hace al tanteo solamente, el empresario no imagina que el licenciado Nyaguip Osuna Uto sí le sabe, y muchas, cosas que le ha ido contando la amante de ambos, y de muchos, entre acostada y recostada, dígale usted a Giovanna Veiculano licenciado, si me permite usted esta instrucción con todo respeto Don Roberto, que filtre los datos a otros medios a partir de hoy, digamos...a las nueve cincuenta de la noche, poco antes de empezar el noticiero, y ella en su sección transmita la noticia con un reportaje de los que sabe hacer, por todo lo alto y embarrando de mugre, ahora sí definitivamente y con más saña que antes, a Peatoncillo. Los dos empresarios se miran y, como en una coreografía ensayada, se recargan en el respaldo de su asiento, estiran sus manos al mismo tiempo hacia sus ceniceros y se llevan los puros a la boca.

Después de eso señores, finaliza triunfal su exposición el licenciado Nyaguip, ni vamos a tener que preocuparnos por mandarlo matar: o se suicida a lo bonzo en medio del patio principal del

Reclusorio, o inicia una huelga de hambre definitiva o cualquier otra medida desesperada inútil, y no va a faltar un resentido, y eso de uno es un decir, porque los ánimos del pueblo en general están muy caldeados por tanto asesinato..., no faltará un desequilibrado, una loca, un fanático que se acerque y lo ataque; aun mejor, la gente va a lincharlo.

Otra reunión urgente a puerta cerrada; ésta, en la cama gigante de agua del dormitorio principal del penthouse de lujo que el licenciado Roberto Carrón le ha regalado a Giovanna Veiculano en *El Caravaggio* y en el que ella le hace el servicio completo al viejo millonario por lo menos una vez por semana. Hoy no es viernes, pero Don Roberto Carrón trae dos urgencias: darle las nuevas instrucciones a Giovanna Veiculano..., y sentársela encima.

Don Roberto le explica, le ordena; pero Giovanna no va a decir que sí humilde y dócilmente como otras veces. Tiene razones poderosas para negarse ésta a seguir las instrucciones del empresario, y va a defender su postura aunque tenga que imponérsele al jefe con el imperio de su coño y zonas aledañas, llevando a cabo cosas especiales, aquéllas que especialmente le repugnan al hacerlas con el viejo. Tú sabes muy bien Roberto, comienza su explicación, que el sueño más grande de mi vida era que llegásemos a tener un lugarcito para estar los dos solos y tranquilos y no tener que estar a las carreras y escondiéndonos como hacíamos cuando íbamos al Motel *Vail Palace*, recuerdas?, eso se lo dice sonriendo con inocencia fingida y sumiéndole el índice en la panza al viejo, y sabes también muy bien, corazoncito, ahí la mujer se le acerca y le planta un beso en la mejilla, cuánto aprecio el que me hayas comprado este departamento precisamente en Lomas de los Emperadores, la mejor zona de Laguna, y te consta también, aquí Giovanna se le acerca más, le toma la mano derecha al magnate para ponérsela ella misma sobre su pecho y le suelta el susurro pegadito al oído y mojándole al empresario la oreja con sus labios, lo feliz que soy de que nos encontremos cada que tú puedes, y los viernes por la noche ya de cajón, claro, aquí en nuestro maravilloso nido de amor para amarnos como Dios manda y sólo tú sabes hacerlo; para cuando Giovanna llega al "hacerlo", ya el viejo millonario consiguió la erección debajo de las sábanas y está más que dispuesto a decirle que sí a la reportera, sea lo que sea de que se trate lo que va a pedirle, entonces, amorcito, continúa Giovanna subiendo paulatinamente la voz y colocándose poco a poco a un lado de Don Roberto, sentada ella como niña dogmática sobre sus propios talones en la cama, vas a

158

comprenderme perfectamente bien que por todas esas razones *esta vez*, *sólo* esta vez, yo sí, no puedo obedecerte, yo no estoy de acuerdo ni voy a contribuir de ninguna manera a que los constructores saquen a esa pobre gente de ahí y sigan explotando el cerro para acabar agotándolo y desapareciéndolo de la faz de la tierra, eso sí que no, a ti se te olvida, amorcito, que *este* edificio en el que me compraste *esta lindura* de departamento está en la zona más occidental, la Sección *Carlos I del Buen Destino*, la mejor y más cara, y más selecta, del barrio Lomas de los Emperadores, el más lujoso y caro no sólo de San Pablo Laguna, sino de *toda* América Latina, y que precisamente este edificio está a un lado, pegadito al Cerro de las Elecciones, si te sales y te asomas para atrás tantito, vas a darte cuenta y vas a recordar que ese cerro es precisamente el límite entre éste lujosísimo barrio, que por otra parte por disposiciones oficiales caducas no hemos podido lograr que nos permitan cerrarlo a todo tránsito peatonal y vehicular, y esa mugrosa colonia cutre, asquerosa, yo creo que la más mugrosa y *pinchurrienta* de todos los alrededores de Laguna, llena de puercos miserables que no tienen ni un quinto, y que queda *exactamente al otro lado* de *ese* cerro, ni más ni menos que...La Rosarito!; sí corazoncito, exactamente aquí, como dicen, *tras lomita*, están las cuevas de Peatón y Peatoncillo y todas las otras y los paracaidistas e invasores y esa colonia gigante de indigentes que es toda una ciudad perdida, y óyeme bien y te lo digo en serio corazoncito, *perdida* para siempre, ésa no tiene arreglo..., y vienes a pedirme tú que colabore yo a destruir este paraíso de gente como nosotros, con clase, selecta, millonarios, buenos católicos, este oasis de placeres y estilos selectos, de paz y tranquilidad, quitando de en medio la única barrera protectora que nos separa hasta este momento de esos apestosos?!, yo no te ayudo a eso, yo, paso!, ¿sabes qué va a ocurrir cuando tú y tus socios quiten de en medio esa montaña que es lo único que nos protege más o menos de esos vándalos?, va a pasar que esos nacos indígenas van a caminar por nuestras calles como si nada, van a venirnos a asaltar como si nada, a secuestrar como si nada, a sacarnos los muebles y los aparatos de la casa y robarse nuestros *Tamayos*, *Fridas* , *Boteros* y *Sorianos* como si nada, van a venir a hacer sus días de campo con toda su naqueza y su desmadre a nuestros parques, hasta van a venirse sus perros, que no son de ellos porque ahí sólo hay perros callejeros, a cagarse y a hacer sus necesidades en nuestros paseos y jardineras, me entiendes? ¿puedes verlo?, y lo que es mucho peor, como ya no va a estar el cerro por donde ahora rodean, sus mugrosas peseras y camiones van a querer cortar camino para llegar al centro de Laguna pasando por aquí, por nuestros paseos y retornos hasta ahora vírgenes de nacos, y van a entrar como toros de lidia en estampida a aventadas,

159

cerrones, saltos, tumbos, embestidas y trompicones, como acostumbran, y a echarnos a perder el pavimento, el camellón y los arriates, y a soltar sus humos negros por atrás como pedos hediondos y fétidos de vísceras e intestinos animales, porque así son esos camiones, como vientres repletos de parásitos peatones, ¿eso quieres amorcito? ¿que vengan a descargar aquí sus heces y sus bolas de excrementos?, no!, ahí sí que no, eso sí que no, amorcito, para eso sí no cuentes conmigo! yo no le entro..., yo, paso!

El licenciado Don Roberto Carrón deja el departamento, el edificio. Ha decidido pasar la noche ahí pero levantarse más temprano. Al salir le pide al chofer del Mercedes que lo lleve hacia su despacho del corporativo rodeando por la parte de atrás del Cerro de las Elecciones, bajando por los matorrales y barrancas hasta La Rosarito, entre las brechas de arbustos y los caminos de terracería.

La bilis se le derrama cuando pasa por el tramo de la carretera al pie del otro lado del cerro. Ve justamente a Peatón asomado a la triste imitación que tiene de *balcón* a la salida de su cueva, observando la ciudad. Nota que hay muchos como trapos cafés colgados en tendederos por encima de Peatón, a la manera de tejas de un porche o veranda improvisados. Más arriba, a la izquierda, con cajas, botellas y desperdicios a la entrada, la cueva de Peatonurio; aquí y allá las otras cuevas, son muchas ya, con los nuevos habitantes y algunos de los viejos, que regresaron, y las tiendas de campaña improvisadas cerca de los orificios de las entradas, y los cartones superpuestos de los que están instalándose ahora ahí; ve incluso gente subiendo cosas por el camino fácil, la escalinata de Peatón; a la derecha de la limusina, la colonia La Rosarito en todo su tétrico esplendor de tiraderos de basura, callejones torcidos, centenas de gatos vagabundos, miles de ratas campestres saltarinas gigantes, puestos y puestos de tacos, tortas de tamal inflado y quesadillas acedas, mercados improvisados sobre el lodo, champurrado acuoso de millones de moscas por doquier mareando a billones de perros en ayunas, baches, baches y más baches, trillones de baches, casas, más y más casas de ladrillos pelones. Peatón en las alturas tiene una expresión confiada. ¿Será que no siente que le está llegando el agua hasta el pescuezo y la desgracia se le viene encima?.

El licenciado Carrón le ordena al chofer que se detenga; luego, observa unos instantes, arriba a su izquierda, el cerro, abajo a su derecha, La Rosarito. La autoestima se le revuelve, su orgullo sufre, su estómago vomita..., y eso que, por los cristales polarizados de su auto, no percibe el verdadero color de la miseria.

El agua es agua y con una gota se desborda.

Debe comenzar a pensar en las otras posibilidades, a reconsiderar. No cuenta con Giovanna, la empieza a sentir como astilla en el dedo; para ser coherentes, como agua que le encharca el zapato. Lo que haya que hacer habrá que hacerlo ya. Lo peor en estos casos es quedarse inmóvil, sin decidirse a dar un paso para ningún lado. Hay veces en la vida en que hay que hacer las cosas a la manera dura, desagradable, pero definitiva.

Hay veces en la vida en que la mujer es piedra, y la piedra es piedra y lastima cuando se trae en el zapato; pero si es grande sirve para aventarse, para romperle a alguien la existencia.

Al llegar a su despacho el licenciado Don Roberto Carrón le pide a su secretaria que lo comunique inmediatamente al iPhone de su cuñado Ibrahim y al Blackberry del licenciado Nyaguip Osuna Uto.

Les lleva cinco kilos de carne a Carmen Apié y a su mamá, y ocho a Giovanna Veiculano, la compré en una carnicería muy buena por los rumbos de La Rosarito, le dice a la muchacha, pretencioso. Giovanna le contesta: cómo eres cuento!, has de estar de inventor como cuando me decías que no podías quedarte más tiempo a mi lado porque tenías que ir con unos amigos a ver lo de unas inversiones, y luego me voy enterando cuando te pasa lo del súper que más pobre no podías ser y vivías en una cueva!, casi me da el infarto, casi me da más coraje eso que la infidelidad con la india naca!¡guácala!, así has de estar ahora, tratando de pararte el cuello, no cambias, nunca vas a cambiar, según tú muy cambiado y ya muy propio pero fíjate, también ahora insististe en que para conversar nos viniéramos a sentar aquí a la acera como te gustaba antes, *banqueta* dice él, "*acera*" concluye ella, la cabra siempre tira al monte, digo, sin ofender, y de seguro esa carne la compraste con algún vendedor ambulante que sacrificó unos perros por allá por tu colonia, no inventes!, o hasta a lo mejor el criadero de perros lo tienes tú y tú mismo mataste al animal y rebanaste los "filetes". Giovanna no sabe que, en esencia, está dando en el clavo. Nada más porque te quiero mucho, corazoncito, porque estás bien bueno y me encantas, nada más por eso te paso todo lo que haces, y que andes de coscolino con quien se te antoja, y te acepto como eres. Nada más para que veas cuánto te quiero, corazoncito, aquí Giovanna le aprieta con la mano derecha la nariz y con

161

la izquierda le acaricia intencionadamente los de abajo, te voy a contar un secretito, nada más para ti: el licenciado Don Roberto Carrón, mi jefe, me quiso ordenar que haga yo unos reportajes para lograr que los bajen a ustedes del Cerro de las Elecciones y los echen de ahí de una vez por todas, cómo ves?, y yo le contesté que podía correrme si quería, despedirme en el acto, yo le dije, amorcito, despídeme de una vez si quieres y hasta sin liquidación, pero yo no puedo hacer eso, yo no puedo meter en más dificultades a esa gente buena y trabajadora que no se lo merece, ya viste todo lo que pasó un día por hacerte caso, empecé a atacar a ese pobre muchacho, Peatoncillo, y mira cuantas injusticias le cometieron, así le dije, amorcito, le hablé claro y de frente y al tú por tú, pues ¿qué se cree? ¿qué se ha creído? ¿que yo no tengo valores y voy a destruir la vida de la gente así nada más porque sí porque él me lo pide?.

Yo te adoro Peatoncillo, me encantas, voy a estar de tu lado hasta la muerte.

Sábelo.

Así es la vida, y lo peor de todo, es que se va.

Peatoncillo se exprime un grano grande frente al espejo retrovisor de su taxi. Hay tiempo de sobra. Cláxones, voceadores, vendedores ambulantes, olor a *smog* denso, a fritangas de perro, anuncios gigantes en las alturas. Lo de siempre. Acerca más su cara al espejo. Se mira fijamente. Piensa que han pasado muchos años, que ha quedado una cicatriz demasiado marcada en el lugar de la espinilla gigante. Son demasiados, piensa; llevo cincuenta años en esta chingadera. Hinchándome los pies, sangrándome las hemorroides, partiéndome el lomo que ni puta de Viaducto y División del Norte, bueno, ni cargador de diablito en la central de abasto, hacedora de moños en localito navideño, auxiliar de tablajero, llevador de perniles al hombro en la central de abasto. Partiéndome la madre. Como buen taxista en la ciudad más poblada de la tierra, San Pablo Laguna; dicen que hay otras, para mí que es ésta. Aunque me la conozco toda y pueda llevar a una viejita a la segunda sección de la Carlos Gardel para que la

162

asesinen, a una joven por los rumbos de Santa Teresa para que la violen, a unos muchachos por los tiraderos de la Santa Cruz Meyehualco para que les den punta y los descuarticen antes de echarlos entre latas y frutas podridas a los perros, los zopilotes y las ratas, o a un par de policías hasta los intestinos mismos de San Juan Ixhuatepec para que los asen al carbón, prefiero mantenerme por los rumbos que transito desde que el licenciado Osuna Uto me consiguió jale en las peseras y me inicié en esto de la manejada, los de la Ruta 9. Hacia el norte y hacia el sur por las laterales de la Autopista Vehicular Exterior desde Villa Jardines hasta el Museo de Antropología, bordeando por la colonia Punta del Este, San Jerónimo, las Misiones y los faldones de los cerros de San Ángel, el Peñón y el de las Elecciones. He mejorado, que ni qué, hace tiempo que es ya un taxi en lo que ando, y es mío. Pero me gusta mantenerme fiel a los rumbos de esta ruta porque a estas alturas de mi vida me lo tomo con calma, ya no claxoneo a lo cabrón como antes, ni me desgañito mentándoles la madre a los de adelante, ni me rasgo la camisa por el maldito tráfico. Aprendí cosas de la vida, vivo tranquilo, todo positivo chico, todo calmado, en buena onda, en paz. Hasta prefiero andar siempre por aquí porque los embotellamientos infinitos me dan tiempo para pensar, platicar con algunos pasajeros, aconsejar muchachas, escuchar confidencias, adoctrinar colegas, leerles el futuro, curar enfermos, invocar espíritus, analizar los bajones de la Bolsa, las campañas de los candidatos, y componer el mundo...

De los males el menos. Aprendí a sobrellevar mi infierno. Consigo salir a mi trabajo aún con un poco de ilusión cada mañana, aunque eso es sólo una forma nomás de platicarlo. Yo no salgo a mi trabajo cada día, sino que *vivo en mi trabajo*; por ejemplo: llevo tres años aquí, en este caso, sin avanzar ni un metro, en el mismo lugar de la misma cuadra de Paseo de la Libertad frente a la misma casa anaranjada ante la que me detuve porque los autos delante de mí dejaron de avanzar a cero punto cero cero cero cero dos kilómetros por hora para detenerse por completo, entre Viaducto Río Grande y Avenida Navegantes. Una casa anaranjada, al lado, una como Clínica para arreglarse los dientes, *pagos diferidos en cómodas mensualidades...*, y muchos, muchos puestos callejeros de tortas, tacos y fritangas por todos lados; mal da para ver las casas. Como quiera, hay que ganarse el pan. Como dice mi primo el emigrante con sus hablares champurrados de Arizona cada vez que se deja caer desde Phoenix para pasar la navidad en casa: *itís a derti llov, bot somguans got tudúit...*

Es como ser cantor, mariachi, futbolero, profesor de la UNAM, valet de valet parking, ginecólogo, narco, diputado, mecánico, especialista en dietas, sacerdote, suicida, caporal de algún rancho...o mecánico; sólo

163

otra forma más de pasarse la vida.

Supongo que eso significa madurez. Que he madurado.

Todo tranquilo chico, todo buena onda.

Ya no me desespero tanto ni cambio tanto de trabajo como antes, ni soy tan rebelde, ni tan *contreras* ni tan inconsciente. Ni hago tanto desmadre.

Soy otro, como, aunque crean que no, acaban siendo *otros*, todos, después de cincuenta años. Si uno no se suicida, termina por ser otro. Y si no, que lo diga mi padre, Peatón, que para este momento habrá de estar allá en el cielo riéndose de la vida y de la muerte. Ah!, qué mi padre!, él supo muy bien de eso pues recorrió los dos caminos: quiso matarse, y quiso seguir viviendo. Y aunque dijera que no, aunque la gente dice que uno siempre será el mismo..., después del tiempo suficiente, para unos, cinco, para otros, diez o veinte o treinta, para otros cincuenta años..., uno acaba siempre siendo otro. Haciendo lo que uno siempre dijo que no haría, soportando a quien uno siempre dijo que no soportaría, soñando sueños más chaparros que los que soñó uno antes, aprendiendo a vivir con la pinche mediocridad de las limitaciones, con las ironías de las ausencias, con los mendrugos de pan que nos echan los otros; con el infierno.

Aaah! chingá!, me volví filósofo. Los muertos con los que he ido dejando de convivir seguramente dirán "eres el mismo", "nunca vas a cambiar", "genio y figura...hasta la sepultura". Pero yo sé que no. Sé muy bien que he cambiado. Soy otro. Puedo verlo en el espejo que me refleja el rostro en este taxi, en las arrugas que alcanzo a distinguir bajo mis ojos, en el infierno superado.

Aprender a vivir con el infierno de uno, dicen unos que se llama así: madurez, inteligencia, filosofía. Yo digo, a pesar de todo lo que diga en estos años que llevo inmóvil a la mitad de esta avenida, que es el atisbo del otro lado de la muerte.

Aaaaaah! chingaaá!!, qué filósofo ni qué ocho cuartos!, en estos años aquí haciendo este trabajo de jodidos, muriendo de taxista, me he vuelto más que eso!, me buscan para pedirme ayuda, me piden para buscar consejo, no soy ya Peatoncillo, chofer de la pesera de la Ruta Nueve, comenzando a trabajar donde me mandó aquel cabrón del licenciado Nyaguip Osuna Uto; soy Peatón, ahora soy Peatón, como mi padre muerto, como su padre; soy Peatón, todo tranquilo chico, todo en orden, y transito en esta Ruta sólo porque me divierte, en buena onda, todo calmado, sólo porque me gusta andar por los mismos rumbos en que rolé cuando era más pobre y más jodido; hoy soy pobre a secas, y si le quiero hacer más al maduro, al filósofo: soy rico!, tengo hasta taxi propio, tengo muchas cosas en la vida, soy respetado, querido, buscado por los cuates, tengo un sitio en la vida, me dicen El Chamán. Soy Peatón, *El Chamán de la Ruta Nueve*!

Eso de *andar* por los mismos rumbos, como diría aquel güey con el que compartí la celda hace ya un buen, es todo un Eufemismo. No *ando* de ningún modo. Tres pinches años detenido aquí parado aquí sentado aquí bloqueado aquí en este mismo puto lugar. Ni para atrás ni para adelante, ni para los lados. Hace un año quise cambiarme de carril pues a pesar de mis filosofías, y del *todo bien, todo tranquilo chico, todo buena onda*, y de que estaba aquí conmigo como pasajera una chava buenísima del TEC a la que además de hablarle al tú por tú podía yo admirarle la carnosidad entre las piernas de lo tan abierta y buena onda que era, estaba yo ya que me llevaba la chingada y bien desesperado porque aunque uno diga que sí, que ya entendió uno todo y hay que andarse con calma y tomar las cosas como vienen, hay veces en que se le sale a uno la fiera y vuelve uno a ser el mismo desmadroso, cabrón, hijo de puta irresponsable perro, y no entiende por qué, uno no halla *por qué!* va a estar desperdiciándose la vida en un trabajo pinche que, literalmente, no lo lleva a uno a ningún lado.

Y ahí me tienes, que empiezo a dar de gritos y a pitar como hace mucho no lo hacía el claxon muchas veces, pinche claxon!, está cabrón, es el mismo del sonido de vaca gigante que me regaló mi padre Peatón cuando tuvo aquel detallazo de arreglar un carro para regalármelo, y empiezo también a mandar a todo el mundo a la chingada y a decirle qué me ves qué me ves qué me ves güey al conductor que está al lado izquierdo y vas y chingas a tu madre al que está del lado derecho y vuelvo a tocarle veinte veces el claxon ultrasonoro de la vaca atómica, ése que con uno te deja sordo, al cabrón del auto adelante de mí y al que le sigue y al que le sigue y al que le sigue porque no se mueven y en una de ésas reparo en que los de atrás de mí también están parados desde hace años y les digo con rabia qué me ven qué me ven qué me ven pa' qué chingados me pitan? si están viendo que yo no puedo ni avanzar porque en esta pinche ciudad de San Pablo Laguna nadie avanza ya pa' ningún lado!, y comienzo a gritarles a todos con toda la rabia alocada de mi estómago chinga tu madre chinga tu madre chinga tu madre güey y le digo a la chava buenísima que no me importa si me la cogí tres veces aquí en el taxi en los dos meses que han pasado desde que me abordó, que no me importa si hasta ya estamos viviendo juntos o somos concubinos, que no me importa que platique conmigo y se abra como se abre con un pinche Peatón, qué buena onda! ves?, o sea, no?, que por mí ella también se puede ir a chingar a su madre, bájate ya, le digo chinga a tu madre tú también!, bájate tú también, le digo al güey de negro con traje corbata portafolio y toda la cosa, y tú también le digo a la señora que trabaja en *Alpura*, y ustedes también, le digo al par de novios que se besan y se tocan y se manosean en el asiento trasero creyendo que yo soy pendejo y no lo noto, y le digo bájate también tú al ingeniero y al cantante y a la joven que va en busca del novio y a la anciana que se me figura Peatonación, mi abuela, ay! Dios!, es mi abuela, y le digo bájate también no importa, ya vas tarde para trabajar en el súper llegas mejor a pie, y bájese pinche negro y sáquese pinche güero americano!, me valen madre sus poses de turista, bájense todos les digo, todos los que se han subido a mi taxi en estos años, hasta ustedes par de pendejos de la Agencia Federal quesque muy salsas muy chingones y aquí mismito a veinte centímetros de mí en el asiento de atrás venían hablando de *mí* y de cómo iban a aprovecharse de mis antecedentes penales para ponerme un cuatro y desgraciarme la vida y sin saber que era *yo mero* el que los escuchaba ya todo un taxista con mi cédula y mi credencial y todo hasta con nombre falso inventado güeyes para sacarles la vuelta ve a ver si son pendejos, que se bajen también ustedes qué no me oyen? bájense todos les digo y grito y grito y grito y golpeo el tablero y abro mi puerta y me salgo y pateo a cada pinche limpiavidrios drogado que me encuentro atosigando el carro son como cincuenta hijos de la chingada subidos en mi cofre tallándome los vidrios hasta de mis pinches anteojos, los cristales de amor de mi ventana trasera, no quiero que me limpien nada cabrones! qué no entienden? bola de putos güeyes malnacidos bastardos drogadictos hijos de su rechingada madre váyanle a pedir dinero a su abuela a mí quién me da? que yo también lo necesito y tanto como ustedes cabrones y no pa'ndar pinchándome los brazos sino para comer, güevones! y ya entrado en gastos ya bien desesperado infiernizado pateo a cada vendedor ambulante que son un mar son miles y miles pasando como pinches arroyos de agua entre los autos y les pateo sus bolas y sus bolsas de papas y tiro sus productos y se arma todo un lío un cabronal desmadre y le pateo el trasero al *hombre-abarrote* que ofrece refrescos, sodas y cigarros, muéganos, pepitas, cacahuates, nuez de la India pistaches caramelos gomas a diez pesos! al conductor de al lado qué te llevas Chamán son dos por diez para ti me dice al verme yo le digo me llevo pura madre!, sólo que trajeras tortas yo como tortas puras tortas así me enseñó mi padre, tortas de jamón de tamal de huevo de queso de puerco de frijoles de mole de milanesa de pollo de nopales puras tortas a diario por lo menos una, y me carga en la madre que no traiga y le pateo los muéganos le pateo las cajas y su abrigo trae mercancías prendidas puestas en las solapas millón de mercancías y en la parte de adentro también para venderlas abriéndoselo como exhibicionista de parques ante niñas y niños colorados y le pateo las nalgas y me sigo de frente y pateo hasta la tienda instalada a media vía hay una tienda aquí!, hay una tienda en forma! con lámina y vitrinas y aparadores y cimientos y todo! justo en el medio de lo que era antes una *vía rápida* se sigue llamando así! siguen diciendo vete por la vía "rápida"(?) Viaducto Río Grande! no tienen vergüenza ni educación ni madre! y me vuelvo y pateo todo lo que me encuentro y lo que ya pateé porque eso hasta he aprendido que no está bien *patié* hay que decir *pateé* me lo explicó un maestro que me dio clases de lengua castellana un curso de seis meses que pasó aquí conmigo aquí dentro del taxi durante el primer año de este embotellamiento y sigo dando coces como bisonta en celo y pateo lo que hallo a mi paso cabezas cajas de pastillas tamarindos paletas leches yogures a diez pesos! estoy encabronado! les grito a todos qué me ven!? les pateo la cara y pateo bicicletas y dos motocicletas y pateo y escupo los autos de al lado y le arranco la placa al de enfrente y me subo al techo de mi taxi y me arranco los pelos y grito a todo lo que puedo chingue a su madre esta ciudad chingue a su madre este país chingue a su madre el mundo! y me derrumbo, me dejo caer de rodillas en el techo de mi taxi con las manos en alto al cielo todavía y luego me voy de bruces y quedo aniquilado. Y lloro.

Me grita un güey del autobús que está en el carril terciado y me dice no seas exagerado ni pesimista ni pendejo, claro que avanzamos güey, claro que caminamos, lento pero caminamos, no es cierto que todo esté detenido ni que nadie se mueva para ningún lado ni que nadie se mueva ni un centímetro, es que tú ves todo con ojos de traidor a la patria me dice la gente va al trabajo estudia se divierte va a la escuela se pasea, no es para tanto. Yo dejo de llorar un poco, levanto la cara sin levantar el cuerpo ahí postrado todavía y le digo con el desconsuelo que sólo tiene el que está convencido de algo: claro que no nos movemos güey, tú eres el mismo que yo vi ayer ahí y antier y antes de antier y hace dos años *ahí mismo*, esta vieja que estaba aquí subida es la misma que ha andado subida en mi taxi todo el tiempo, ese güey que ves aquí a mi lado en el auto de junto es el mismo de ayer de antier y antes de antier y del año pasado, esos güeyes que caminan por sobre el puente allá saliendo de aquel metro llevan años caminando allí, son la misma manada de recuas de bovinos que llevo años viendo pasar, cómo de que no? los mismos bueyes, borregos y chivos apestosos, esos camiones como el tuyo, pinches toros de lidia gigantes de miedo atropellando

167

transeuntes llevo viéndolos en el mismo lugar y haciendo las mismas pinches cosas desde hace todo el tiempo, todo es lo mismo, no se mueve nada a ninguna pinche parte, la misma gente del mismo lugar todos los días yendo todos mansitos a su pinche trabajo sin ir para delante ni pa'trás, todos en el mismo punto puto instante del mismo proceso, sin moverse. No seas güey me dice el chofer del autobús, claro que avanzamos, que nos movemos, no es que estemos inmóviles en un punto del tiempo, ¡Cómo de que no güey!, le digo, tú estás ahí exactamente en el mismo lugar donde estabas ayer la semana pasada la antepasada el mes último y hace diez y hace uno dos tres años y hace toda una vida!, y yo estoy aquí en el mismísimo lugar de Paseo de la Libertad entre Viaducto Río Grande y Avenida Navegantes, frente a la misma casa anaranjada que ya me sé de memoria porque llevo años porque todos llevamos años sin movernos de aquí, en este pinche tráfico de la ciudad pasmosa, gigante, monstruosa, vil, porque no da para otra cosa más que para perder la vida en la misma mitad de la misma calle todo el pinche día de todos los siglos *per sécula seculorum*, Amén. No seas güey!, me dice el güey de al lado güey, el güey del auto de junto güey, el güey de a mi izquierda güey, claro güey que nos movemos güey sólo güey que tal vez güey por coincidencia güey, porque güey es güey lógico güey, güey porque güey salimos güey a estudiar güey comprar güey trabajar güey todos los días güey a los mismos lugares güey y en los mismos güey lugares güey nos venimos güey a encontrar güey siempre güey nos venimos güey a encontrar güey en los mismos puntos güey haciendo güey las mismas cosas güey que güey, por güey hábito güey, costumbre güey, güey obligación güey o responsabilidad güey, como Dios manda güey, güey o güey inconsciencia güey qué güey sé yo güey?, hacemos güey cada día güey; güey claro güey que güey nos güey movemos güey aunque güey nos güey detengamos güey viéndonos güey las güey caras güey siempre güey en güey los güey mismos güey putos güey puntos güey!.Güey güey güey güey güey güey güey güey güey güey güey güey güey güeygüeygüeygüeygüeygüeygüeygüeygüeygüey!!!

Pos seré muy güey para ser el Chamán de la Ruta Nueve, pero para mí que los güeyes son ustedes, y al final, si es como dices tú o como digo yo, sale a razón de lo mismo, de todos modos Juan te llamas. Ustedes nomás contéstenme: ¿Qué horas son, y en dónde están?, y al rato que les pregunte otra vez, o dentro de un par de años, me contestan de nuevo; y entonces platicamos.

Güey.

Y me levanto sobre el techo de mi taxi ya más calmado,

convencido de que tengo razón, de que no hay por qué acelerarse, de que hay que madurar, de que ya maduré, de que estoy más maduro, todo está bien, todo tranquilo chico, en buena onda, todo calmado, el mundo me necesita, los pasajeros me esperan, me piden mi opinión, me cuentan sus tristezas, confiesan sus pecados aquí mansitos en el asiento de al lado allá atrás en el asiento trasero se derrumban lloran se arrepienten me cuentan lo que hicieron les digo reza quince Ave Marías dieciocho Padres Nuestros veinticinco Credos a ver comienza creo en dios padre todopoderoso, les digo qué nombre ponerle al hijo, cómo curarse el insomnio, qué brebaje tomar para curarse el mal de amores, de qué toloache darle al amante para volverlo manso, bueno, buey, soy un Chamán, me necesitan, hablamos de fútbol Peatón es comentarista, hablamos de televisión Peatón es crítico de televisión, hablamos de política Peatón es analista político, hablamos de todo, Peatón es todo, es necesario, hace falta que esté, que ayude a las personas, me calmo me sereno pienso de qué pediré la torta hoy cuando tenga hambre? me como un sándwich una torta un taco, tortas todos los días, eso aprendí de mi jefe Peatón, se puede sobrevivir perfectamente bien y saludable comiendo por lo menos una torta al día durante treinta años, es verdad yo sé lo que te digo él me decía y yo no le hacía caso, como lo de meterme a ruletero a pinche güey taxista siempre me lo insistió yo sé lo que te digo métete de taxista sólo que no confiaba yo no le hacía caso me daba desconfianza eso de verlo siempre sin trabajar en el trabajo con las manos muy limpias sin ensuciarse nada siendo todo un mecánico según él todo un mecánico!, es un agente espía pensaba yo nervioso un agente secreto decía yo dudando es alguien de la CÍA por eso siempre está Peatón como observando alejado del mundo de las cosas bromeando siempre sin hacer nada riéndose de bobadas haciéndole al quelite mirando de soslayo como evaluando todo haciendo algún informe pensaba yo dudando tal vez miembro de alguna célula terrorista de Al Qaeda de Hamas o de algún grupo islámico caótico extremista planea un atentado hace proselitismo entre sus propios cuates tal vez esos colegas están camuflajeados vienen de oriente medio musulmanes de cepa tal vez Peatón es árabe todo muy sospechoso nunca lo veo hacer nada pensaba yo dudando mecánico sí no era eso lo tengo claro pero era buena onda era todo un desmadre así fue siempre el tipo tenía razón en todo tenía razón mi padre es el juicio del hijo, lo de la torta es cierto es un grande entremés magnífico alimento yo sé lo que te digo ahora lo sé muy bien no sé por qué en la vida yo nunca le hacía caso siempre me consintió me compró hasta un perrito Perrostor le pusimos yo creo lo de la vaca fue para compensar que al irnos a la cueva nos dijo todo bien   no vamos a vivir   aquí en La Rosarito   no hay para dónde hacerse   esto está del carajo   la situación muy pinche   están ya fastidiados   están que ya no aguantan   que no soportan más   que no pueden vivir   en medio de las aguas   en medio del desierto   con estas polvaderas   con estos lodazales   nos vamos a cambiar   nos vamos a esa cueva,   cómo a una cueva 'apá?!,   nos vamos a esa cueva   y eso sí les aviso   que ái no va a vivir   ningún animalito   se chinga el Perrotón también el Periquillo   se chingan Palomita   Perrostor y Canarito   no quiero un pinche bicho   en ese hoyo jamás   ya de por sí está oscuro feo húmedo y chiquito,   él siempre con razón   yo era el que no entendía ahora lo sé muy bien   no hay por qué andar de malas, todo es calmado Peatoncillo me repito, cuando tengas un hijo vas a entenderme, todo bien todo en buena onda la buena vibra siempre da para ir viviendo, para practicar mis raps como el de ahorita que me salió chingón, voy a llegar a *hoper*, tal vez esa ha sido mi vocación de siempre, ser un buen jip-jopero, esto da para todo, buena onda chico, todo bien, aquí rinden los días, puedo hasta aprovechar el tiempo y dejar aquí esperándome a esta señora gorda que levanté hace un mes y que no se ha bajado ahora caigo en la cuenta, pero no hay pedo puede quedarse aquí mientras yo me hago el tratamiento nadie se va a robar el taxi, cómo!, si no pueden salir ni avanzar hacia ningún pinche lado!, le digo ahorita vengo señora encantadora, que está mejor conmigo contándome sus cosas que allá en casa, lo que le hace su esposo y lo que no le hace yo se lo hago mejor señora ya lo vio hace unos días pero ahorita regreso voy a hacerme unos dientes que de tanta cocacola ya me falta toda esta parte de arriba fíjese, no se apure no la voy a patear a usted ya estoy calmado ya me calmé todo está ya en buena onda, cálmate Chamán cálmate Peatoncillo me digo ya pasó voy aquí nada más a la casa anaranjada, al lado, a una como Clínica para arreglarse los dientes, al fin que dice que los pagos son *diferidos en cómodas mensualidades* y yo ya sé muy bien pues mi padre Peatón seguramente me lo ha dejado como herencia fue lo único que me dejó además del nombre y de la enseñanza de lavarme bien la grasa y el aceite de carro, me decía el *Fab* Limón es bueno, el jabón *Roma* también, el jabón *Zote* ni se diga, del mismo modo que un día crucial me dijo yo no tengo otra cosa más que este buen consejo no tengo más que darte pero así está mejor porque para andarse peleando por lo que deje el padre..., no viene al caso no está bien, verdad señora?, todo está bien, todo está muy bien, todo en buena onda me dice seguro cuando muere no te preocupes hijo nunca te preocupes sólo te doy un consejo, vale oro me dice vale pinches millones mi consejo, sólo uno, me dice: no les pagues, nunca les pagues ni al final, así que ahorita vengo señora quédese aquí está usted en su casa puede hasta hacer venir a su familia para vivir aquí no esté usted sola en lo que yo regreso, voy a que me arreglen todos los dientes de la parte de arriba ahí donde creen que voy a pagarles en mensualidades, ja ja ja! ellos también me necesitan para seguir soñando, yo cumplo una función, no me puedo rajar, ya estoy calmado, ellos me necesitan usted me necesita el mundo me necesita mis cuates también la vaca para que la recuerde, mejor me quedo, ya estoy calmado ya me calmé ya no hay fijón no hay pedo ya voy bajándome del techo ya estoy tranquilo, este joven que me aborda ahora es el mismo de ayer y hay que llevarlo, cómo le vo'a decir que no!, hay que llevarlo aunque esta pinche cola de vehículos, a pesar de lo que digan todos, no lleve a ningún lado. Y termino de descender del techo y me seco la última lágrima y me arreglo la ropa y me meto a mi taxi como hice ayer y antier y antes de antier y el año pasado y hace año y medio que aquí mismo en este mismo punto entre Viaducto Río Grande y Avenida Navegantes, frente a esta casa anaranjada me entró la loquera como me entró hoy como me entra ahora y me entrará mañana sé que de nada sirve me estoy encabronando de nuevo sólo de recordarlo de imaginarlo me está empezando a cargar otra vez la rechingada y mejor me bajo hasta del taxi porque ver la vida de uno cincuenta años después frente al espejo del mismo pinche taxi al volante del cual ya se le soldaron las manos a uno y a fin de cuentas no llega uno a ningún lado, da grima y cabrón desasosiego, pinche angustia mental penuria extrema adelantada y no da para seguir así aquí como si nada, para hacerle al puto ensarapado ni hacerse güey, eso no es filosofía, es puto puno pulo puro pendejismo, yo no pierdo la vida así, váyanse a chingar a su madre todos, yo aquí me bajo, yo no me quedo aquí los cincuenta años, ni menos, ni un mes, ni un día, ni uno más ni una semana! qué buena onda ni qué la rechingada!, yo tengo que irme mejor a ver qué se me ocurre para ayudar a mi papá Peatón a que esos güeyes de la constructora no nos saquen del cerro, tengo que hallar la forma de dejárselas ir, que no nos muevan, que se la pelen que me la pelen que nos las pelen las dos vergas de mi papá y la mía, no nos van a sacar, de eso me encargo yo! voy a encontrar el modo tengo que hallar el modo tengo que hallar la forma de ayudar a mi padre, se le volvió una causa sólo piensa ya en eso le vale madre todo, es la causa de mi pinche padre, ni la mía, pero ya lo agarró como un apostolado, se ha consagrado a ella ya no le importa nada, y aunque sea una causa perdida vale la pena embarcarse, las pinches causas perdidas son las únicas que valen la pena!, ya estoy yo hasta la madre de que nos estén chingando, chingue y chingue con que nos van a sacar del cerro a la de a huevo, y si mi padre decidió que se queda y yo también quiero quedarme nomás por chingar la marrana, ahí nos vamos a quedar pinche puto licenciado Nyaguip,

171

pinche puto licenciado Carrón, pinche puto Ibrahim ya van a ver yo aquí me bajo, chinguen a su madre todos, yo no sigo en este jale, no sirvo para este pinche jale de los taxis ya lo decía yo papá! yo no sigo aquí más, no digo cincuenta años, ni siquiera un minuto!, me caga lo que veo en mi presente, pero me caga más lo que veo que me espera en el futuro si me alento tantito, tengan su pinche vehículo, llámenle a la grúa, se los regalo, yo no trabajo más en esta joda, en esta chingadera hinchándome los pies, sangrándome las hemorroides, partiéndome el lomo que ni puta de Viaducto y División del Norte, bueno, ni cargador de diablito en la central de abasto, hacedora de moños en localito navideño, auxiliar de tablajero, llevador de perniles al hombro en la central de abasto partiéndome la madre!, ahí se ven!, ni madres!

Momento para encontrar la forma.

Peatoncillo vuelve caminando, en metro y camiones hasta el Cerro de las Elecciones. Durante todo el transcurso su cerebro evalúa situaciones, posibilidades, pondera consecuencias, sopesa alcances y poderes. Llega a la cueva carente, busca opiniones, oídos, interlocutores.

Peatón en el taller. Peatoncilla en Houston. Carmen Apié de compras. Giovanna en Red América. Peatoncita...quién sabe!, mamá......¡menos!.

Vale madre!, yo solo no puedo con el paquete, piensa. Se sienta en el sofá de piedra, deja pasar las horas. Aunque parecida a la del taxi al mediodía, prefiere esta inmovilidad.

Peatoncillo en ayunas.

No sabe qué hacer. No encuentra soluciones. Ha quedado en penumbras en medio de la cueva por decisión propia. Por la boca de la entrada puede ver una gran parte de Laguna, las casas, calles y edificios de la ciudad gigante tienen aún el tinte anaranjado del crepúsculo. Incluso los árboles presentan magia, un color de madera en los follajes. La iluminación artificial que comienza a aparecer por partes en algunos anuncios, autos, avenidas, rascacielos, da la impresión de focos dispuestos en series mandadas colocar para conmemorar fechas festivas, navidades domésticas. Es el teatro lejano del mundo diurno de la gente, que hace mutis sutil, se va difuminando, dando paso a la escena siguiente, del juego terrenal, de la farsa nocturna.

Medita encantado por la imagen, concentración a medias.

172

Contemplación de admiraciones que imagina, sueña.

Minutos después, de repente, como impulsado por la necesidad de acción, Peatoncillo se levanta del sofá y estira el brazo para alcanzar el encendedor de la luz eléctrica, acondicionado a la mitad de un cable colgante entre el techo y el foco. Prende la luz, entrecierra los ojos, se vuelve a sentar, echa una mirada hacia afuera sin conseguir ver a la ciudad lejana por el contraste de las luminosidades, voltea hacia la cocina, hacia la mesa que se cae y no acaba de caerse, vuelve la cabeza, mira hacia el frente, al muro, luego hacia arriba y mira el foco brillante.

De pronto recuerda la plática con Peatón sobre el cerro en los días en que comenzaba la segunda migración...,... *vamos a poner aquí cosas que no puedan quitar, que se la piensen, que les cueste trabajo...... y a ver, que lo quiten los de la delegación...... a ver...!, que lo quiten!... sí papá!, y hasta podemos ponerle encima...*

Se queda con la mirada ausente fijos los ojos en la luz del foco...; es, materialmente, ahora, ése, el foco que se le ha prendido a él!

Ahí...en ese momento... la ve! ¡Consigue verla! Se le impone súbitamente con la fuerza de una realidad plena, como toda imagen que quisiéramos ver, que queremos que *sea*. Hay indudablemente una forma femenina en la luz, en el foco, adherida, adscrita, consubstancial con el brillo o con el cristal del bulbo de la bombilla. No es muy grande pero basta para percibirla al tamaño del ojo. Y es, en su identidad, indiscutible. Es ella, debe ser *ella*, es una mujer, parece una mujer, se parece a *ella*. Forma o idea. Peatoncillo, excitado sobremanera, sensiblemente emocionado, consternado inclusive por la aparición de *eso*, piensa que todo puede ser simplemente una imagen, como ésas de los negativos, resabios de la fuerza y lo repentino del impacto de la luz en los ojos, un engaño..., pero ya va en camino de comprobarlo pues inmediatamente lleva sus dedos al control de la luz, mueve el apagador, la apaga, da dos pasos a la cocina, enciende el foco de allí, éste sin verlo, sin dirigirle siquiera la mirada para evitar la misma cosa, toma Peatoncillo el trapo de los trastes y regresa al foco del centro del salón multiusos, jala el taburete, se sube en él, desenrosca el foco apagado tomándolo cuidadosamente de la base con el trapo, lo lleva.

La luz de la cocina, aunque débil, le permite observar lo que pretende ver bien, constatar.

Efectivamente: *ahí está*; no fue una alucinación ni el resultado de un efecto óptico, es real, hay algo ahí, en la pared transparente del cristal del foco, es una forma, un contorno, una silueta, una imagen brumosa, con calidad de humo, pero impresa en la curva, aunque no sea posible aún descubrir si es por dentro o por fuera. Una mancha mas con potencia mágica, sobrenatural, pues está en todos sus puntos detallada, con la

173

forma y proporciones de los perfiles de la original; el color es gris pardo, con destellos brillantes que tal vez son del vidrio, pero para Peatoncillo es suficiente, para él queda *completamente claro ahora que, punto por punto, se trata de la misma estructura, la misma imagen*, extraída, puesta, colocada ahí , no hasta el más mínimo detalle pues es sólo una sombra, pero basta para notar que es *ella*, plasmada ahí, impresa en el cristal por obra y gracia de alguna arte divina, de algún milagro, sí!, Peatoncillo no tiene duda ya, es *ella*!, revelándosele a todo lo que da, mamá, has vuelto, mamá ha vuelto, Peatona ha vuelto y está aquí, papá, tienes que venir a verla papá, está en el foco dibujada, es *Peatona*.

Peatón llega apresurado del taller. Peatoncillo le explica que ha vuelto a poner el foco en su lugar, en el *socket* que cuelga de una armella, a seis centímetros del techo de la cueva, en lo que es el salón general de la "casa", el que es sala-comedor-cocina-estudio-costurero y sala de televisión. Lo ha hecho así para que todos puedan ver la imagen de la manera en que él la descubrió, vivan la experiencia del mismo modo; y lo realizó con un cuidado excesivo, tratando de no tocar la imagen en el foco, ni con sus dedos, ni con el trapo ni con ninguna otra cosa. Yo no estaba seguro papá, le dice a Peatón señalándole la sombra de la mancha en el foco encendido, y de hecho no lo estoy ni ahora, no sé ni qué decir, de si la figura que se ve ahí marcada está por la parte de adentro o por la parte de afuera del vidrio del foco. Peatón observa la figura por encima, o por abajo?, de la brillantez de la luz encendida del foco, con los ojos casi completamente cerrados. No alcanza a distinguir con nitidez. Apaga repentinamente la luz, se vuelve hacia Peatoncillo: pues eso es muy fácil comprobarlo, pero es mejor con la luz apagada, Peatón camina en círculos bajo el foco viéndolo detenidamente, a mí me parece..., Peatón duda, Peatoncillo lo observa y observa al foco alternadamente caminando muy próximo al papá, Peatón pontifica, sin dejar de avanzar ni de ver hacia arriba, que es fácil distinguir si la imagen está por dentro o por fuera, si te fijas bien en el brillo del cristal del foco, mira..., fíjate bien Peatoncillo, si vemos que la superficie brilla mucho y refleja algunas cosas, entonces está por dentro Peatoncillo, porque si la figura estuviese por fuera no iba a verse el brillo ni se iban a reflejar las cosas en esa parte del foco, pues ahí se iba a ver opaco..., dejan de caminar los dos, Peatón ya no habla dirigiéndose al foco, mira muy serio a Peatoncillo, pero la mejor forma de salir de dudas es pasándole un trapo por fuera o tallándolo con algo para... ¡NO!, ¿qué te pasa papá?!, este foco no debemos ya ni tocarlo, tiene que quedarse así como está, te digo que yo estuve piense y piense mientras llegabas y esto es una *señal divina*, por algo Dios hace las cosas! tú sabes lo mal que andamos con eso de que están a punto de bajarnos del cerro, ya no hay cómo pararlos papá, la presión está cabrona, y tú mismo me dijiste la otra vez, ese día de campo cuando comentamos que ya era un resto de gente la que estaba viniéndose a vivir aquí al Cerro de las Elecciones, te acuerdas?, me dijiste, yo me acuerdo clarito, como si estuviésemos en este momento los dos sentados sobre el pasto ahí donde estábamos ese día y te estuviera oyendo, te estoy oyendo, vamos a poner aquí cosas que no puedan quitar, que se la piensen, que les cueste trabajo..., vamos a poner una tienda grande, un centro gigante comercial chingón, un restaurante de mariscos y a ver, que lo quiten los de la delegación, o los pinches políticos, o los dizque muy chingones poderosos empresarios, a ver...! que lo quiten!, que lo quiten sin son tan chingones..., a ver!... un mirador en la mera cumbre, un mirador perrón, bien perrón, qué digo perrón, chingón, chingonsísimo! y a ver..., que lo quiten...!, y ahora tenemos el pretexto ideal, como mandado a hacer!, el pretexto perfecto para evitar que nos desalojen esos hijos de la chingada papá, nomás con que empecemos a correr la voz de que mi santa madre, aquélla sufrida y abnegada que aguantó tantos años, bueno, con perdón sea dicho de usted papá, porque..., pues..., estuvo contigo viviendo como esposa, no?, y pues..., sufrió..., sufrió..., bueno, pues sufrió mucho pero a fin de cuentas como sufren mucho las madres, las esposas, las mujeres!, pero mi mamacita, mi santa jefecita se sabe que desapareció, que un pinche día de pronto ya no estuvo, no digas pinche, hijo, le llama la atención Peatón, no hables así mucho menos cuando sea algo que tenga que ver con tu santa madre, que Dios sabrá dónde está...!, ¡Está aquí, papá! ¡Está aquí!, qué no entiendes?, ha regresado!, se nos ha revelado de una forma maravillosa por medio de esa imagen en el foco, nadie sabe qué pasó con ella, fue como si se hubiera evaporado, pero ya volvió.! con señales divinas!, ¡háblale a Peatoncita que venga, papá, Peatoncita!, ella no está, hijo, hace tres semanas ya que va a su escuela a unos cursos de computación en las tardes, en un rato llega, pues que llegue ya, papá, para que participe del milagro, para que vea esto!, pero hijo, Peatón trata de meterlo al orden, ya ves que dijo el Peatonurio que vio bajar a tu mamá esa mañana muy tranquila y largarse caminando derechito por el camino que va al centro de La Rosarito, ¡Pero puede estar equivocado papá!, además el pinche Peatonurio es bien pedo, tú lo sabes!, anda pedísimo todo el tiempo! y a nosotros siempre se nos ha hecho que algo muy extraño le pasó a mamá, la gente sabe que anda desaparecida y si ahora se enteran de esto, cuando se empiece a correr la voz de esta mancha en el foco, que mire usted papá usted ya la vio bien papá ya lo comprobó tiene la forma igualita de mi madre, la gente va a creer, como en muchos casos, que es una aparición, una revelación, una manifestación divina!, y entonces todos van a estar convencidos de que

175

no fue que se largara como dice el pinche Peatonurio hijo de su rechingada peda madre, ni que desapareciera, sino que lo más probable es que ascendió al cielo..., SÍ!, ascendió al cielo!, ¡eso es! era tan buena y tan santa y sufría tanto la pobre mártir que Dios se la llevó con él en cuerpo y alma y la hizo subir así enterita como estaba para que esté de una vez allí con él y con todos los ángeles y San Pedro y San Juditas Tadeo, tu santo favorito papá, y si sabemos manejar el asunto y cuidar bien la cosa, esto se va a poner de lujo papá, porque nomás con tantito que le demos fuerza en el ánimo de la pinche gente, con tantito nomás que la pinche Giovanna Veiculano nos ayude, que ya es hora que me ayude un poco después de todo lo que me hizo, y haga unos reportajes bien perrones sobre la mártir de mi madre desaparecida quién sabe cómo pero traída de regreso en imagen divina a la misma cueva de la que salió, ahora ya bendita por el Espíritu Santo en este año de nuestro señor, pues ha aparecido su imagen en el cristal de un foco de la cueva en que vivía y numerosas personas han comenzado a acudir para ver la imagen de la que han empezado a llamar Virgen del Cerro, o Virgen de las Elecciones, y acuden hombres mujeres y niños a contemplar la imagen y ha comenzado ya un culto hacia la memoria de la mujer que sufría en silencio y que según su hijo, descubridor de la imagen, pasó los últimos diez años de su vida, antes de ascender al cielo, en silencio, en absoluta introspección mística y hablando sólo con ella misma; numerosos científicos han acudido también con cámaras de video de alta definición y equipo fotográfico para analizar ópticamente el fenómeno, así como también con espectrógrafos de banda ancha, equipo computarizado de última generación, y hasta complicados sistemas de análisis bioquímicos para analizar las imágenes y tomar muestras de lo que podría ser la primera aparición celestial milagrosa de este siglo; por lo pronto, la gente del pueblo, las minorías étnicas castigadas, los nuevos fieles de esta santa del milagro de la aparición de la luz y la imagen de mancha y sombra en el foco de la cueva del Cerro de la Elecciones, siguen llegando por millares, no es cierto papá tú sabes que apenas son cientos no millares esta vieja la Veiculano se pasa, de veras, pero a nosotros nos conviene hijo, por miles y miles, con sus veladoras y sus rebozos, sus fotografías y sus ofrendas, a este humilde orificio excavado en la cueva por el afán de lucha y supervivencia de unos pobres a quienes la que ya llaman de *Santa Peatona* y que está siendo considerada para que se envíe su caso al Vaticano con las pruebas y artículos de fe y documentos anexos con miras a su canonización, ha comenzado a iluminar con su luz infusora de esperanza y salvación, aquí, en éste que es ya un nuevo santuario latinoamericano, mundial, universal por propio derecho, patrimonio cultural de la humanidad,

176

bienvenido por todos en estos tiempos de pobreza y miseria en que la fe se muestra como lo único importante y la única madera posible de salvación, desde el Cerro de las Elecciones, para Red América, su amiga Giovanna Veiculano. Así que papá, nomás pensamos bien la cosa y la organizamos bien y esos güeyes no nos sacan de aquí ni con todos los pinches granaderos de la tierra, como usted dijo: a ver!, quiero ver que nos saquen!, a ver qué van a hacer cuando les pongamos aquí un santuario, un altar aquí en el muro a un metro del foco siempre iluminado con la misma luz que proviene de la imagen santa, y que no vamos a dejar morir pues a partir de ahora vamos a tenerla siempre bien prendida, a como dé lugar, porque estas son cosas serias papá, no es cosa de andar jugando con la fe de los creyentes, con la fe de la pinche gente muerta de hambre, y menos cuando ya estamos pasando a la fase de la fundación de ciudades y la religión, y si se llega a fundir el pinche foco a ver cómo le hacemos para cambiarle los filamentos desde adentro o ponemos otro igualito en su lugar, porque aquí ya la hicimos, ni quien nos saque, a ver qué van a hacer cuando vengan millares, millones!, este pinche cerro ya no lo deshacen ni con las excavadoras gigantes de la Caterpillar!, y menos cuando le pongamos hasta arriba una imagen de mi santa madrecita de cien metros de altura, con los brazos no abiertos como los del Corcovado, sí se acuerda , verdad papá?, allá en Brasil, en Río de Janeiro, sino ésta con sus bracitos cruzados sobre su santo pecho y como tocando en su seno izquierdo su santo corazón, a ver qué van a hacer!, nosotros ya chingamos!!

    Peatón es lento para comprender. Toda su vida ha sido así, a pesar de sus desplantes, fanfarronerías y autoafirmaciones. Pero una nebulosa empieza a tomar forma en su cerebro, coagulación paulatina de vaporosas materias siderales. Sin bajar del todo la mirada, aún viendo para arriba y a lo lejos, Peatón comienza a echar raíces más profundas en el cerro. El amor que un hombre cree sentir de manera auténtica por una mujer le nace cuando sólo le es dable barajar sus desplantes, lidiar únicamente con su imagen, y hasta en los países en francas vías de subdesarrollo, donde la investidura de Diputado impone, rinde, apabulla y ataranta, deja más y es más glamorosa y respetable la de líder religioso, fundador de una orden, guía espiritual, pastor de ovejas descarriadas y hasta ministro dominical de televisión.

    Peatón es un patriarca.

Peatón le dice a Peatoncillo que de cualquier forma estaría bueno saber si esa imagen en el foco, que efectivamente se parece mucho, es igualita a su madre Peatona, está grabada por fuera, o por dentro del foco. Peatoncillo le contesta muy serio:

¿Pa' qué le movemos papá?, hay cosas que mejor ni moverles.

Giovanna Veiculano le explica a Peatoncillo que ha sido despedida. Por el reportaje que sacó a la brava sobre la aparición de Santa Peatona en una cueva del Cerro de las Elecciones, tu cueva peatoncillo, la cueva del pueblo ya, de la fe de los pobres, la cueva que, hoy, es ya de *todos*. Nadie podrá echarlos del cerro ahora, la Iglesia no tarda en tomar el asunto en sus manos, y todo mundo sabe que en San Pablo Laguna nunca, nadie, y menos ahora, se ha metido con la Iglesia.

Pero el licenciado Don Roberto Carrón no se va a quedar con los brazos cruzados Giovanna, le señala Peatoncillo, tú lo conoces mejor que nadie, él no descansará hasta no salirse con la suya. Y tú ahora sin trabajo..., y sin poder, sin fuerza...

Sin la televisión no eres nadie, piensa Giovanna que eso es lo que Peatoncillo está queriendo realmente decir. Se rebela. Sin trabajo en Red América...tal vez; pero "sin poder, sin fuerza...", eso está por verse.

Giovanna llega con Peatoncillo a las oficinas de Ibrahim Nalquila Kosher. Va a jugarse la última carta. La penúltima para Peatoncillo, que en el viaje de venida ya consiguió dar con la idea que le faltaba para coronar su plan de la aparecida. Se le prendió el foco por segunda vez. La Veiculano marcó al *Blackberry* del licenciado Nyaguip Osuna Uto, pero éste vio que era ella en el identificador de llamadas y la mandó al buzón. Cuando un minuto después escuchó de qué se trataba el mensaje grabado, menos quiso hablar con ella; pero, en cambio, le marcó rápidamente a su mentor, el licenciado Roberto Carrón.

Ibrahim recibe a la Veiculano francamente molesto, y a Peatoncillo con reservas extremas; sabe desde hace días que no se cuenta con Giovanna, pero nunca se imaginó que les metería un gol de esa magnitud. Mira a uno y a otra, parapetado de pie tras su escritorio con la cara fruncida, fulminándolos con la mirada. Y sigue así un buen rato, hasta que empieza a entender que el cerro en su forma actual y lleno de indigentes crédulos viviendo ahí o visitándolo, puede ser mucho mejor negocio que destruido y aniquilado para colocar en su lugar una ampliación del barrio Lomas de los Emperadores; ahí, en ese punto, comienza a sentarse y a mudar su expresión, y cuando le dicen que a él no le costará ni un centavo porque toda la inversión y el acondicionamiento de las escalinatas del santuario para subir hasta la cueva serán hechos por la *"Cooperativa Emiliano Zapata del Cerro de las Elecciones"*, relaja su cara por completo por primera vez, esboza una sonrisa y ya apoltronado en su inmensa silla giratoria les dice: siéntense muchachos; pero se desborda cuando Peatoncillo le explica que la idea es desarrollar el proyecto con toda la fuerza de la religiosidad para convertir el sitio en una notable atracción turística a nivel mundial tipo el Cristo Redentor del cerro del Corcovado allá en Brasil, a él no hay que decirle donde está, aun más, le dice Peatoncillo ya encarrerado, sonriente, emocionado, gesticulando como nunca y reconciliado con la idea del capitalismo poderoso y avanzado, amigo ya casi casi de Ibrahim, la idea última es hacerlo un parque temático, el primero en su tipo a nivel mundial señor Ibrahim, con rueda de la fortuna gigante y juegos mecánicos y electrónicos dentro del mismo concepto, va a ser un parque temático conceptual místico religioso, le dice Peatoncillo aun más exaltado, y máquinas y juegos de video con Santos, Vírgenes y Misioneros, y hasta Bingo electrónico computarizado tipo casino de piel roja, y de ahí nosotros, los vecinos, nos quedaremos únicamente con el veinte por ciento, y Giovanna Veiculano le remata diciéndole al empresario que toda la construcción de la estatua inmensa de la santa, como de unos ochenta metros de altura!, le dice la muchacha viendo hacia un punto más allá del techo y apuntándolo con la mano, ¿se imagina usted la de hormigón y concreto armado que se lleva una estatua *así*?, podrá ser hecha por la constructora de Ibrahim, con ingenieros y arquitectos de las compañías filiales de Ibrahim, con la maquinaria y equipo de transporte de Ibrahim, usando empleados del Sindicato de Ibrahim, y utilizando toneladas y toneladas y toneladas de cemento, grava, arena, varillas, estructuras y demás de las compañías de materiales para la construcción, de quién? de Ibrahim!; ahí el poderoso magnate sonríe abiertamente, se inclina hacia ellos, pone las manos sobre el escritorio y les dice: Vamos dándole forma y poniéndolo de una vez por escrito, ¿Qué quieren tomar, muchachos?

La luna de miel transcurre suave y amorosamente por veinte minutos, hasta que el Licenciado Don Roberto Carrón y Nyaguip irrumpen sin tocar en el despacho de Ibrahim. Se arma la ventolera. Don Roberto le reclama al cuñado su traición,¿cuál traición?, cómo que no! tu traición de estar hablando a mis espaldas, ya me lo dijo Nyaguip que hasta a él querían meterlo en el enjuague, conspirando contra mí con esta pu..., con esta pu...blirrelacionista, porque ya no le quedará de otra, ya viste que ni a reportera llega, qué, ¿ a ti no te duele lo que nos hizo? ¿ no te revuelve el hígado? ¿no te afecta?, y la traición *peor* de estar con este cabrón, Peatoncillo, hijo de aquel cabrón mayor, hazme el favor!,

179

mi cuñado, el esposo de mi hermana y socio platicando tranquilamente y hasta comiendo pizza del *delivery* de *Villa Napoli Deli Gourmet* y brindando con Champagne *Moët Chandon* con el hijo de nuestro peor enemigo, con el hijo de *Peatón*!!!

En determinadas corrientes ocurre que el agua y las piedras conviven bien. El agua moja a las piedras y éstas le brindan puntos de interés y diversión al líquido, y, por tramos, determinan su curso, le señalan el cauce.

Los problemas entre ricos millonarios suelen resolverse fácilmente, los bienes en disputa son grandes e importantes, ingentes. Se sientan a la mesa y terminan por irse cada uno con su pastel de queso bajo el brazo, cuando entienden que de lo único de lo que se trata es de repartirse un bien extenso, y a todos les toca una parte razonable. Entre pobres, cuando lo que está en juego es un pedazo de pan, un poco de agua, un metro de tierra, unos centímetros cúbicos de aire, los problemas se vuelven una cuestión de vida o muerte.

Por otra parte, a los millonarios no les cuesta mucho perder un poco de su honor, no porque no lo tengan, sino porque tienen tanto y tan diverso capital, que para ellos perder alguna cosa, se trate de la que se trate, no les afecta. Para los desamparados y jodidos no es que perder el honor sea tan importante, es que tienen tan pocas cosas, que sentir que por lo menos tienen eso, aunque no lo tengan, ya es importante; y tratan de mantenerlo consigo a toda costa.

Peatón no lucha en realidad por una cueva. No lucha por un pedazo de tierra en el cerro, ni por el derecho a escoger dónde asienta su vivienda, ni por reivindicar un derecho como él siente que debería ser el de todos, no nomás de los poderosos, a apropiarse de los bienes que se les antojen de la naturaleza, y de los que se les dé la gana; lucha por lo que él cree tener dentro de sí, porque le gusta pensar que tiene algo, y le llama: su honor.

A Don Roberto Carrón, al mismo Ibrahim, cuando ven el tamaño gigante de un pastel que va a ser repartido, no les importa perder un poco de su honor, o todo si es preciso, porque ésa es sólo una cosa dentro de muchísimas más cosas que poseen. Nada les quita. Nada cambia.

Diez minutos exactos después de haber entrado el licenciado Don Roberto Carrón y el licenciado Nyaguip Osuna Uto con la espada desenvainada y ganas enormes de hacer rodar cabezas en la oficina de Ibrahim, están carcajeándose ya, comiendo la tercera pizza, bebiendo la tercera botella de Champagne, felicitándose y congratulándose del buen arreglo conseguido por todos.

Sólo una duda me queda pendiente, dice Don Roberto Carrón mirando fijamente a los ojos negros grandes de Peatoncillo: va usted a ser capaz en realidad de hacer crecer todo ese merequetengue hasta la magnitud que se requiere para el tipo de negocio que queremos realizar?

Eso, que ni duda le quepa, le dice seguro de sí Peatoncillo, y luego se levanta, le jala la silla a Giovanna Veiculano, se despiden de los dos licenciados viejos magnates poderosos y del pendejo ése, para no variarle, de Nyaguip, que no deja de reírse y de sonreír como idiota mientras repite a cada momento qué buena onda entonces ya todo está solucionado qué gusto me da qué buena onda, sólo deja de decirlo como grabación cuando se anima a preguntar a todo esto Peatoncillo, qué sabes de tu hermana?; después toma Peatoncillo del brazo a Giovanna y la conduce con ostentación hacia la salida del despacho.

Ya está empezando a parecerme, le dice el licenciado Carrón a Ibrahim, con simpatía, que ese muchacho, Peatoncillo, no es tan pendejo..., Carrón voltea rápidamente a mirar a Nyaguip y luego otra vez a Ibrahim, para terminar: ...como nos lo imaginábamos.

Nunca falta, hasta en los proyectos de los más poderosos y expertos, un pelo en la sopa.

Cuando ya Peatón y Peatonurio se disponen a colgar de cueva a cueva papel de china amartillado de colores como el de las fiestas de noviembre, para festejar su asociación feliz en el nuevo megaproyecto de Laguna con la constructora de Ibrahim y las empresas de Don Roberto Carrón, les cae, literalmente, el chaparrón.

Es bajito el hombre, que ni qué, pero por lo mismo, deseoso de demostrar que las puede. Llega de traje y sombrero blancos con un escrito, primero, a la casa de Peatón, líder de los invasores y candidato a Diputado Independiente. Le dice qué es eso Don Peatón, de andarnos repintando las leyendas de nuestros letreros en el cerro, que son, lógicamente, a favor y para beneficio de nuestros candidatos, los diputados, senadores y gobernadores del PRE, colocándoles por encima su nombre de usted. Eso no está bien Don Peatón, este cerro es nuestro, ah!, y además nos enteramos, porque se anda corriendo ya la voz, de que va usted a hacer aquí no sé qué proyecto de parque de diversiones o chingadera por el estilo, con perdón de la patrona, el chaparrito se quita el sombrero se lo pega al pecho, mira la imagen en lo alto, se detiene un instante sólo, alelado, reconocedor, se persigna y agacha la cabeza respetuosamente en dirección al foco. Peatón le dice en voz baja qué es eso, le suplico que no venga aquí a faltarle el respeto a la Santa Peatona, mira a su alrededor los grupos de fieles que siguen entrando a la cueva admirando la imagen y arrodillándose, y continúa, hágase para acá inspector, no soy inspector le dice el otro, soy delegado, lo que usted quiera *"delegado"*, le admite Peatón, pero véngase para acá hacia la cocina para que le explique, lo va jalando, piensa que es igualito a uno de los garañones cómicos enanos de las revistas pornográficas de caricaturas que tiene en el taller, fíjese donde pisa no vaya a tirar las veladoras *delegado*, fíjese bien, ni yo ni los otros vecinos de este cerro ni nadie de la *"Cooperativa Emiliano Zapata del Cerro de las Elecciones"* somos realmente importantes en ese proyecto, los que pesan y son los efectivos, ahí Peatón baja más la voz, los verdaderos chingones, son Ibrahim Nalquila Kosher y el licenciado Roberto Carrón del Valle, a *ellos* son a los que tiene que ir a ver, nosotros somos una briznita insignificante, una caquita.

Después, al despacho de Don Roberto Carrón. La cosa se pone fea porque es público y notorio que el licenciado Carrón es punista de corazón de toda la vida y de hueso colorado, y uno de los principales contribuyentes para las campañas del PUN; todos saben en el PRE, hasta este chaparrito, que si por Don Roberto Carrón fuera, le ponía una bomba a la sede del Comité Ejecutivo Nacional del PRE, a la del PRT con mayor razón, y a las de todos los demás partidos de la oposición. La discusión se vuelve un asunto de principios, de poderes.

¿Y desde cuándo se ostentan ustedes preístas como dueños de ese cerro?, le espeta Don Roberto Carrón, irónico, al enanito, desde que es nuestro, desde siempre, le contesta el delegado, Don Roberto Carrón gesticula, no me haga usted reír por favor delegado, ninguna cosa es *"desde siempre"*, tiene que haber habido un día en que lo compraran si es que es suyo como ustedes dicen, y si es así, deben tener las escrituras a su nombre, así que el asunto está muy fácil, ustedes nos enseñan las escrituras y nosotros, ja ja ja, les compramos el cerro, porque dinero es lo que nos sobra en esta administración, ja ja ja.

El delegado le responde, muy suficiente, que no se trata de dinero ni de escrituras, el PRE se hizo de ese cerro desde cuando estaba nuestro partido en el poder, incluso desde los tiempos de la Reforma Agraria, todo mundo sabe que es nuestro!.

Pues como le digo, le reitera Carrón condescendiente, incluso dándole unas palmadas en el hombro, usted delegado, en vez de traerme ese papelito de notificación, vaya y tráigame las escrituras, y punto. El chaparrito inclina su cabeza, mira al piso, se cala el sombrero golpeándoselo con la mano derecha cuatro, cinco veces; cuando levanta la cara para ver a Don Roberto la tiene completamente roja, sólo un poco de blanco alrededor de las comisuras de los labios. Nosotros no tenemos por qué traerle a usted, señor Carrón, ni escrituras, ni documentos, ni pruebas, ni ninguna cosa!, esos pinches güeyes del Peatón y el Peatonurio, y toda la bola de descalzos muertos de hambre que los siguen y les dan por su lado, con todo y sus amiguitos del PRT, van a salirse así, el delegado truena los dedos varias veces cerca de la cara de Don Roberto Carrón, dice, *así*, los vuelve a tronar, van a salir en chinga, y ustedes, usted y su cuñado, no van a poner en ese cerro ni un columpio, ni medio subibaja, bueno, ni un puestecito para aventarles aritos a las alcancías, ese cerro es *nuestro*, óigame bien lo que le estoy diciendo, no se pasen de listos, por grande que sea el caimán acaba en bolsa, ustedes ni son tan poderosos ni tienen tantos años, como nosotros, de conocer cómo se tejen las cosas en Laguna, van acabarlas dando, no en balde somos, todavía, la segunda fuerza política de este país!

Peatoncillo tiene que utilizar sus cinco sentidos y apurarse, no por lo que Peatón le dice acerca de la visita del delegado, no por lo que le explican el licenciado Roberto Carrón e Ibrahim sobre el problema con el PRE que se les podría venir encima, con la de trapos sucios que empezarán a sacarles, golpes bajos y descalabros que les afectarían más porque están en un momento crítico, sino porque Peatoncillo, después de una plática larga con Peatón, de oírlo como si fuera otro hombre ahora centrado ya en su mundo de ideas y causas que defender, de comentar la lista de sugerencias y estrategias que su padre incluso le ha señalado en un papel para evitar que se le olviden, y sobre todo, después de sacar de su cartera la tarjeta de presentación de El Homeópata y de recordar cómo se gana la vida ahora el ex compañero de Secundaria, ha descubierto sus propias verdaderas vocaciones: comunicador de masas, representante de celebridades, promotor de conciertos, ejecutivo de marketing, publicista; y el *súmmum*: productor de espectáculos.

Peatoncillo está enrachado. Se le van prendiendo uno tras otro mil focos en el cerebro, va descubriendo la solución para su cerro, va intuyendo la solución para su caso con Bibi, va imaginando el armado de su felicidad. Comprende que todos los focos hacen uno y alumbran para el mismo lado, y que todas las soluciones forman parte de una misma: necesita solamente una imagen. Corporativa, de marca, como sea. *Una imagen.*

Haciendo lo que va a hacer matará seis pájaros de un tiro. Conseguirá también aliados, seguidores, y lo más importante: testimonios.

Se reúne con El Homeópata, entra por primera vez en su vida a una biblioteca, descubre otro tipo de fichas, hojea varios ejemplares, lee por primera vez un libro completo, revisa los catálogos de luces en una tienda de música, usa un taxi prestado para llevar al cerro todo el equipo facilitado por El Homeópata, hace diez viajes, lo que no cabe ahí lo lleva en una combi vieja; con dinero prestado, instruido por Peatón y Juanete en el dominio de las modernas artes del crédito, compra o alquila lo que le falta; revisa los anuncios clasificados, consigue que le vendan dos cámaras de humo y ocho reflectores de quince mil voltios, además de las luces, y, lógico, se larga de volada a buscar a la Bibi para convencerla. Todo, en veinticuatro horas.

Es sábado en la noche, día y tiempo para la diversión, para el rebane.

Seis parejas de jóvenes quintomundistas de La Rosarito, que sienten que también tienen derecho a divertirse, son los primeros testigos; van caminando por la calle oscura perpendicular a la carretera que pasa junto a la base del cerro, ven las cuevas y los tendajones de las nuevas "casas" escuetamente iluminados, uno de ellos comenta qué buena onda lo de ese cerro, fíjense en toda la gente que se está instalando ahí, y lo que es mejor, toda la gente que está afuera de la cueva de Peatón visitando la imagen milagrosa, ¿es realmente milagrosa? pregunta una de las chicas, pues yo digo que sí, responde otro muchacho, si no ¿por qué iba a estar tanta gente viniendo a visitarla?

En ese instante la perciben: una luz brillantísima en la cumbre del cerro, quedan atónitos, maravillados, se detienen en la esquina de la calle con la carretera y, luego del siguiente auto, cruzan al otro lado. Sin dejar de ver a las alturas comienzan a subir por la escalinata de Peatón.

Dos de las muchachas tropiezan por no poder dejar de ver la cima. La luz es intensísima, sobrenatural; tres fogonazos a la mitad de un trueno ensordecedor iluminan un arbusto grande, una zarza, casi un árbol, en la punta del cerro. Los seis jóvenes aceleran la subida, son conscientes todos, están de acuerdo sin decirlo en que algo maravilloso está ocurriendo en ese cerro. A su paso se van sumando otros vecinos que aprovechan la escalinata de Peatón para subir más fácilmente, el mismo Peatón se suma a ellos después de volverse a mirar hacia arriba y comprender lo que atrae a la masa que va aumentando de tamaño conforme asciende y a la que se van sumando otros muchos de los invasores; ninguno de los muchachos, a pesar de no conocerla, se detiene en la cueva, lo que pasa en la cumbre se presiente aun más importante. Peatonurio, todavía con los efectos de la borrachera vieja encima, en medio de los síntomas de la que está iniciando, y a pesar de su escepticismo cínico, ha visto el fenómeno, ha sentido en su alma la señal y se suma al grupo. Todos se detienen a seis pasos de la zarza ahora en llamas, porque su luminosidad es tal, y el crujido de su combustión tan amedrentador, que les impide aproximarse más. ¡Cuidado!, dice uno de la masa, ¡No te acerques más!, le ordena a su novia un muchacho de los de las seis parejas. Resplandores dorados aparecen tras el árbol flamígero; otros, de colores diversos se filtran entre el humo blanco y una nube de polvo que empieza a levantarse alrededor de las llamas. Alguien grita de pronto Miren! Miren eso!, Peatón descubre la imagen, se persigna nueve veces y grita Peatoncillo! Peatoncillo! corre! ven a ver! apúrate! Peatoncita! apúrense! ¡Vengan a ver!; expresiones de asombro salen de las bocas y los pechos, muchas manos se levantan, otras se detienen el corazón, se oprimen el abdomen, un par de seres se desmayan, otros se postran, tres jóvenes se rasgan las ropas y gritan histéricas, cinco, seis, siete mujeres, siempre una más, se hincan arrobadas y comienzan a orar cuando la imagen bellísima aparece surgiendo, levitando por atrás y encima de las llamas, rayos descienden de las alturas: es ella!, debe ser *ella*!, ¿quién más?!, la imagen asciende aun otros tres metros, los rayos no dejan de caer, el ruido aplastante no deja percibir otra cosa que no sea el temblor de la tierra que estremece sus hierbas y sus rocas, ni las sirenas de las patrullas llegando se escuchan, ni las de las ambulancias, ni los motores ruidosos de las unidades de luz en los *trailers*, ni los motores de los mismos *trailers* y camiones con los equipos de las cadenas de televisión CNN, Red América, Globo, CBS, Venevisión, ABC, Antena Tres, todas, ni los de los helicópteros que empiezan a aparecer por pares en el cielo, sólo el retumbar de las consecuencias del fenómeno de la aparición de la Santa Celestial en el Cerro de los Milagros!, qué Cerro de las Elecciones ni qué ocho cuartos!, Bibi!, te lo dije!, te dije que esto iba a ser todo un éxito!, no te muevas, no te me distraigas, no te me vayas a caer de ahí que ésta es tu noche de gloria, mira nomás Bibi cómo los tienes!, no creen que pueda ser verdad tanta belleza! mira nada más! estoy emocionado! estoy emocionado de a madres, me cae que tengo ganas de llorar, como esos fieles que vienen a ser testigos de la aparición de la Santa del Cerro cuando joven, eres tú Bibi!, yo siempre te lo dije, tienes madera de eso, de Santa, Virgen y Mártir, y tú que no

185

creías, mira cómo los tienes embobados, están creyendo en ti Bibi!, en la joven Santa, en la Santa cuando era joven, vas a casarte conmigo ahora sí!, ¿verdad Bibi?, de aquí nadie nos detiene, ni quien nos pare, hoy es San Pablo Laguna, mañana, Nueva York, el mes que entra, el mundo!, ¡y en quince años, la Luna!, la Luna Bibi! vas a ser la primera figura en estar en los cuernos de la Luna!, estamos retejóvenes Bibi!, nos va a tocar actuar ahí ya lo verás, yo sé lo que te digo, acuérdate que tú no me creías cuando te fui a buscar allá a la esquina, nunca has creído en mí Bibi, y mira lo que hoy hice para ti!, ¡mira a tus seguidores!, ¡ bendice a tus fieles!, ¡manda un beso a tus fanáticos!, ¡perdona a tus hijos que te queremos!, ¡incorpora a los muertos!, ¡deshaz las injusticias! ¡Te adoro Bibi!, nomás no te me voltees mucho, óyeme pero no dejes de mirar hacia el frente, porque si no, vas a perder la vertical y qué van a decir Bibi!?, se nos va a caer el teatro!, ¡Homeópata!, ¡Homeópata!, qué no me escuchas?, no me copias?, un dos tres probando, voltéame a ver carajo!, apriétale otra vez a las cámaras de humo, métele más niebla más bruma más neblina, préndeme otra vez ese seguidor amarillo de *backstage* questoy necesitando más dorados para el aura de mi Bibicita!, súbele a ese *power* Homeópata!, es tu noche de triunfo!, es nuestra noche échale todo tu wattaje quítale de plano la pantalla a ese *spot* que brille el universo Homeópata!! ¿cuándo te ibas a imaginar cuando me viste ahí en la calle y te acercaste para saludarme, que te habías encontrado de frente con el destino!, ¿qué te parece tu nuevo director súper chingón: el Peatoncillo "El King" Peatones?, ¿qué te parece ese milagro de mujer ahí hasta arriba, ahí en la altura de los cables de tus rieles y tus grúas?, sabes lo que significa *deus ex máchina* Homeópata?, ayer lo leí en la biblioteca, significa un milagro!, eso es lo que significa, ¿no es un milagro esa belleza de mi Bibi, Homeópata ?, ¿no es una chingonería ese cuerpo de milagro?, ¿esos ojos milagrosos?, ¿esas manos de Santa una con otra pegadas en su pecho orando de mi Bibi?, préndele todas las luces Homeópata!, nada más no te me salgas mucho de esa piedra, no te me asomes mucho Homeópata, acuérdate que ya andan allá en lo alto los helicópteros y traen cámaras Homeópata, no te les pongas al tiro, no nos vayan a descubrir!, fíjate nada más Bibi, mira nomás colega: ya llegó Univisión y acaba de llegar la BBC, vamos directo a Londres con tus luces Homeópata!, ¡Vamos a ser nómber uan Bibi!, mira qué coincidencia Bibi hasta ellos se te cuadran, tú sabes que hablo inglés he tomado un chingo de cursos y esa estación que acaba de llegar se llama en inglés: Bi-Bi-Ci..., Bibi Sí!, me entiendes Bibi?, Bibi Sí!, Bibi Sí!, repitan conmigo todos juntos a la de tres, un dos tres Bibi Sí!, un dos tres Bibi Sí!, ooórale!, nómber uan Bibi!, yo te lo prometí, yo te lo cumplo, para que veas nomás con quién estás tratando quién va a ser tu marido Bibi míralos ya hincados todos rezando todos adorándote todos!, ¿soy chingón o no soy chingón Homeópata?, ¡levanta tu carita un poco Bibi, para que te la vean mi cielo!, baja tus manos orantes un poquito a la altura del seno para que no les estorben a las cámaras, al rato estamos en cadena mundial Bibi, mándales un beso, bendícelos pues, déjate querer, haz lo que quieras Bibi eres la reina del universo!, mira al helicóptero otro beso ahí Bibi, y mándame uno a mí, estamos en camino vamos derecho al cielo!!

La puesta en escena de Peatoncillo es todo un éxito, una sensación; un verdadero milagro, además, pues todo mundo la toma por verdadera. Ahí está Peatoncillo, hijo de Peatón, vecino de La Rosarito, apareciendo en los televisores de todo el mundo, hasta en el de Peatonación, en espíritu; gracias a Dios que no le vieron el cuerpo!, pero su espíritu es el que ha impregnado esa manifestación divina, esa demostración de fe. Peatón, sin quererlo, sin proponérselo, aparece también, él sí física y fatídicamente, de manera inevitable en todas las pantallas de la tierra, es tanta su fe, su devoción, su alegría, es tan impactante su rapto, son tan notables sus lágrimas y sus continuas persignadas, que los reporteros de las cadenas internacionales coinciden todos alrededor de él para encuadrarlo.

Peatón es estrella de televisión.

Peatón, por primera vez en su grisácea vida, siente que existe.

A través de las nieblas de sus ojos Peatonación lo ve; se pregunta cuándo irá a visitarla.

La Enelda asiste por televisión también; le dice a una de sus plantas: ahora sí se jodió, Jazmín, ya se nos fue. Se lamenta de no haber aceptado a aquel viejo, el tal Ibrahim, cuando no estaba tan viejo y con pasión exagerada y absoluto convencimiento le pedía que se casara con él y dejara para siempre el oficio. Los complejos de inferioridad y la falta de confianza lastiman más que las putañerías. Con la decepción, la Enelda se mira de pronto, como una vez Peatón a ella en uno de sus sueños zarandeados dentro de vísceras de toros, decrépita.

En Japón, Peatón es un héroe.

Sólo que a los integrantes del Partido de la Revolución

Estática, el PRE, que no son tan devotos, el numerito no les causa gracia. Van, como es su costumbre últimamente, a apelar. Y ellos, que en general no sienten mucho respeto por justicias celestiales, apelan al Supremo Tribunal de Justicia para que niegue los amparos con los que entraron el licenciado Carrón e Ibrahim, y acabe ya con ese tango de los milagritos.

La sentencia, dice el líder del PRE, viene bien; no hay poder celestial que se imponga cuando se juntan los intereses de algunos de los hijos de la tierra, especialmente los corruptos. Se comenta que la decisión del Supremo está por salir de un momento a otro y será positiva, para el PRE; se sabe que se hará un acopio de fuerzas públicas, fuerzas especiales de choque y granaderos incluidos para hacerla cumplir, Eufemismo usual, prácticamente, de sorpresa. Los líderes operativos del PON, el partido en el poder, y también los morales, entre los que se encuentran Don Roberto Carrón e Ibrahim, no pueden hacer nada, por más que quieran. La zona del Cerro de las Elecciones es jurisdicción y competencia del Gobierno de la Provincia Capital San Pablo Laguna, y es perretista, del PRT, el partido más opositor y que, cuando le conviene, como ahora, a pesar de sus dizque apoyos a las clases menesterosas como Peatón y otros simpatizantes, se hace uno con el PRE; estructuran entre ellos alianzas selectivas individuales a cada momento, esta semana al Gobierno de la Provincia Capital le conviene asestar un golpanazo al PON, aunque se lleve entre las patas a sus propios votantes. El país no está para más credos, dicen.

Por las nubes, en las salas superiores de los rascacielos, ahora es el licenciado Roberto Carrón el opositor más acendrado, el que propone los extremos.

Ibrahim, le dice Don Roberto a su cuñado, esos del Gobierno de la Capital están por caer de un momento a otro sobre la gente del cerro, y ellos como siempre tercos en que no se salen, especialmente Peatón; vamos a echarles la mano, qué nos cuesta?, mira, vamos a ponerles a su disposición al grupo ése de choque que mandaste tú mismo a entrenar a Israel con técnicas del Mossad, a ti no va a costarte nada, el entrenamiento ya lo tienen y están a tu servicio para lo que se ofrezca, tú mismo querías usarlos contra Peatón y Peatonurio cuando aún no nos habíamos puesto de acuerdo con ellos, acéptalo, no muevas la cabeza, pues qué!, ¿contra ellos sí en aquel momento, y ahora que más lo necesitan no, cuando son nuestros socios y aliados?, vamos a mandárselos disfrazados de paracaidistas!, de *paracaidistas*?, se asombra Ibrahim, bueno, pues!, corrige Don Roberto, quiero decir de invasores de tierras, que se vayan ahí desde hoy de incógnito y les echen la mano a esos pobres testarudos cuando les caigan encima *las fuerzas*

188

del orden para desalojarlos.

Ibrahim se queda serio, filosofa: cálmate Roberto, no es para tanto, yo ya hablé ayer en la tarde con Peatoncillo y con Giovanna Veiculano. Los del PRE no están tan en contra de que les compremos el cerro y hagamos ahí lo que queramos, cuanto lo están contra Peatón; quién sabe qué les hizo o por qué lo odian tanto, parece que tiene que ver con un lío de hace tiempo. Don Roberto, sentado al escritorio en una de las sillas de los visitantes, levanta las cejas sin separar su índice de la sien derecha, se muerde con los dientes el anular de la misma mano, nervioso, sorprendido; a nosotros tampoco nos quieren, continúa Ibrahim, pero nosotros tenemos una carta en la mano y ya estamos negociando: a cambio de no hacer pedo y reconocerles que ganaron bien la gubernatura de la Provincia de Costa Limón, nos venden el cerro, con la única condición de que sea solamente para derrumbarlo y construir ahí la cuarta sección del Fraccionamiento Lomas de los Emperadores, nada, *absolutamente nada* que tenga que ver con Peatón; él y todos sus correligionarios, en el sentido más fiel de la palabra, ya van a estar fuera de ahí para cuando hagamos el trato, nosotros ni vamos a tener qué ver, hasta me llegó la noticia con uno de los que me las filtra, de que tal vez se echen a Peatón el día del desalojo. ¿Nosotros qué podemos hacer?, sólo seguir adelante. El licenciado Roberto Carrón sigue prácticamente sin moverse, en la misma postura, consternado, ¿Y los fieles? ¿Y toda esa gente para la que ya el cerro es importante?, qué, se acaba todo así nomás, porque sí? ¿Nadie va a mover un dedo? los peregrinos? la Iglesia? *nadie?*, entiende Roberto!, le dice Ibrahim saliéndose de quicio, ya todo está resuelto, hasta hay gente nuestra hablando con la Iglesia, además, los obispos estaban viendo todo el numerito con mucha reserva, con incredulidad, y la gente, en cuanto se desestime el origen divino de la imagen del foco, se desautorice el santuario por la misma Iglesia, y se le ofrezca otro lugar más llamativo y folklórico para lo mismo, va a estar feliz!; ya estamos Peatoncillo y yo trabajando en una idea, pero vamos a necesitar tu apoyo, el apoyo de tu Red América, eh?, hasta Peatoncillo está de acuerdo conmigo en que, ya en estos bretes y a estas alturas, lo mejor es que se salgan todos ya de ahí, desmontar el templete y finalizar el show; ha convencido incluso también a muchos otros, y los últimos desocuparán cuando vean que esta vez la cosa va en serio, hasta Peatonurio; al final, como siempre, sólo queda Peatón, de terco.

Peatón dice otra vez, yo no me salgo.

Peatoncillo, por su parte, está comenzando a ser un buen

negociador. Les confiesa a Ibrahim y a Don Roberto, un medio día que pasa a verlos acompañado de la Bibi a todo lo que da en su traje sastre discreto, de arriba hasta el cuello, de abajo hasta el tobillo, que es inútil insistirle a su padre, ni siquiera es cuestión de convencerlo, hubiesen visto lo que pasó con la historia de la vaca que otro día les cuento. El muchacho les cae bien, le reconocen madera de futuro magnate, le han ofrecido un trabajo de chofer en una de las empresas de Don Roberto, no muchas gracias, les dice, ya ven que lo mío es el *chou bisnes*, se me reveló gracias a la presión que ustedes me metieron sobre el impulso que había que darle a nuestro pinche proyecto, pero ni modo, parece que ya no se va a hacer, verdad?, ahí cuando le sobre a usted una chamba Don Roberto, aunque sea de jala cables en Red América, se lo voy a agradecer.

Anímate Roberto, apoya Ibrahim a Peatoncillo, ya viste que este muchacho hace maravillas con las luces, con el audio, tiene un sentido del *timing* y del drama estupendo, ¿cómo viste lo de la aparición nocturna de la Santa cuando joven en el Cerro de la Santa Peatona aquella noche? Y usted, jovencita, se dirige a la Bibi, tiene también mucho futuro, Ibrahim se levanta, da tres pasos hasta la muchacha, la toma de la mano y le dice inclinándosele un poco, a ver cuándo mi cuñado aquí Don Roberto, Ibrahim mueve sus ojos y le dirige la mirada significativamente a su cuñado, le da un papel en una de sus telenovelas..., la Bibi, como siempre, hábil y al grano: lo que se les ofrezca Don Ibrahim, a los dos, ustedes nomás díganme de a cuánto va a ser.

Giovanna Veiculano tampoco será problema. En una plática íntima con Ibrahim, le cuenta sus terrores sobre la mezcla de clases entre La Rosarito y la Sección *Carlos I del Buen Destino* del barrio Lomas de los Emperadores, si es que llegaren a desaparecer el Cerro de la Santa Peatona, y consigue del millonario la promesa de que aunque amplíen el fraccionamiento hasta la colonia depauperada, Ibrahim va a colocar entre los dos barrios, como protección y división insalvable, un muro altísimo de contención entre las columnas de cimentación del tramo de autopista que en colaboración con el Gobierno de la Capital San Pablo Laguna va a construir para darle salida y acceso rápido a los habitantes de esa nueva parte del selecto barrio lujosísimo. No tienes nada de qué preocuparte Giovanna, ese muro va a quedar más infranqueable que en sus tiempos el muro de Berlín; y por la autopista, pues ni cómo, no vamos a poner ahí puentes peatonales, el miserable que se quiera pasar tiene más probabilidades de morir atropellado antes de llegar a la división de los carriles. Yo también voy a apartarme un departamento en el mejor y más alto edificio: *El Fabergé* de la nueva Sección que se llamará *San Gregorio I Magno*, de hecho, vamos a implantar en esa nueva sección una modalidad que tenemos certeza tendrá un éxito rotundo, ésa sí, vamos a conseguir cerrarla a cualquier tipo de tránsito, va a estar rodeada de una barda de concreto de siete metros de altura y electrificada con alta tensión en el extremo, y sólo serán admitidos en ella ciudadanos de reputación intachable, católicos comprobados de tres generaciones anteriores, con ingresos mínimos de setecientos mil dólares anuales, y que posean por lo menos tres recomendaciones de miembros diferentes de la Junta Directiva; en la nueva Sección no se permitirán, entre otras cosas, ropas ni vestimentas atrevidas, revistas con mujeres en bikini, y mucho menos *para caballeros*, películas y DVD's que no sean Clasificación "A", para toda la familia, escuelas que no profesen nuestra religión y de manera obligatoria la inculquen a los niños y jóvenes, hospitales y clínicas donde se practiquen abortos, farmacias donde se vendan la píldora del día siguiente y otros métodos anticonceptivos desaprobados por nuestra Santa Iglesia, y otras cosas por el estilo, que corrompen y degradan a los espíritus nobles y buenos, ah!, y habrá multas, penalidades y reconvenciones públicas impresas y colocadas en los lugares de más concurrencia, para aquellos que no asistan a misa, y completa, *y con toda su familia*!, por lo menos tres veces por semana; sólo así podremos contrarrestar los cánceres del alma que agobian a nuestro mundo actualmente y mantenernos firmes contra los pecados que amenazan a nuestros hijos! Coincido contigo, Giovanna, eres una mujer inteligente, con visión y sensibilidad, en los gravísimos peligros potenciales inminentes de una mezcla de clases, etnias y costumbres, ¿tú crees que me va a gustar estar viendo a esos zarrapastrosos desde mi ventana, o darme de frente con ellos al salir a la calle? ¿Quedar expuesto a contagios e infecciones? Tú tranquila, ya vas a ver; por cierto, si nos seguimos llevando bien chanza y te dejo un departamento para ti también en la torre nueva.

Todo arreglado para todos. Casi.

Peatón, no me salgo.

Peatonación, salte hijo, me vas a matar de la preocupación, de un susto.

Peatón, usted no se muere madre, va a vivir más que todos nosotros.

Peatonación, ese no es el punto hijo, el punto es que te salgas.

Peatón, no me salgo mamá.

Peatoncillo, salte ya papá!, ya salte hombre!

Peatón, no me salgo.

Peatonurio, estoy contigo, yo tampoco.

Ni cuando llega un vecino, cuyo tío es uno de los bien parados en el PRE, a darles la noticia que, lógicamente, no pondrán en el noticiero esta noche: mañana a primera hora va a salir la decisión; para cuando salga allá en el Supremo Tribunal de Laguna, aquí abajo del cerro, Peatón, van a estar ya trescientos elementos de las fuerzas públicas.
Salte ya, Peatón.

Carmen Apié tiene un sueño. Se ve frente al altar vestida de blanco, perfectamente maquillada, muy elegante, junto a Peatoncillo.
Bibi Zapata también, pero junto a Don Ibrahim.
La noche, en todos los casos, es mala consejera.

Pero ni ella ensombrece los sueños por igual; ni ahí, cuando todos los gatos son pardos, se vuelven iguales los sueños de los hombres.

El cerro es límite, entre opulencia y miseria. Entre lo que es y lo que nunca será, no importa lo que digan los anuncios de televisión. Entre lo blanco y lo negro; aunque a veces no se sepa quién es cuál, ni en qué día de la semana.

Aurora. Por el lado este de San Pablo Laguna, la ciudad milenaria más poblada de la tierra, la metrópoli más infestada de bichos y atavismos biológicos, económicos y culturales, el monstruo urbano agreste y cerril que se despierta, un sol rojo, un cielo encarminado anuncia catástrofe.

Es el día. Peatón se levanta, camina desnudo hasta la entrada de la cueva; desde ahí sólo alcanza a mirar algunas zonas de Laguna, y un poco del brillo cada minuto más deslumbrador. Toros de lidia gigantes despeñándose descienden de montañas entre nubes de polvos los vehículos saltando charcos, sorteando baches. Peatón no va en ellos, los escucha tardíos, con ronroneos de gatos que no son los clásicos mugidos de ellos, los observa de lejos. Para él la mañana es mágica, radiante, presagia victoria. *Su* victoria. Nada más le importa. Ni los mirones curiosos, ni los pasantes en camiones por la carretera junto al cerro, ni la hija Peatoncita a punto de despertarse.

Peatón no sabe que la hija no está, cuando entre al cuarto creerá que se fue con Peatoncillo. El muchacho, como siempre en sus duelos de terquedades, se peleó con él la noche anterior. No vale la pena lo que quieres hacer, a qué le tiras papá, disculpa, mas con todo respeto, es una pendejada. Yo no puedo seguirte en tu pinche afán de perderte, ¿qué quieres demostrar? Me caigo de tristeza, papá, me haces sentir culpable con esa mirada perdida, pero no está bien papá, yo no voy a cargar con tus complejos. Discúlpame. A lo mejor me quedo, o tal vez llevo a la pinche Peatoncita a la casa de mi abuela y regreso para estar contigo a la hora de los trancazos. Pero si no me ves en la mañana..., es que me fui a chambear, como tú siempre me pedías. Ahí seguro te veo después en la televisión, de seguro van a pasar la nota. Ojalá no te chinguen.

Peatonurio no está, las mañanas enteras, desde las tres o cuatro, las dedica a pepenar por el centro de Laguna. Hoy fue la forma más digna para él de sacarle la vuelta al desalojo. Así que cero posibilidades

193

de comentarios cáusticos. Sólo doce familias quedan en el cerro, las suficientes para armar un desmadre, un verdadero escándalo; lo demás, objetos, periódicos viejos, botellas de vidrio, envases vacíos, pedazos de prendas y retazos de plástico abandonados. Peatón toma aire, se estira levantando los brazos hacia el cielo, se relaja, se decide. Da tres pasos, llega hasta el balcón; otra parte de la ciudad se le descubre, en las ventanas lejanas de los rascacielos el reflejo de soles multiplicados, y en otras partes, fragmentos, muchos fragmentos de la misma estrella. Se siente el dueño del mundo. Buena señal que no haya nubes en el cielo. Respira hondo agarrándose del barandal, se suelta, baja los brazos. Hay una línea sutil, no obstante una diferencia fundamental entre luchar a brazo partido por lo que no se tiene y hacerlo por lo que no se puede conseguir. Los que nada tienen, los que no tienen para donde hacerse, no pueden distinguirla y acaban apostándole a la mínima posibilidad del heroísmo.

Sólo un segundo antes de volverse para irse a vestir con su traje azul-crema de batalla, se observa el tatuaje de San Dimas en el antebrazo, se persigna, se golpea con la mano derecha dos veces el pecho en el lugar del corazón.

Es un hombre desnudo que despierta guerrero.

Un soñador sin nada que perder

Hasta los cazadores más tranquilos, los usualmente perdedores, tienen que salir y luchar alguna vez. Por lo único que creen que tienen, esa terquedad angustiante de querer no ser menos, cuando saben que lo son. Que le otorguen a uno el perdón, o que en el último momento se arrugue uno..., da la misma vergüenza. Peatón lo sabe. Como que no todos tienen en la vida madera de héroes o de mártires.

Al pasar por el vano de la boca de la caverna hacia el interior, siente ver en el extremo del ojo, uniformes azulmarinos aproximándose, disponiéndose en formación de operativo junto a la falda del cerro.

Sería bonito contar que Peatón no se salvó. En las mentes débiles y soñadoras, decir que Peatón se dio mal, que no sobrevivió a las intenciones escondidas y a las instrucciones precisas que llevaban los granaderos, le daría un poco de lustre a su vida. Pero, aunque no fue así, no carece de brillo lo que hizo. Poner cara de yo no fui y renunciar a las expectativas...tiene su chiste. Para arrugarse en el momento clave también se requiere de valor, y no tienen por qué resultar decepcionantes un abandono paulatino, un sacrificio prolongado inútil, un suicidio siempre pospuesto. Bajar por la escalera construida con orgullo, ya sin el menor asomo del mismo, decirles a los granaderos y a los soldados hasta luego, sonriéndoles, avanzar manso entre ellos, con el foco de la imagen de Peatona en la bolsa como recuerdo, para llegar a tiempo a reabrir el taller, pasar al baño pestilente a hojear *comics* pornográficos con la música setentera y las chanzas de los crustáceos como fondo, y temer la llegada de los cobradores y de la Enelda, teniendo ahora que dormir las noches enteras dentro de un auto, ya sin las bondades del escape temporal salvador hacia la cueva, *su* cueva..., no es poca cosa. Las muertes graduales también cuestan trabajo, y vivir sin un sueño acaba resultando más heroico que morir por uno.

La vida de Peatón, aun sin cerro, no está exenta hoy de sueños. Viaja una vez más en los intestinos de los toros rumbo al taller; con la urgencia de encontrar un nuevo lugar donde vivir, y la somnolencia y el torpor del apelotonamiento dentro del vehículo, sueña sueños de fútbol un poco diferentes: Entra ahora, en éste, a la cancha de un estadio gigante por la puerta de acceso de los vestidores; van, en uniformes y listos para jugar: él, Peatoncillo, Peatoncita, Peatona y Peatoncilla, todos de las manos. Se detienen ante la vista majestuosa, desde abajo, del estadio vacío. Un viento mudo barre nubes diminutas en el cielo. Una superficie líquida verde esmeralda, inmensa, es el campo de juego. Laguna de promisión, como en la que en sus libros del colegio unos peatones indígenas mitológicos veían, como ellos ahora, un islote en el centro, con un nopal, y arriba de éste, una águila devorando una serpiente. Peatón sonríe en su sueño y vuelve la cabeza para ver las expresiones en las caras de todos, es una forma de tomarles parecer. Le sorprende verlos con penachos, grandes, coloridos. Lo animan sus sonrisas en ojos y bocas. Bien podrían quedarse a vivir ahí. Asentarse, ir echando raíces...

FIN

En el **GLOSARIO** a continuación las expresiones aparecen en orden alfabético, incluidos los artículos, preposiciones, conjunciones, etc. con que inician.

águilas / Las Águilas.- nombre con que se conoce también al Club de Fútbol América
ahí le paro.- en este punto me detengo
ahorita.- en este preciso momento (ni siquiera un *momentito* después)
áipod.- iPod
Alpura.- marca de leche corriente
amarrarse las tripas.- contenerse, controlarse, dominarse; aguantar, soportar una situación
América Royal.- alusión al Club de Fútbol América
anuncios.- mensajes publicitarios, ya sea impresos en revistas y/o periódicos, grabados en video, o en forma de vallas publicitarias y/o spots radiales, cinematográficos o televisivos
a quién! chingados / en dónde! chingados.- a quién / en dónde. El *"chingados"* se agrega para dar más fuerza a la expresión en el sentido de: *a nadie! / a ningún lado!*
arrugarse.- rendirse; abandonar por causa del temor; intimidarse
Ave María.- oración católica

bato.- expresión coloquial de trato de confianza, similar a *cuate, carnal* // tipo, sujeto
birria.- cerveza (también denominada chela, Tecate, Corona) // platillo de comida típica, comúnmente de carne de borrego guisada en salsa
bolillo.- pan blanco de estilo francés y forma similar a un balón de fútbol americano, de entre 15 y 20 centímetros de longitud, con una incisión en su parte superior; se usa frecuentemente para preparar los sandwiches denominados *tortas.*
Bolívar.- héroe sudamericano de las guerras de independencia
buena onda.- referido a personas: agradable, simpático, altruista, solidario, etc. Referido a situaciones, cosas o hechos: positivo, de consecuencias benéficas, conveniente, bien construido, bien acabado, muy funcional
Burger King.- expendio de hamburguesas, pero peor que otros

cabrón.- término peyorativo con implicaciones de: aprovechado, mal nacido, desconsiderado, duro. En contextos diferentes: el que las puede y se sale con la suya

cachondear.- expresar o externar la cachondez, el antojo sexual, el apetito venéreo, los impulsos sicalípticos

cachorra.- *perra*; puta; mujer reventada, disoluta, *cabrona*

camión.- transporte colectivo público de pasajeros

caricaturas.- cómics; programas de televisión de dibujos animados

Cártel del Golfo.- organización criminal de grandísimo poder y alcances, que opera desde el noreste de la República Mexicana

cerillo.- empleado de tienda o supermercado que trabaja empaquetando los artículos de los compradores y recibiendo las propinas que por ello le dan, como remuneración

cerquita.- entre las clases de poca educación es usual expresar en diminutivo cualquier parte de la oración: cerca...cerquita, lejos...lejecitos, ahora...ahorita.

CNN.- canal internacional de noticias (*esperemos que por esta mención no nos demanden ni nos pidan que les paguemos derechos*!)

coca.- Coca- Cola // en otro contexto: cocaína

colonia.- barrio urbano

cómics.- revistas y publicaciones de caricaturas

computadora.- computador, procesador de palabras

concha.- pan dulce de forma circular// otro tipo de *concha*

Credo.- oración católica

cuadra.- tramo de calle o avenida, que se encuentra entre dos esquinas

cuates.- amigos

chafa / chafaldrano.- pacota, defectuoso, ineficaz, deficiente; *pirata* ; falso

chale!.- mira nomás!, fíjate nomás!; apoco?!; en serio; qué te pasa?!, qué traes?; y eso?!; ya cálmate; qué buena onda!. (En ésta como en muchas otras expresiones, las entonaciones diferentes provocan cambios en el significado)

chalupa.- bocadillo típico mexicano hecho a base de masa de harina de maíz // embarcación

chamba.- trabajo remunerado, especialmente por el que se recibe poca paga y se da de manera irregular

chambear.- trabajar a cambio de una remuneración

chat rum.- *chat room*

chavo.- chico, muchacho, jovenzuelo; rapaz

chico.- (al lado de interjecciones, expresiones o comentarios) apelativo similar a *cuate, carnal, mano, hombre, hijo* // jovenzuelo, chamaco

chido.- diferente; notable; muy efectivo en sus características, funciones o propósitos; llamativo; notorio

chile.- *chilli* ; ají, pimiento

chinga a tu madre.- jode a tu madre, cógetela; friégala, fastídiala, dáñala. (Es la expresión soez más ofensiva, la grosería más dura y la expresión de malas palabras que más hiere, altera y ofende a un habitante de San Pablo Laguna

chingadera.- objeto, asunto o situación inconveniente, injusto, perjudicial y/o dañino

chingar.- moler, fastidiar, importunar, incomodar, molestar; afectar; joder, coger (sexualmente); agredir; vencer, derrotar; destruir; lesionar; derrotar; en general cualquier acción que implique causar un daño físico, emocional o moral

chingarse.- partirse la madre; desgraciarse; echarse a perder; descomponerse

chingón.- capaz, efectivo, eficaz, competente; triunfador, ganador; virtuoso. Referido a cosas: efectivo, superior, funcional, capaz de realizar, y muy bien, sus funciones.

Choco Milk.- chocolate en polvo, el preferido de los trabajadores mañaneros

dame chance.- permíteme, dame permiso, oportunidad; no seas tan duro conmigo

dar lata.- importunar, fastidiar, incomodar, afectar

dar luz verde.- autorizar; indicar que se puede comenzar; dar orden de iniciar

darse en la madre.- estrellarse, chocar contra algo, partirse la propia humanidad como consecuencia de ello, afectarse en lo más profundo de su ser (para un habitante de San Pablo Laguna: en su madre)

desmadre.- lío, confusión, desorden, barullo; relajo indiscriminado; crisis, tragedia

de volada.- muy rápidamente

diablito.-artefacto improvisado para obtener la energía eléctrica "robándola" de una fuente original // armazón de metal con dos pequeñas ruedas en la base que facilitan el transporte de abastos y mercadurías en los mercados y almacenes

disk jokey.- DJ

Dunkin Donuts.- lugar donde expenden *donas* (bizcochos en forma de aro)

echar / echarle ganas.- hacer las cosas con ánimo, especial disposición y energía

echar la mano.- ayudar

echar porras.- animar a alguien, motivarlo, festejarlo, principalmente por medio de frases, versos, onomatopeyas y gritos, en coro

el América.- club de fútbol, campeón en múltiples ocasiones

el Cable.- sistema de televisión por cable, o por vía satelital

el Cuauhtémoc.- futbolista de alto rendimiento, de igual nombre que el último señor de los aztecas, asesinado por Hernán Cortés

el chingón.- el número uno, el jefe, el líder

el efectivo / la efectiva.- el que las puede; el distinguido, el que tiene el poder

encabronar / encabronarse.- enojarse, alterarse, prenderse

en vías de subdesarrollo.- que ni siquiera ha alcanzado, o llega, al subdesarrollo; apenas va -pretende ir- para allá...

es mi pedo.- es mi problema, es asunto mío

ésa mera / ése mero.- exacta, precisamente ésa / exacta, precisamente ése

estancia.- salón, sala principal de la casa

estar bien amolado.- estar en muy mala situación, especialmente refiriéndose al aspecto económico; estar muy jodido; entre las clases de bajo nivel educativo se usa muchas veces *bien* -antepuesto al participio pasado de un verbo o a un adjetivo- como sinónimo de *muy* (*bien* bonito, *bien* cansado, *bien* chido)

faje.- jugueteo sexual típico de novios que se acarician y manosean con la ropa puesta

Flamengo.- tradicional equipo de fútbol

fregadero.- objeto o lugar para lavar cosas tallándolas fuertemente, fregándolas

fregar.- molestar, importunar, fastidiar; chingar

frijoles.- guisantes, fréjoles

fritanga.- preparación de la comida a base de freír los alimentos en mucho aceite

gedset.- *headset*

gorrear.- hacer que el otro pague lo que uno utiliza o consume; comer a expensas de otro; provocar el convite

graffiti.- grafiti (o sea, grafitos)

granaderos.- grupos institucionalizados de choque, especializados en el mantenimiento del orden público, especialmente en mítines, manifestaciones y protestas; saltaron a la verdadera fama durante los conflictos de 1968 en San Pablo Laguna

grito pelado.- estentóreo

guadalupano.- relativo a la Virgen de Guadalupe

papa.- patata; batata

Guerrero.- héroe de la independencia

güevón.- huevón, pero peor…

güey.- término peyorativo con implicaciones de: tonto, bruto, buey, asno, etc. En otros contextos, forma de trato, usual, de extrema confianza, a la persona; similar a: hombre, cuate, amigo, carnal, bato, etc.

güeyear.- decirle *güey* a la persona con la que uno habla

haber pedo / hacer pedo.- existir o provocar impedimento u obstáculo para la realización de algo

hacerse pendejo.- hacerse tonto; fingir que no se entiende algo; disimular

hasta la madre.- muy lejos; lleno, excedido, harto; en el límite

helado.- sorbete, nieve de sabor; *ice cream*

hijo / 'ijo.- entre las clases bajas, trato afectuoso al amigo; equivalente a *compadre, cuate, hermano, carnal, etc.*

hijo de la chingada.- calificativo soez de alto impacto emocional y profundamente ofensivo para un habitante de San Pablo Laguna, pues implica la degradación sexual, como consecuencia de cópulas indiscriminadas, de su mamá

híjole! / híjoles!.- cáspita!; recórcholis!

huarache.- bocadillo típico mexicano hecho a base de masa de harina de maíz // calzado típico tradicional hecho a base de correas de cuero

huevón.- flojo, lento, holgazán

Internet.- la Red

internets.- lugares públicos de servicio al público, que facilitan el uso de computadoras y de acceso a la red

invasor.- (referido a la ocupación ilegal de inmuebles) *paracaidista*

Iunaites.- United States of America

Jarritos.- refresco de soda comúnmente bebido por el proletariado

joder.- dañar, fastidiar, molestar

jodido.- pobre; damnificado; amolado, fregado; rendido, vencido, derrotado; arruinado

jon dipot.- Home Depot

kin sáis.- king size

la Allende.- escritora
la Corregidora.- heroína de la independencia
la Esquivel.- escritora
la hace de.- se comporta o actúa como...; interpreta a...; representa a...
la Loaeza.- escritora
La MM.- La Mafia Mexicana, pandilla transnacional de delincuentes, de gran poder, rígida organización, y ritos y jerarquía bien establecidos
la manejada.- trabajo o empleo de chofer, de conductor de vehículos
La Mara Salvatrucha.- pandilla transnacional de delincuentes de gran alcance en poder, sumamente violenta, especialmente atractiva para los adolescentes y pre-adolescentes
la Prepa.- institución de enseñanza media, a nivel de bachillerato, en la que se cursan diversas materias como requisito previo para acceder a los estudios profesionales en la Universidad
la tele / la televisión.- el televisor
las Águilas.- Apodo del club de fútbol América
las muertas de San Pablo Laguna.- serie no resuelta ni aclarada de asesinatos múltiples de mujeres jóvenes, muy similar a la que se conoce como *las muertas de Juárez*
leche *Chipilo*.- la leche del obrero
Los Aztecas.- pandilla extremamente violenta de delincuentes
Los Mexicas.- pandilla de delincuentes
Los Picapiedra.- dibujos animados o caricaturas, originales de los autores Hanna y Barbera, de gran éxito televisivo por su manejo de las coincidencias de una época prehistórica con situaciones e inventos modernos (*The Flintstones*).
Los Tuzos.- pandilla de delincuentes // apodo de un equipo de fútbol y de sus porristas y seguidores
Los Zetas.- grupo criminal que comenzó como un conjunto de sicarios al servicio de Cárteles establecidos y llegó a alcanzar un estatus de Cartel importante

llegue.- acercamiento y/o contacto físico sexual
lleva en su pecho los colores del América.- alusión a una línea del himno de uno de los equipos campeones de fútbol

llevárselo a uno a la chingada.- caer en desgracia; ser aniquilado; morirse

McDonalds.- lugar donde expenden hamburguesas

madrazo.- golpe muy violento **Madero**.- héroe de la revolución mexicana

madrear.- moler a golpes, tundir a trancazos; acabar con alguien golpeándolo

madriza.- golpiza violenta; tunda inmisericorde

mango de Manila.- persona hermosa, sumamente atractiva

mañanitas.- forma coloquial de referirse a la canción (y al acto de cantarla) con que, por tradición, se festejan los cumpleaños

me lleva la chingada.- caigo en desgracia; me enojo mucho, me encabrono

mésenyer.- Messenger

Mirinda.- refresco de soda comúnmente bebido por el lumpenproletariado

mocos!.- expresión soez, usualmente acompañada de ademanes específicos, por medio de la cual el que la usa lanza simbólicamente una carga de semen a su(s) interlocutor(es)

molón.- el que fastidia, perturba, molesta o da lata

Morelos.- héroe de la independencia de México

naco.- persona, normalmente de baja posición social y muy poca educación, con pretensiones de escalación y reafirmación sociales, que se encuentra en el límite del analfabetismo, viste imitando a los ídolos de la televisión, habla como quiere, come como puede y orina donde no debe; odia el silencio y la soledad, y se mueve por el mundo en hordas ruidosas y desmadrosas de entre 10 y 15 elementos, todos...*nacos*

narco.- narcotraficante

ni madre(s).- nada, nada de eso

ni madre(s)!.- de ningún modo; no hay manera, ni pensarlo

no hay fijón.- no hay impedimento, reparo ni obstáculo; no hay inconveniente

no mames.- no pretendas pasarte de listo, de gracioso; no seas moroso; no exageres; no te burles

ñango.- debilucho; flacucho; canijo; sin espíritu; enclenque

ñero.- compañero, cuate, *hermano*, carnal, *hijo*

onda.- asunto; modo; cosa

órale(!).- vale(!); sale(!); está bien, de acuerdo; ya!

pachanga.- fiestón; reventón

padre(!).- adjetivo calificativo con carácter de interjección (*guau!*): muy bonito, muy bueno, muy lindo, muy cómodo, muy práctico, muy eficiente...

Padre Nuestro.- oración católica y cristiana

pal.- *pa'l*; para el...

palomita.- signo para representar gráficamente la aprobación de alguna palabra, línea, documento, imagen u objeto.

palomitas.- granos de maíz reventados al calor que son la comida típica en las salas de cine; *pop corn*

pan *Wonder*.- pan de caja, preferido por muchas personas de bajo poder adquisitivo

papas *Sabritas*.- patatas fritas; *las* patatas fritas, por excelencia en San Pablo Laguna

papuchito.- diminutivo tierno de papá, papi

paracaidista.- sujeto que invade predios, casas, edificios..., o cerros con la intención de asentarse ahí para vivir, aun sin derechos de posesión o propiedad (*Los Sin Tierra, Okupas*, etc.) // sujeto que se avienta, con equipo especial para ello (para no darse en la madre), desde un avión o cosa parecida con la idea de aterrizar sano y salvo en algún predio, terreno, casa, edificio..., o cerro, no necesariamente para ocuparl

parar(se).- detener(se)

partir la madre.- herir, destrozar, golpear, apalear a alguien o a algo

partirse la madre.- trabajar mucho, esforzarse mucho, sacrificarse. Entre dos personas y de manera recíproca: golpearse, herirse, lastimarse; destrozarse

Pecsi.- típica deformación que el naco hace de la bebida de marca comercial *Pepsi*

pelarse.- irse, largarse

penjaus.- pent-house

perrón.- magnífico, tremendo, sobresaliente

petate.- tapete típico de palma entretejida, que se usa principalmente para dormir en él

pinche.- feo, deficiente, de muy baja calidad.

pinchurriento.- pinche, pero expresado de manera aun más despectiva

pirata.- adjetivo para calificar a aquellos productos y/o mercancías realizados a imitación de los originales, pero de manera fraudulenta, ilegal y sin el pago de los derechos de inventor, autor, de reproducción, fabricación, y de propiedad intelectual, artística, empresarial o industrial, correspondientes

pitar.- hacer sonar el cláxon

pitorrearse.- burlarse, hacer mofa

Pizza Hut.- lugar donde expenden *comida* (esto último, Eufemismo)

polvadera.- polvareda

pollo frito *Kentucky*.- KFC; lugar donde expenden *pollo* (esto último, Eufemismo); alguien ha sugerido que las siglas obedecen a *Ke Fe*a *C*omida pero es más probable que tengan que ver con el nombre original en inglés de esta marca comercial

pos.- pues

Preparatoria.-

Primaria.- escolaridad de enseñanza básica, correspondiente al primer nivel de estudios posterior al Kinder (*Kinder Garten*); consta de seis años

puerca.- cerda; cochina, marrana; sucia

qué (término en cuestión) *...ni qué ocho cuartos!*.- qué va!,

qué pedo!.- qué pasa! qué sucede!, mira nomás!; cómo te va?; qué onda traes?!; (en otro contexto: qué lío!, qué desmadre!)

quintomundista.- del quinto mundo, que viene después del tercero y del cuarto...

re.- (antepuesto a un adjetivo o adverbio) aumenta la fuerza de los mismos; (es una especie de *superlativo*

recámaras.- habitaciones, cuartos, dormitorios

Reclusorio.- Penitenciaría, presidio; cárcel

refresco.- bebida gasificada de sabores. **soda**.

relajear.- echar relajo, hacer o estar en el relajo; actuar desordenada e irresponsablemente, de manera barullenta y bromista y en total incumplimiento de las normas

reventón.- reunión de personas en que éstas se divierten de manera desmedida en el comer, beber, uso de estupefacientes, sexo, etc.; fiesta en que los excesos abundan; orgía

Richard Gere.- actor norteamericano, simpatizante del Dalai Lama..., y de Ron Hubbard

rolarse.- actuar por turnos, alternar; *alternarse*

rótulos.- anuncios o avisos, algunos de carácter publicitario y/o electoral, pintados en superficies diversas, en grandes superficies de terreno, cerros y montañas, inclusive

Royal Cola.- refresco de soda, de cola, comúnmente bebido por los rezagados del lumpenproletariado

sabe un carajo.- no sabe nada
sala.- salón
Santos.- famoso equipo de fútbol
se chingó la cosa / la cosa se chingó .- salió mal el asunto, se arruinó, se echó a perder
Secundaria.- escolaridad de nivel medio, posterior a la Primaria
soda.- bebida gasificada, usualmente de sabor artificial
sope.- bocadillo típico mexicano hecho a base de masa de harina de maíz // tonto, bruto
súper.- supermercado; tienda de autoservicio

taco.- típica comida mexicana consistente en una tortilla (rueda aplastada de masa de maíz) sobre la cual se coloca carne, cebolla y chile o salsas de diferentes tipos. Es común enrollarlo al servirlo o comerlo // cada una de las protuberancias en las suelas de los zapatos de fútbol
taller.- taller mecánico, automotriz
tamal.- bollo hecho a base de harina de maíz, envuelto en hojas de la misma planta, o
de plátano, cocido al vapor. Los hay de sal y de dulce, y algunos rellenos con algún tipo de carne
tanda.- práctica de ahorro, común entre obreros, secretarias y miembros de asociaciones, etc., en la que se participa con una cantidad que, al agregarse a la de los otros participantes, se le va entregando por sorteo a cada uno de ellos
taquiza.- banquete a base de tacos
tarea.- conjunto de actividades y/o trabajos escolares que deben ser realizados en horario extra escolar, usualmente en el hogar
TEC.- Instituto tecnológico de estudios superiores
te chingaste.- caíste en desgracia; te amolaste
te la jalas.- te pasas, te aprovechas; te regodeas, te complaces; actúas fuera de lugar, de manera egoísta
telenovela.- historia televisada por capítulos diarios subsecuentes, interrelacionados y en continuidad; telecomedia; novela; *dramalhão*; *soap opera*
telera.- pan blanco ovoide de estilo francés, de entre 15 y 20 centímetros de longitud, con dos incisiones en su parte superior; se usa frecuentemente para preparar los sandwiches denominados *tortas*.
tira.- policía, gendarme, gente del orden

topes.- protuberancias de distintos materiales añadidas al asfalto, o realizadas en el mismo, para obligar a que los vehículos reduzcan la velocidad

torta.- sándwich hecho con pan blanco de estilo francés y forma ovoidal , cortado por la mitad. En su interior se acomodan diversas carnes, guisos y aderezos. Es común colocar en su interior, o "hacerlas de": huevo, queso, o tamal. Es una comida "salada", de tamaño variable de acuerdo al costo, y que muchas veces contiene en su interior: una untada de frijoles, mayonesa, mantequilla, crema, salsa, chiles, verduras y legumbres, que acompañan al ingrediente principal (usualmente, carne, pollo, o jamón). Entre las clases desposeídas sustituye frecuentemente, por sí misma, a una o más de las comidas del día

traje azul-crema.- forma de denominar el uniforme del equipo de fútbol América

transeunte.- transeúnte

Tupperware.- nombre común, y de marca registrada, de recipientes de plástico con tapa hermética

UNAM.- Universidad Nacional Autónoma de México
un *Botero*.- un cuadro u obra de Fernando Botero
un chingo.-mucho, muchos
un chingo.- mucho, muchos, mucha, muchas
un *Frida*.- un cuadro u obra de Frida Khalo
uniformes azul marinos.- alusión al color institucional de las policías unificadas (Municipal, Estatal, Federal, etc.) de San Pablo Laguna
un resto.- mucho, muchísimo; un montón
un *Soriano* .- un cuadro u obra de Juan Soriano
un *Tamayo*.- un cuadro u obra de Rufino Tamayo

volante.- *flyer* ; media hoja impresa y distribuida con fines publicitarios o promocionales

volarse las clases.- no asistir a la escuela o, en su caso, a los cursos, materias, lecciones y asignaturas, por razones propias y particulares del alumno, y desconocidas -lógicamente- por padres y maestros

voltear / voltearse.- volver la cabeza, volverse

ya bájale! / ya párale! .- detente, termina; no te excedas; para con eso

ya ni la amuelas.- te pasas, te excediste; no tienes vergüenza, consideración

yonque.- lugar de acopio, almacenamiento y venta de altos desechos y piezas automotrices usadas y/o descontinuadas; "deshuesadero"

ÍNDICE

www.ingramcontent.com/pod-product-compliance
Lightning Source LLC
Chambersburg PA
CBHW020422180626
46812CB00003B/1104